STACEY MARIE BROWN

CRETINO PRESUNÇOSO

Traduzido por Daniella Maccachero

1ª Edição

The GiftBox
E D I T O R A

2022

Direção Editorial: **Revisão Final:**
Anastacia Cabo Equipe The Gift Box
Tradução: **Arte de Capa:**
Daniella Maccachero Steamy Design
Preparação de texto: **Adaptação de Capa:**
Wélida Muniz Bianca Santana
Diagramação: Carol Dias

CIP-BRASIL. CATALOGAÇÃO NA PUBLICAÇÃO
SINDICATO NACIONAL DOS EDITORES DE LIVROS, RJ
Meri Gleice Rodrigues de Souza - Bibliotecária - CRB-7/6439

B897c

Brown, Stacey Marie
Cretino presunçoso / Stacey Marie Brown ; tradução Daniella Maccachero. - 1. ed. - Rio de Janeiro : The Gift Box, 2022.
228 p.

Tradução de: Smug bastard
ISBN 978-65-5636-156-7

1. Romance americano. I. Maccachero, Daniella. II. Título.

22-76987   CDD: 813
CDU: 82-31(73)

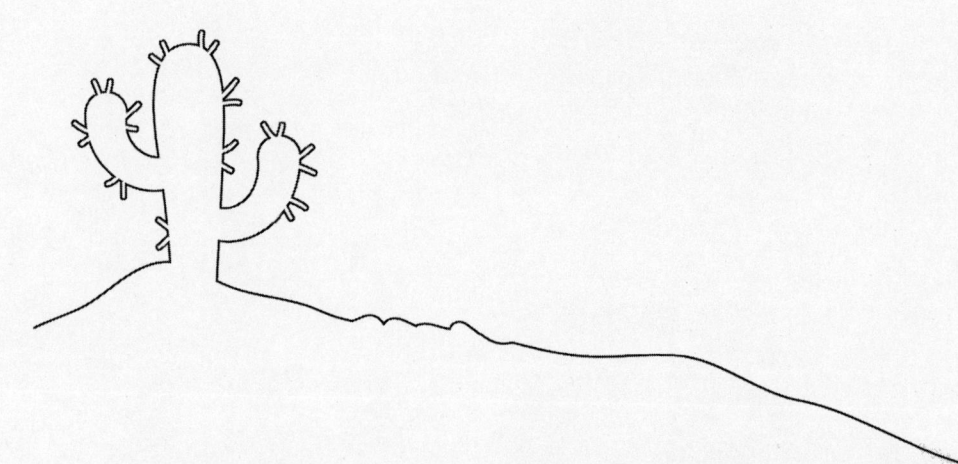

Cretino Presunçoso é uma história independente inspirada no livro *Cretino Abusado* de Vi Keeland e Penelope Ward. O romance faz parte do universo Cocky Hero Club, uma série de trabalhos originais, escritos por vários autores e inspirados na série best-seller do *New York Times* de Vi Keeland e Penelope Ward.

Para todos os cretinos abusados e presunçosos, e para as garotas que os amam!

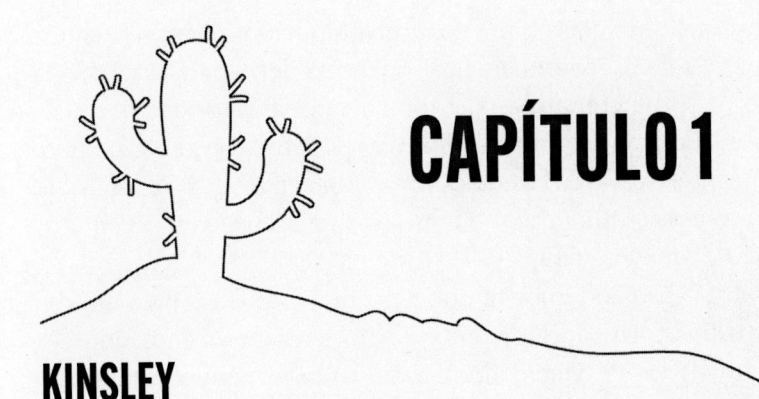

CAPÍTULO 1

KINSLEY

— Acho que foi. — Enxuguei o suor da testa, bati a porta da van convertida em *motorhome* e me virei para encarar minha melhor amiga, Sadie, com seu cabelo preso em um coque apertado. Ainda eram nove da manhã, e o sol já estava acabando com a gente. Ao tempo que a pele negra impecável de Sadie brilhava sob o calor, a minha suava feito um porco, e o meu rosto também estava da cor de um. Sempre estava calor em San Diego, o que me fazia sentir falta de ter estações do ano bem definidas.

— Você tem certeza disso, Kinsley? — Sadie cruzou os braços sobre a regata, e os dedos dos seus pés descalços se curvaram no chão quente.

— Você sabe que os Estados Unidos estão sempre na lista como um dos lugares mais inseguros para mulheres solteiras viajarem. Eu pesquisei essa merda. E você... — Ela gesticulou para o meu corpo magro e atlético de pouco mais de 1,65 m. — Você é o resumo do público-alvo de um agressor.

Coloquei uma mecha do meu cabelo longo e escuro atrás da orelha e suspirei. Eu já passei por essa discussão com a Sadie, meus pais, irmã e irmão umas dez vezes.

— Eu vou ficar bem. — Estendi a mão e apertei seu braço. — Posso contar com meu spray de pimenta, golpes de kung-fu e o Bode.

— Bode. — Ela desatou a rir. — Você acha que Bode vai fazer alguma merda? — Sadie me lançou um olhar aguçado antes de se mover para a janela do lado do passageiro. Ela passou os dedos por seu pelo branco e sedoso, coçando atrás de sua orelha, o que fez a língua dele rolar para fora. — É. Ele é muito feroz. — Bode suspirou e se derreteu no assento.

— Tome conta dela, garoto. Não deixe nada acontecer com ela, ok?

Eu o encontrei atrás do nosso prédio; o cãozinho estava com tanta fome que comia qualquer coisa que encontrava no lixo só para se manter vivo. A princípio, Sadie foi contra ele ficar quando o levei para casa.

— Ah, mas de jeito nenhum. — Ela colocou as mãos nos quadris, a cabeça indo de um lado para o outro. — Nós não podemos ter um cachorro.

— Mas olhe para ele. — Encarando-a com olhos pidões, fiz carinho na cabeça dele, e o corpo enfraquecido e imundo, que estava envolto em um cobertor, tremeu de medo e fadiga.

— Não, Kins. Nós não temos tempo nem dinheiro extra para um cachorro. Estamos nos formando este ano, e meu tempo está tomado pelo trabalho e as atividades da faculdade. Eu nem tenho tempo para ver o Nathan — ela exclamou.

Ela estava certa. Eu também estava bastante ocupada tentando me formar e trabalhar meio período como garçonete, mas a gente esquecia a lógica quando se tratava de ver um animal em necessidade.

— Só por essa noite? Prometo que levo o pobrezinho para um abrigo amanhã. — Continuei a afagar a cabeça dele, o único lugar que não estava completamente coberto com imundície, sujeira e nós emaranhados. Por baixo da sujeira, dava para dizer que tinha o pelo branco. Ele estava esquelético devido à desnutrição, mas a estrutura óssea estava em algum lugar entre um cão de pequeno e médio porte, com orelhas compridas. Vira-lata completo e o rosto mais meigo que eu já tinha visto.

— Tudo bem. *Só* essa noite. — Sadie suspirou. Então se ajoelhou ao lado dele, estendeu a mão e o acariciou. Com um gemido baixinho, ele empurrou a cabeça na sua palma e lambeu a mão dela em agradecimento.

Eu vi acontecer. Os ombros dela caíram, e seu coração se derreteu por todo o chão.

A batalha foi vencida.

Embora Sadie tenha passado um tempo tentando resistir, Bode nunca chegou a ir para o abrigo, cavando seu caminho para o nosso coração. A gente lhe deu esse nome porque ele continuou a comer de tudo por meses, incluindo o meu trabalho de conclusão de curso. Ficou claro que ele tinha sido maltratado, e provavelmente por um homem, dada a forma como ele rosnava e se acovardava quando qualquer cara atravessava a nossa porta. Nathan tentou por seis meses, mas, até agora, Bode não o deixou chegar nem perto.

Talvez esse fosse outro traço que me ligava a Bode. Não confiar em machos.

— Mande mensagem e me ligue. — Sadie se virou e cruzou os braços. — E dê abraços em sua família quando chegar em casa.

A casa era North Kingston, um subúrbio fora de Providence, Rhode Island.

— Pode deixar, mãe.

Ela olhou brava para mim.

— Você poderia ir de avião.

— Eu não vou despachar Bode no compartimento de carga. Ele já tem problemas de ansiedade. E você não pode ficar com ele. — Nossa formatura foi há apenas duas semanas, e Sadie já havia recebido uma oferta de emprego em uma grande empresa de computadores, e estaria se mudando para a área da baía de São Francisco em poucas semanas. O aviso para deixarmos o apartamento já havia chegado, e todos os meus pertences, os poucos que eu tinha, estavam guardados no *motorhome* pelo qual troquei meu carro. Nossa vida aqui nos últimos quatro anos estava chegando ao fim.

Nós duas sabíamos que, na verdade, o Bode era meu. Ela o amava, mas não tinha tempo para um animal de estimação. Bode se enrolava na minha cama todas as noites, como se soubesse que eu precisava da segurança e da companhia que ele provia quando o resto de mim se sentia perdida.

O caminho de Sadie estava definido, enquanto eu me debatia e me perguntava o que fiz nesses quatro anos. Agora eu era formada em administração, mas não tinha nem ideia do que fazer com o diploma… se é que havia algo a fazer.

— Eu tenho que fazer isso. — Tirei as chaves do meu bolso. — Nós ficamos presas aqui por quatro anos, e eu tenho esse desejo de sair e ver o que há por aí. — Eu adorava San Diego, mas era muito sem graça, e alguma coisa em mim sentia essa necessidade extrema de encontrar mais, de realmente sentir a vida.

— Eu entendo, garota. Mas não significa que eu não esteja nervosa por você estar atravessando o país, de uma ponta a outra, sozinha.

— Mal tenho duas semanas até o casamento do meu irmão. — Meu irmão, Kyle, ia se casar com a namorada do ensino médio, Amie; os dois tão perfeitos e tão apaixonados que era nojento de assistir. — Minha irmã já está brava por eu não ir imediatamente. Ela tem um milhão de eventos e coisas de que acha que eu deveria fazer parte. Ela exige que eu esteja lá quatro ou cinco dias antes do evento.

Eu gostava da Amie, mas se tivesse que participar de um evento do tipo despedida de solteira todos os dias pelas próximas duas semanas, haveriam assassinatos e caos.

— Não dê muita liberdade para a sua irmã. Ela sempre consegue te manipular de algum jeito. — Sadie apontou para mim. — Resista.

— Certo. — Eu bufei. — Alguma vez você já tentou dizer não para a Kasey? — Meu irmão e minha irmã eram gêmeos, cinco anos mais velhos que eu, e eram a dupla de ouro da nossa cidade natal. Eles até tinham cabelos castanho-dourados, como os da minha mãe, e os enormes olhos cor de avelã do meu pai. Eu era a diferentona, com cabelos lisos castanhos escuros e olhos combinando, tendo puxado mais a mãe do meu pai.

Meus pais pensaram que tinham fechado a fábrica, felizes com um menino e uma menina, quando eu cheguei. *Surpresa!* Não que eles não me amem até a morte, mas senti desde o nascimento que eu não seguia o mesmo roteiro que o resto do clã Maxwell. Minha irmã era a líder de torcida e meu irmão era o atleta, os melhores alunos, populares, bonitos e perfeccionistas. Chegar depois dos maravilhosos gêmeos Maxwell era um nível que eu jamais poderia alcançar. Quando descobria de quem eu era parente, a maioria dos professores ficava feliz, até notar que eu não era nada parecida com eles. Aluna mediana, eu flutuei pela escola, pois estava mais para introvertida, e tinha apenas dois bons amigos. Minhas atividades extracurriculares mal se estendiam ao time de vôlei, e eu estava longe de ser a estrela na atividade. Na verdade, toda a equipe era péssima.

— É melhor eu ir. Quero chegar ao Grand Canyon à noite. — Eu abri os braços e passei em volta de Sadie.

— Eu vou sentir tanto a sua falta. — Ela me apertou de volta, com a voz embargada.

— Não comece. — Engoli a onda de emoção.

— É que é estranho. Tudo isso está acabando. — Ela apontou para o apartamento que alugamos depois de sair dos dormitórios. — Você tem sido a única pessoa que eu consigo tolerar por muito tempo. Até o Nathan me irrita depois de um fim de semana. — Ela enxugou os olhos. — Não posso acreditar que nunca mais vamos morar juntas.

— Por favor. É bem provável que eu vá bater na sua porta em São Francisco, implorando para dormir no seu sofá.

— O lugar que aluguei tem quarenta e cinco metros quadrados. Não vou ter um sofá.

Uma risada borbulhou da minha garganta. Eu a abracei mais forte antes de dar um passo para trás.

— Quero que você tome cuidado, mas se divirta. Encontre um cowboy gostoso em algum lugar do Wyoming. Monte-o até esquecer os outros babacas. — Sadie me cutucou. — Não atenda se Ethan te ligar; ele não merece um mínimo de consideração da sua parte. Você vai ver o outro idiota no casamento, não vai?

Eu me encolhi.

— Espero que não. — Ambos os caras se esforçaram bastante para parasitar o meu coração e, então, quando conseguiram, pisaram, cuspiram e tacaram fogo.

Jason, minha paixão do ensino médio, era o típico atleta rico, popular e bonito de quem todo mundo manda você ficar longe. Eu lutei contra sua atenção por um bom tempo, até que ele me convenceu de que era um cara legal de verdade. Basicamente, o garoto me conquistou só para tirar minha virgindade, me largar e passar os últimos meses de aula se gabando de sua conquista para todo mundo. Eu queria ficar o mais distante possível dele, do constrangimento e da cidade que eu pudesse, o que me levou para a Universidade de San Diego, que ficava do outro lado do país.

Levei muito tempo para voltar a confiar em alguém, mas Ethan foi diligente em me derrubar, me fazendo acreditar que nem todos os caras eram iguais a Jason. Depois de cinco meses, ele finalmente me convenceu. Dois meses atrás, eu o flagrei transando com uma garota do nosso grupo de estudos.

Ele vinha ligando e mandando mensagens desde então, me querendo de volta, dizendo que estava arrependido, e que "simplesmente aconteceu". Faça-me um favor. Eu não chegaria mais perto de homem nenhum. Eu tinha Bode, e ele era o melhor companheiro que uma garota poderia pedir.

Esta viagem era para mim. Para eu descobrir o que quero da vida, e os homens eram a última coisa na minha lista ou na minha mente.

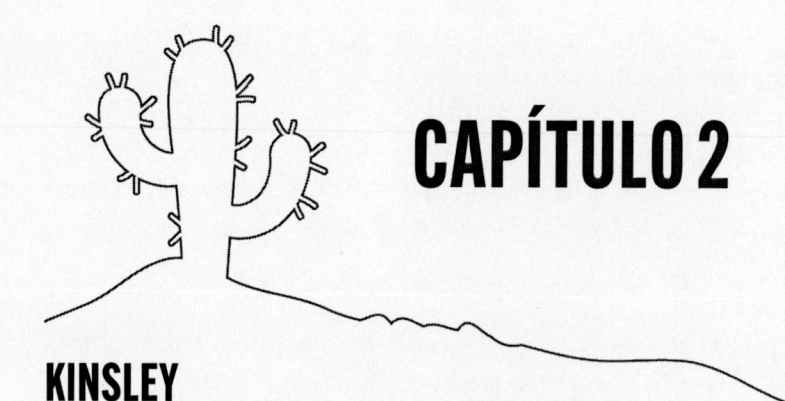

CAPÍTULO 2

KINSLEY

O vento quente soprava o meu cabelo enquanto eu cantava a plenos pulmões junto com minha *playlist* de viagem, um sorriso enorme no rosto ao berrar *Born to be Wild*. Bode estava com a cabeça para fora da janela, parecendo sorrir de orelha a orelha também.

Mais de uma hora de viagem e a emoção ainda latejava pelas minhas veias. No momento em que deixei os limites do município de San Diego, senti um peso deslizar dos meus ombros, um temor e uma emoção que não vivia há muito tempo borbulhavam no meu estômago.

Aventura.

Ela me aterrorizava. A maior jornada que fiz até então tinha sido atravessar o país para frequentar a Universidade de San Diego. Foi lá que a minha empreitada começou e terminou, com a cabeça enterrada em trabalhos e nos livros. Eu estudei muito, para tentar deixar meus pais orgulhosos, mas também porque era onde eu me sentia segura. Confortável. Evitei festas e encontros, preferindo noites tranquilas com um livro ou deixando a Sadie me arrastar, vez ou outra, para algum barzinho tranquilo.

Todo o meu estudo incansável não fez nada além de provar que eu era a maçã podre dos Maxwell. Não tinha nenhuma ideia do que queria fazer, me formei também com licença em economia porque meu pai achava que seria uma boa base. Kasey optou por abrir o próprio negócio e era dona de uma floricultura, que estava se expandindo no próximo ano e já era cotada como uma das melhores pequenas empresas da Costa Leste, e Kyle estava a caminho de ser o CEO de alguma empresa importante da área de tecnologia.

Até mesmo o cachorro da família se formou na escola de adestramento com honras.

E tinha eu.

— Vai ser incrível, Bode. Eu sinto que vai… — Afaguei sua cabeça, os doces olhos castanhos olharam para mim com total adoração. — É exatamente o que nós precisamos, não é, garoto? Você, eu e a estrada.

Era como se uma força na atmosfera tivesse me ouvido…

Trrriiiimmmm.

Meu celular, como um prenúncio de conflito, zumbiu de seu suporte no painel, e tive um vislumbre do nome piscando na tela.

— Claro — gemi, querendo ignorar a ligação, mas sabendo que ela ligaria até que eu atendesse. Ela era persistente a esse ponto. Juro que ela conseguiu sentir meu humor relaxado e teve que interceder.

Meu dedo apertou o botão verde.

— Oi, mana.

— Kins! — A voz animada atravessou os alto-falantes. — Você já foi embora?

Minha irmã sempre foi ambiciosa. Ela continuava… e continuava, até o ponto em que você queria encontrar o botão de desligar. Eu a adorava, mas minha natureza introvertida achava sua personalidade ambiciosa e competitiva bastante exaustiva.

— Sim, acabei de sair na Highway 60; vou parar no parque Joshua Tree para almoçar. — Era início de junho e já estava quente demais para caminhar no deserto, especialmente para Bode, mas era um lugar que eu ainda queria marcar na minha lista de lugares que conheci. Por mais que essa viagem fosse bem inusitada e louca para mim, eu fiz reservas e pesquisei cada parada. O *motorhome* se tornou um estilo de vida bem movimentado, e as vagas nos lugares costumavam acabar muito rápido. Além disso, meus pais gostavam de saber que eu passaria as noites na segurança de um estacionamento de trailers.

— Não, você não vai! Pare agora. — Seu tom era uma mistura de animação com demanda fria. — Sério, Kins… onde quer que você esteja. Estacione.

— Como assim? Por que eu preciso encostar? — Minhas sobrancelhas franziram enquanto eu olhava ao redor de um longo trecho de estrada, acabando de passar pela cidade de Moreno, com nada além de postos de gasolina, um centro comercial, Walmart e campos secos.

— Encoste!

— Por quê? Você está me deixando preocupada, Kasey.

— Apenas encoste — ela exclamou. — Agora!

— Tá bom... Cacete! — Eu puxei o volante, quase perdendo a saída. O *motorhome* sacudiu ao descer a rampa da agulha, sacolejando até o estacionamento do Walmart enquanto eu pisava no freio. A coleira de Bode o manteve no lugar, mas as patinhas tentaram mantê-lo firme, seus olhos arregalados me olhavam como se eu tivesse perdido o juízo.

Quando se tratava da minha irmã, ele não devia estar muito errado.

— Desculpe — sussurrei para Bode, fazendo carinho na sua orelha. — Certo, Kase, eu estacionei. Agora me conte o que está acontecendo?

— Entãããão, a Amie me ligou.

— Se você me fez parar por causa do casamento...

— Kins, me deixe terminar — ela me repreendeu, e pigarreou. — A Amie me ligou porque Kyle estava ao telefone com outra pessoa. Ela achou que eu gostaria de saber. — Ela deu uma risadinha. Minha irmã nunca dava risadinhas. Ela era feliz, cheia de energia e podia ser uma fofa, mas costumava canalizar isso controlando tudo, especialmente sua necessidade de ser a melhor em tudo. Ela sempre foi, e ainda é linda e tinha um corpo perfeito. Os caras a amavam, as garotas queriam ser ela, e ela sempre conseguia o que queria. Então ela não era alguém que dava risadinhas feito uma menina boba. Isso fez com que eu me sentisse estranha. — Eu ainda não consigo acreditar que Kyle manteve contato com ele e não me contou. — Ela soprou o ar. — É só eu ouvir o nome dele que me torno... — Eu quase conseguia imaginá-la se abanando. — Assim, ele era o único garoto que conseguia me deixar desse jeito... que ainda consegue, ao que parece.

Me senti ainda mais estranha.

Uma única pessoa a fazia agir dessa maneira. Mesmo *anos* depois. Aquele que ela nunca foi capaz de fazer ansiar e babar por ela, não importava o quanto corresse atrás dele. Kasey disse a todo mundo que eles estavam namorando, e os dois até foram ao baile de formatura juntos. Mas, pelo que me lembro, ele parecia torturado o tempo todo e nunca se referia a ela como namorada, e foi embora logo após a formatura.

— Kasey... — Engoli em seco, o suor escorria pela minha coluna enquanto a minha pele arrepiava, pressentindo o desastre vindo em minha direção.

— Acho que o Kyle o convidou para o casamento, e ele viria, mas a moto dele quebrou bem perto de Pasadena. Você sabe onde é? — Ela mal fez uma pausa antes de seguir em frente. — De qualquer forma, eu disse a

Amie que você estava passando exatamente por lá.

— Não exatamente por lá — murmurei. Tecnicamente não era longe, mas com trânsito? Poderia ficar a bem mais de uma hora de onde eu estava.

— E que não seria incômodo nenhum você ir pegá-lo, já que também estava a caminho daqui. Tipo, quais são as chances? — cantarolou, admirada e emocionada. — O Kyle ligou de volta e disse que você está indo buscá-lo. Vou te mandar uma mensagem com o endereço do lugar para onde ele teve que levar a moto.

— Kas…

— Eu não posso acreditar que ele vai vir. Não o vejo desde a formatura. Eu estou que não me aguento. Faz tanto tempo. Tipo, nove anos.

— Kase…

— Você sabe o quanto eu gostava dele, Kins? Ainda acho que ele é o cara. Eu penso nele o tempo todo. Aquele que foi embora…

Inclinei a cabeça para trás e belisquei o nariz. O *cara*? O sujeito era um babaca. Ele a tratou e a todas as outras garotas que caíam a seus pés como lixo. Ele até tinha um apelido, que parecia simplesmente encorajar seu comportamento. Eu era cinco anos mais nova e não entendia o motivo de tanto estardalhaço. Ele era o garoto problemático completo com todos os traços de personalidade *encantadores* que acompanhavam o comportamento. Ríspido, arrogante, rude e mulherengo. A amizade dele com o meu irmão era uma daquelas combinações estranhas. Eles se conheceram jogando futebol americano e, por algum motivo, viraram bons amigos. Minha irmã era louca por ele, passava muita vergonha dando em cima do cara, enquanto eu fingia vômito e revirava os olhos. Parecia que eu era a única que o via como ele realmente era.

Um cretino de marca maior.

— Por favor, por favor, por favor, Kins — Kasey implorou ao telefone. — Ele não virá de outra forma, e sinto que isso é o *kismet*. Eu deveria vê-lo novamente.

— *Kismet?* — Bufei. — Qual é. Ele foi um idiota com você. Por que você parece esquecer essa parte? Não é destino coisa nenhuma.

— Ele não foi. Ele simplesmente não queria fazer nada para estragar a amizade com o Kyle. Mas nós crescemos. As coisas são diferentes.

— Ele pode estar casado e com filhos a essa altura. — Embora eu não conseguisse visualizar de jeito nenhum o cara de quem eu me lembrava se comprometendo com uma garota.

— Não. Ele não está. Acho que ele terminou um relacionamento há pouco tempo. — A voz dela subiu duas oitavas. — Tá vendo? *Kismet*. Acabei de terminar com o Peter. Por favor, Kins. Faça isso por mim.

Aff, o Peter. Alguém com quem minha irmã namorou por quatro anos e meio, depois de conhecê-lo na faculdade. Ele era tão sem sal que me causava arrepios. Parecia que ele estava interpretando um papel em um filme meloso, desses bem água com açúcar. Quando ela o flagrou a traindo com a secretária, percebeu que não era tão perfeito. O que só enfatizou a sua falta de sal, pois até o *affair* dele foi um clichê.

— Kase, isso não é simplesmente dar carona a alguém por umas poucas horas. Eu estava planejando aproveitar o caminho. Tirar *umas férias.* — Eu não queria um passageiro indesejado em uma jornada de dez dias. Eu não o deixaria atrapalhar meus planos. Estas eram as minhas férias.

— Outro motivo para eu discutir com você, já que preciso de você aqui, mas se você fizer isso por mim, vou te perdoar por não me ajudar com o casamento da Amie e do Kyle.

— Por que ele não pode ir de avião? — Joguei os braços para o alto, surpreendendo Bode; seus olhos vibraram, ele ainda parecia estar entediado com a conversa. — Ele não vai se juntar a mim por dez dias.

— Eu não sei, mas acho que não era uma opção. O Kyle teve que implorar para que ele viesse, e levou algum tempo para ele aceitar que você fosse buscá-lo.

— Viu, nenhum de nós quer fazer isso.

— Este é o casamento do seu *único* irmão. Você não quer que os amigos dele estejam presentes? Não acha que ele merece isso?

Eu podia ouvir o que não estava sendo dito: *Não seja tão egoísta, Kinsley.* Meu telefone apitou, duas mensagens chegando.

> Você pode fazer esse favor para o seu irmão? Ele realmente quer que ele venha. Vai significar muito para ele. Te amo — Mamãe

> Ei, fedelha! Eu sei que a Kase está falando com você, mas quero acrescentar meu apelo. Não o vejo há anos. Significaria muito para mim. Obrigado, maninha — Kyle

Ah, porra.

— Kins. Por favor.

Solto um suspiro profundo, sentindo minha decisão desmoronar; fazer minha família feliz superava os meus planos. O que eu queria. O que essa viagem significava para mim.

Como se minha irmã pudesse sentir o cheiro de sangue na água, ela falou rapidamente:

— Significaria muito para Kyle. E, claro, para mim também. Eu tenho sonhado em vê-lo novamente. Que nós teríamos essa segunda chance. Sinto em meu íntimo que estamos destinados a ficar juntos.

Olhei para Bode, com os ombros caídos.

Meeerdaaa. Eu não podia acreditar que estava prestes a fazer isso.

— Qual é o endereço?

Durante todo o trajeto até o leste de Pasadena, eu mudei de ideia a cada poucos minutos. Uma vez, na verdade, cheguei a retornar antes de parar em um posto de gasolina e bater no volante até dar meia-volta e seguir rumo ao endereço novamente.

Quando cheguei perto da saída, parei para me esticar e deixar Bode fazer as suas necessidades, sem pressa nenhuma para chegar lá.

— É melhor ele não achar que tem uma carona garantida até lá. — Chutei uma pedra, conversando com meu cachorro, vendo-o cheirar e fazer xixi em cada arbusto que passamos. — Ele não percebe que pretendo demorar bastante para chegar? Conhecendo a Kasey, provavelmente não. Ele deve estar pensando que eu vou direto. Eu vou bem felizinha levar a bunda dele para um aeroporto.

Bode olhou para mim, inclinando a cabeça como se estivesse pensando: *Garota, se recomponha.*

— Pare de me julgar. — Bode inclinou a cabeça para o outro lado. — Sim, eu sinto seus olhos julgadores. — Suspirei, e voltei para a van. Comprei um café gelado para mim e água para Bode em uma cafeteria ali perto, respirei fundo, entrei na van e fui para o meu destino mais abaixo na rua.

Quando vi o nome da oficina, meus nervos dançaram ao redor do meu estômago, dando piruetas e desfilando, fazendo o ácido queimar as minhas entranhas.

Parando na entrada, estacionei ao lado de uma motocicleta, uma vibração nervosa tremulou da minha garganta conforme eu encarava os alforjes presos nas laterais.

O SB monogramado na lateral me disse que não havia nenhuma dúvida de que eu estava no lugar certo. E lá dentro, esperando por mim, estava o infame Smith Blackburn.

Também conhecido como:

Cretino Presunçoso.

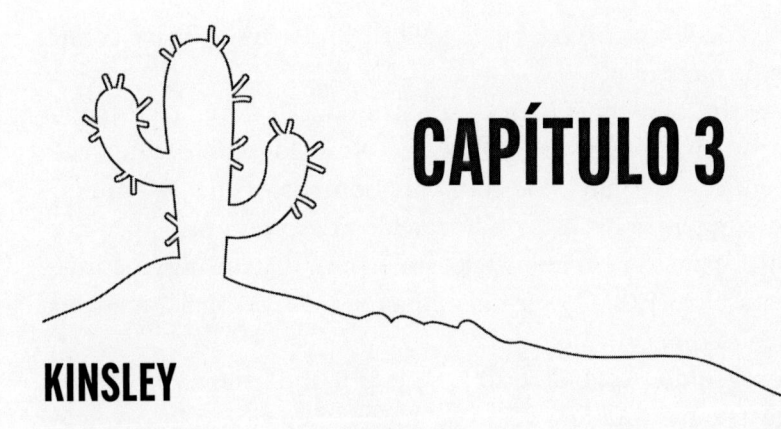

CAPÍTULO 3

KINSLEY

Era assim que todos o chamavam, dentro e fora de campo. Em vez de se sentir insultado, ele assumiu o apelido com orgulho e fez as garotas caírem ainda mais a seus pés com uma piscadinha convencida na direção delas. Eu ficava perplexa com minha irmã e as amigas quando vinham para casa ou quando eu fazia o as tarefas da escola enquanto esperava minha irmã terminar o treino das líderes de torcida. Elas davam risadinhas e agiam feito cabeças de vento quando estavam perto dos jogadores de futebol americano, *especialmente* de Smith. Minha mente de onze anos de idade ficava se perguntando quando todas elas ficaram tão estúpidas. Elas não tiveram tanto dano cerebral no ano anterior, certo? Minha irmã ria e me dava tapinhas na cabeça como uma criança e dizia:

— Só espere, Kins. Você vai ser tão louca por meninos quanto a gente. Um dia um cara vai fazer você perder completamente o juízo.

Ela estava errada. Eu nunca perdi. Nem mesmo com o Jason. Fiquei na defensiva e lutei contra sua atenção por um bom tempo, nunca acreditando que o garoto popular gostava de mim. Mas vou dar crédito a Jason; ele se empenhou bastante, e por fim acabou me conquistando. Com Ethan foi igual, e depois de todo mundo me dizer que eu era uma boba por não ceder a ele, que ele gostava muito de mim, eu finalmente cedi.

Os dois queimaram e esmagaram meu coração, e eu não estava apaixonada por nenhum deles. Eu não poderia nem imaginar a capacidade que alguém teria de me machucar se fosse o caso. Jurei que nenhum cara jamais teria esse tipo de poder para me destruir.

— Bem, Bode, lá vamos nós. — Afaguei o nariz dele antes de abrir a porta e sair da van, querendo rastejar de volta para o ar-condicionado do veículo. O calor do dia explodiu nas minhas pernas e braços expostos.

Levantei os óculos escuros e saí do sol brilhante para a oficina escura, fedida e cheia de óleo.

— Olá. — Um homem coberto de graxa e suor se virou, recostando-se em um carro em que estava trabalhando. O cabelo louro desgrenhado e sujo estava enfiado sob um boné com o logotipo da oficina. — Em que posso te ajudar, querida? — Seus olhos ávidos desceram pelo meu corpo bem devagar, parando em meus seios, que eram de tamanho mediano, senão mais para pequenos. Correr mantinha meu corpo esguio, mas meu amor por biscoitos era enorme.

Por estar seguindo para o deserto, eu estava usando short curto e uma regata preta justa e meu All Star velho de guerra; meu cabelo longo, liso e escuro estava preso em um rabo de cavalo. Nada de outro mundo, mas, sob o escrutínio dele, a roupa me fez sentir como se eu estivesse usando uma calcinha de stripper.

— Estou aqui para... — Olhei em volta, meus olhos lutando para se ajustar à luz fraca do interior.

— Procurando por mim, Baby K? — Uma voz grave e profunda deslizou na minha direção, enrolando-se ao redor do meu corpo. Minha pele corou enquanto eu virava a cabeça para o lado. Vindo da área de espera, uma fera caminhou até mim, com um sorriso curvando o canto de sua boca.

Puta merda.

O ar foi sugado dos meus pulmões, junto com qualquer lógica e compreensão. Tudo que eu podia fazer era olhar para o homem na minha frente, tentando ver o garoto que conheci há muito tempo. Antes de Smith e meus irmãos se formarem no ensino médio e ele ir embora da cidade, o cara estava sempre na nossa casa. Eu tinha entre onze e treze anos na época. Fotos dele ainda estavam penduradas em nossa casa, me lembrando de que Smith era alto, forte, com cabelos escuros e olhos azuis, mas a pessoa que se aproximava não era mais um menino sob nenhum aspecto.

Embora ele ainda tivesse toda aquela aura de cara problemático.

Vestindo jeans escuro, camiseta e coturno, seu corpo de cerca de 1,93m de altura quase preenchia o corredor. Largo e musculoso, a camisa preta lutava para não abraçar cada centímetro de seu peito e braços. Tatuagens cobriam um braço, me fazendo pensar se ele tinha mais por baixo da camisa e onde. O cabelo castanho-chocolate estava perfeitamente despenteado, e a barba por fazer, que poderia ser considerada uma barba completa, destacava o lábio inferior carnudo. Uma cicatriz que eu não me lembrava cortava o lábio superior, mas em vez de diminuir sua boa aparência, só aumentou a aura misteriosa e sexy de bad boy.

Kasey sempre disse que ele poderia ser modelo, mas eu nunca tinha parado para pensar no assunto até agora. Ele era mais bonito do que qualquer homem que eu já tinha visto na vida, ou na capa de uma revista. Smith Blackburn era sexy pra cacete.

É certo que a minha irmã vai desmaiar quando vir como ele está agora.

Kasey nunca namorou o tipo vigoroso e dominante. Ela gostava de estar no controle. Embora eu pudesse vê-los juntos. Eles seriam aquele casal repugnantemente lindo… e sua prole… Afff.

Por alguma razão, a ideia de levar o futuro namorado da minha irmã através do país para ela como se eu fosse uma entregadora do correio, interrompendo minhas férias, fez a raiva e o ressentimento fervilharem dentro de mim.

O olhar de Smith mergulhou pelo meu corpo, mas não demorou muito e seus olhos azuis penetrantes estalaram de volta para cima. Nem uma única emoção ou resposta, como se eu ainda fosse a garota de treze anos que ele viu da última vez. Um estranho surto de irritação travou minha coluna com a ideia de que ele ainda me via como a mesma garotinha.

— Faz muito tempo, Baby K. — A voz profunda fez meus pés se moverem, e meus dedos colocaram uma mecha imaginária de cabelo atrás da minha orelha.

— É. — Pigarreei, meu nariz franziu por causa do velho apelido irritante. Cinco anos era uma diferença enorme de idade na época, mas nenhuma pré-adolescente gostava de ser chamada de bebê. Especialmente por um idiota. — Faz sim.

Talvez não o suficiente.

Ele deu um sorrisinho convencido, como se sentisse minha irritação e ficasse muito satisfeito. O cara cruzou os braços quando voltou a me olhar dos pés à cabeça.

— Sorte a minha você estar tão perto quando a minha moto quebrou.

— Eu não estava perto — murmurei. A intensidade de seu olhar me fez contemplar os arredores, pois eu fui incapaz de travar o meu no dele.

Havia muitos caras sexys e bonitos em San Diego, mas sua presença parecia estar em um plano diferente. Ele tinha aquela distinção que a gente encontrava em celebridades: intensa, sexual, abrangente e invasora. Não dava para fugir da presença dele. Ela exigia toda a atenção sem dizer uma única palavra.

— Como se fosse para ser. — Ele inclinou a cabeça. — *Kismet*.

Minha cabeça disparou para cima, a palavra foi um soco no meu peito. Exatamente o que Kasey disse. Raiva irracional flamejou minha garganta.

— Se você quiser chamar de *kismet* a minha bondade de dirigir de volta uma hora fora do meu caminho para transportar seu rabo para o aeroporto... — Eu levantei uma sobrancelha. — Então, claro, tudo isso era para ser.

Um sorriso torceu o canto de sua boca, o olhar implacável se fixou em mim.

— Tão atrevida quanto *eu* me lembro.

— E tão condescendente quanto eu me lembro. — Cruzei os braços e contra-ataquei. Eu odiava que os homens ainda considerassem uma garota de opinião como sendo atrevida, audaciosa ou espevitada. Nós diríamos o mesmo sobre um cara? Não. Então, por ter um pensamento próprio, eu era "geniosa". Ele sempre teve o dom de me fazer querer atacar. Enquanto todos o adoravam, eu me sentia a única que *não* estava presa em sua teia.

Seu sorriso aumentou, gostando de me atormentar novamente.

— Então... vocês dois são? — A atenção do mecânico disparou entre nós.

— Não! — nós dois dissemos.

— Não, cara, ela é como minha irmã mais nova.

Os olhos do mecânico brilharam, um sorriso faminto tomou seu rosto.

— Bem, então, querida, talvez você fosse gostar...

Em um piscar de olhos, Smith parou de achar graça, um rosnado zumbiu do fundo de sua garganta quando ele se aproximou do cara, elevando-se pelo menos quinze centímetros acima dele. Ele nem precisou dizer uma palavra. No mesmo instante, o cara se afastou, erguendo os braços.

— Você não tem algumas peças para encomendar? — Smith acenou de volta para a moto esperando para ser consertada. — Um trabalho a fazer?

— Aham, aham. — O cara recuou bem rápido, nem mesmo olhando para mim enquanto se dirigia para o escritório. — Desculpa, cara, a garota é gostosa demais, e eu pensei que ela estivesse disponível — ele disse, antes de desaparecer para o escritório.

— Disponível? — Meu queixo caiu, meus pés se moveram sem pensar, a fúria me percorreu como tudo.

— Calma, Baby K. — Smith se moveu na minha frente, suas mãos circularam meus bíceps, o corpo alto se elevando sobre meus 1,67 m, me segurando no lugar.

— Não me chame assim. — Seu toque causou uma descarga elétrica nos meus braços, e eu me afastei, fazendo careta para Smith.

— Cinco minutos e já está causando problemas. — Ele esfregou o queixo, balançando a cabeça ligeiramente, com a atenção centrada em mim, me forçando a desviar o olhar.

— Você está pronto? — Tirei os óculos de sol do alto da cabeça, e os empurrei para o meu rosto, me virando para a van. — Para qual aeroporto você quer que eu te leve?

Ele saiu comigo, pegou os alforjes na moto e os jogou no ombro.

— Nada de aeroporto para mim. — Ele me deu um esbarrão ao passar, e colocou os óculos de sol. Droga, o cara era intimidantemente atraente. — Me disseram que a gente estava nessa juntos, o caminho todo.

Perigo. Perigo.

— Eu não estava planejando ir direto para lá. — Eu o observei caminhar para o lado do passageiro.

— Tudo bem. Eu também não estava. — A sobrancelha escura se ergueu.

— Eu já tinha minha viagem planejada; está tudo definido.

— Isso parece… organizado.

— Você está me julgando?

Ele ergueu as mãos.

— Eu nem sonharia com isso. Só parece que tira toda a diversão e o objetivo de dirigir pelo país.

— O que isso quer dizer?

— Ser flexível e aberto ao que há por aí é a aventura. Fazer reservas e ficar nos locais planejados não parece como se você estivesse experimentando algo fora do habitual.

— Agora você acha que me conhece?

— Não. — Ele voltou a erguer os braços. — Apenas uma observação.

— Bem, já que você está interrompendo as *minhas* férias, eu não pedi sua opinião. Além do mais, é arrogância pura, bem típico de homem dizer algo assim.

— Típico de homem?

— Homens nunca precisam se preocupar em dirigir sozinhos pelo país. Nunca precisam se preocupar se serão agredidos, drogados ou estuprados. Você nem imagina como precisamos estar em alerta a cada momento. Eu viro um alvo só de um cara me ver viajando sozinha ou se eu parar para tomar uma bebida em um bar.

— É. — Ele abaixou a cabeça. — Você está certa. Nós não passamos por isso.

Assenti em acordo, sentindo que ganhei algum tipo de debate. Deveria saber que não seria tão simples assim.

— O que faz ser ainda melhor eu ir junto com você, hein? — Ele levou a mão à maçaneta, e a cabeça de Bode apareceu sobre o painel.

— Oh, meu cachorro tem medo de… — Eu estendi a mão, precisando avisar Smith, mas a porta já estava aberta, deixando ele e Bode cara a cara. Eu esperei pelo rosnado, esperei ver Bode se afastar desse homem enorme. O namorado de Sadie, Nathan, era alto e sarado, mas nem de perto era tão assustador quanto esse monstro de homem, e Bode ainda se escondia de Nathan.

Bode se inclinou para trás, o corpo enrijeceu como se ele fosse desmaiar, mas parou quando a voz grave e profunda de Smith falou:

— Ei, garoto. — Smith estendeu a mão para frente, deixando Bode cheirá-lo. O cãozinho aproximou o nariz e se inclinou para trás, o peso mudando entre suas patas, mas não rosnou nem fugiu. Bode se inclinou timidamente para frente, farejou e depois bateu a cabeça na mão grande de Smith, convidando-o a fazer carinho nele, aconchegando-se no homem enorme.

Minha boca caiu aberta. Que porra aconteceu aqui?

— Mas você não é muito bonzinho? — A voz baixa disse suavemente enquanto ele acariciava o pelo branco de Bode, os olhos azuis encontraram os meus no que eu abri o lado do motorista.

— Esse é Bode.

— Bode? — Smith bufou, esfregando o peito. — Devo perguntar?

Bode se inclinou para cima e lambeu o rosto dele, o que fez minha boca se escancarar ainda mais.

— O quê?

Eu balancei a cabeça.

— Ele geralmente não gosta de homens.

Um sorriso sexy ergueu a boca de Smith, fazendo algo entre as minhas pernas pulsar.

— Acho que isso me torna especial.

— Ou um homem de mentirinha.

Ele riu, os olhos cintilaram, focando diretamente em mim.

— Gostaria de verificar por si mesma e descobrir?

A dor entre minhas pernas me fez subir correndo no banco do motorista, enfurecida com o meu corpo traidor. Não fazia nenhum sentido. Eu odiava o cara.

Destravei a coleira de Bode, e ele foi para a parte de trás e pulou na cama que ocupava a maior parte da carroceria.

— Você está pronto para ir, ou não? — Apertei o cinto, rosnando ao ligar o carro.

Ele jogou as coisas lá atrás, e se acomodou no banco do passageiro.

— Depende, Baby K… *Você* está pronta?

— Para quê?

— Uma aventura de *verdade*? — Ele me deu uma piscadinha.

Ah, sim, a experiência seria muito divertida.

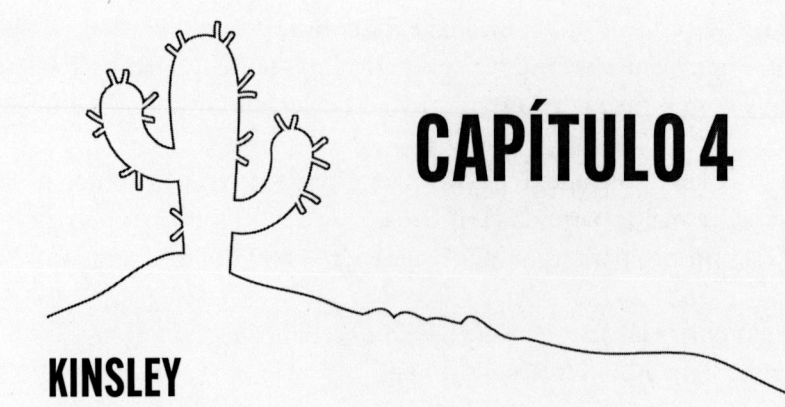

CAPÍTULO 4

KINSLEY

— Então, o que você tem aprontado? — Smith recostou-se no banco, com as pernas abertas, o braço no parapeito da janela, parecendo muito à vontade e confortável, enquanto todos os nervos do meu corpo estavam tensos e em alerta a cada movimento e respiração dele. O ar-condicionado mexia em seus cabelos escuros, o olhar carregado foi da janela para mim. — Quanto tempo passou? Oito anos ou algo assim?

— Nove. — Quase exatamente. Eu tinha treze anos quando todos eles se formaram, Smith foi embora logo depois, e nunca mais foi visto, nem mesmo nas férias e nos feriados. Pelas pequenas coisas que meus pais diziam e pelos hematomas que eu via no corpo de Smith, eu sabia que o convívio dele em casa com o pai não era ótimo, razão para ele passar tanto tempo na nossa. Os dois se mudaram para a nossa cidade depois que a mãe dele morreu, quando eu tinha onze anos. Eu não interagi com Dan Blackburn além de quando o via ao procurar Smith em nossa casa, parecendo bêbado e zangado. Mamãe me disse que Dan morreu no ano passado de insuficiência hepática, e Smith não voltou nem mesmo para o funeral.

— Nove — ele repetiu, olhando para mim como se finalmente percebesse que eu tinha crescido naqueles anos. Eu me remexi no assento, minha pele pontilhada de suor, embora o ar frio soprasse direto em mim. — Seu irmão disse que você acabou de se formar na Universidade de San Diego. Parabéns.

Dei de ombros, sentindo o vazio que vinha sempre que alguém me dava os parabéns. Eu me esforcei tanto para sair de lá, mas me sentia ainda mais perdida do que quando eu entrei. Mas atravessar o palco para o reitor me entregar um canudo de diploma vazio pareceu muito oportuno.

Vazio de finalidade.

— Não me diga que... a mais jovem Maxwell não tem ideia do que quer fazer com a vida. — Ele fingiu horror, os lábios se contorcendo, achando graça.

— Cala a boca — eu resmunguei, aborrecimento encobrindo meu tom.

Smith explodiu em gargalhadas, o som profundo e vigoroso enviando calor e irritação pelo meu pescoço.

— Você não mudou nada, não é?

— O que você quer dizer? — Ele abriu os braços, apontando para si mesmo. — Não acha que eu mudei desde a última vez que me viu?

— Mais músculos, porém menos neurônios.

Ele bufou, e balançou a cabeça.

— Não acha que está meio cedo para me julgar assim?

— Está esquecendo que eu te conhecia. Que eu era a única que parecia ver além de suas besteiras.

— Você não gostava muito de mim.

— Ainda não gosto.

Em vez de reagir como uma pessoa normal quando insultada, ele riu, e os olhos se encheram de vida.

— Tudo o que eu ia dizer era que eu acho que você é perfeitamente normal, Baby K. A maioria das pessoas não têm ideia do que vão fazer logo que se formam na faculdade. Seu irmão e sua irmã é que são os anormais. Você sabe quantas pessoas chegam a exercer a profissão para a qual se formaram? Nem trinta por cento. — Ele passou a mão pelo cabelo sedoso e escuro, a atenção indo para o deserto que passava pela janela. — Por isso que eu nem me dei ao trabalho. Eu sempre soube que a faculdade não era para mim.

Lembrei que ele só se formou porque o time de futebol americano não queria perdê-lo, o que achei uma afronta. Ele nunca me pareceu nem remotamente burro. Na verdade, às vezes ele vinha com uma citação de um livro quando eu perguntava se ele sabia o que era um livro. Ele quase foi reprovado porque não dava a mínima para assistir às aulas.

— Então, se não foi faculdade, o que você fez nesses nove anos?

Um sorriso lento e travesso curvou sua boca, a atenção dele ainda estava voltada para fora da janela.

— Vivi.

— Você poderia ser mais específico? — Revirei os olhos. — No que você trabalha?

— Você quer saber o que eu faço para ganhar dinheiro, ou o que eu faço que me deixa feliz? — Ele sorriu para mim, evitando a pergunta.

— Então... só pode ser prostituição.

Uma risada sufocada subiu por sua garganta, e sua cabeça pendeu para trás.

— Aí eu estaria ganhando dinheiro fazendo algo que eu amo e em que sou muito bom.

— Ai, meu Deus, você pode simplesmente responder à pergunta? — Suspirei, e bati no volante.

— O que eu faço vai dizer algo sobre mim? Vai fazer você me entender?

— Quer saber? Esquece. Não precisa responder. Na verdade, não fale a menos que seja para me dizer em qual aeroporto eu devo te deixar.

— Estou bem, obrigado.

Um resmungo baixo escapou da minha garganta. Eu me concentrei na estrada, no calor batendo na pista em ondas borradas no sol do fim da tarde. Pegá-lo me atrasou quase três horas.

— Construção. Em Santa Monica — ele finalmente respondeu, olhando pela janela. — Mas me mudei para Hermosa Beach há pouco tempo.

— Santa Monica e Hermosa? — Ergui as sobrancelhas. Passei um fim de semana por lá. Sadie e eu fomos de carro, ficamos em um hotel bem baratinho, porque era muito caro por lá. O píer e o calçadão eram legais, um nome riscado na minha lista de lugares para conhecer. Nós passamos por Hermosa e Redondo na volta. O litoral era muito lindo, assim como as pessoas, mas o mundo das celebridades/cinema não era muito a minha praia. Tudo parecia tão falso, superficial e artificial. Deve ser por isso que ele adorou. Uma coleção interminável de modelos e atrizes. — Estranho, nós estávamos a apenas algumas horas um do outro e não sabíamos disso.

— O que você teria feito? Ido me visitar? — Ele virou o corpo para mim, e inclinou a cabeça. — Teria se aventurado para fora do seu mundinho controlado e tomado uma bebida em um bar com um cara que você odiava quando era criança?

— Mundinho controlado? — Minhas pálpebras se estreitaram, e eu o fuzilei com o olhar. — Você não me conhece.

— E *você* não me conhece — ele rebateu, me fulminando. — Mas me diga que estou errado, que você não tem um aplicativo aí no celular marcando cada lugar, cada parada, como um guia turístico sem graça, cheio de clichês? Mostrando todos os lugares em que você deveria parar e que deveria ver em uma viagem, mas que, no fundo, você não dá a mínima para ver nem a metade. Me conta, o World's Largest Ball of Twine, aquele ponto turístico que tem o maior novelo de barbante do mundo, está na sua lista, não está?

— Vai se foder.

— Se isso for desalojar a vara da sua bunda.

— Ai, meu Deus. — Eu puxei o volante para o acostamento, nos fazendo pular no assento como milhos de pipoca, a poeira levantou ao nosso redor quando parei derrapando, Bode deslizou para fora da cama. E ficou de pé, abanando o rabo, movendo-se entre os dois bancos da frente.

— Cai fora! — Apontei para a porta do passageiro, encarando Smith, cheia de raiva.

Ele me encarou, sem qualquer emoção, a mão acariciando Bode distraidamente. Calmo. Frio. Nem um pouco perturbado pela minha parada repentina.

— Eu disse para você cair fora! Encontre outra forma de chegar lá. Estou de saco cheio. — Voltei a apontar para a porta.

— Não.

— Não? — repeti.

— Você realmente me deixaria no meio do nada com um calor desses? — Ele apontou para fora da janela. — Onde eu poderia ser sequestrado e abusado? Tipo, há muitas *lobas* por aí, indo para Las Vegas, na caça de uma presa como eu.

Eu me esforço para não rir, e balanço a cabeça.

— Você é repugnante.

— E você está de onda.

Meu queixo caiu.

— Você não vai me expulsar do carro aqui no meio do deserto.

— Quer apostar?

— Claro. — Uma palavra, e o desafio foi colocado aos meus pés.

A fúria arranhou minhas costas, estrangulando meu peito. Por causa dele. De mim mesma… porque o cara estava certo. Eu não faria isso. Eu não gostava dele, mas não conseguiria fazer isso com ninguém. Além disso, minha irmã e meu irmão me *matariam*.

Encarei o volante, meus dedos ficaram brancos antes de eu soltar um grito estrangulado de frustração. Bode veio para mim, o nariz cutucou o meu braço, o rosto meigo querendo aliviar meus problemas. Enfiei os dedos em seu pelo; e a língua dele lambeu minha mão, me acalmando.

A gente não merece os animais, sério.

— Quando você for desafiar alguém, Baby K, certifique-se de que consegue seguir em frente com a ameaça.

— Não me teste — rosnei para ele. — E não me chame assim. Eu te odiava naquela época, e desprezo ainda mais agora.

— Por quê?

— É condescendente e me faz sentir como se eu ainda fosse uma menininha de onze anos desajeitada.

Ele murmurou algo baixinho que soou como: *"Porra, eu queria muito que fosse o caso."* Mas eu não tinha certeza.

— O quê?

— Nada. — Ele bateu uma das mãos na coxa, esfregando-a distraidamente. — Então… qual é o primeiro da sua lista?

Meus olhos se prenderam em sua mão, na forma como seu jeans abraçava suas pernas musculosas e…

— Kinsley? — Sua voz fez minha cabeça se erguer num estalo. A presunção fez seus lábios se contorcerem, me dizendo que ele super viu que dei uma secada nele. O rubor inundou as minhas bochechas, e minha cabeça acenou para a vasta terra estendida à nossa frente.

— Eu ia parar no Joshua Tree para almoçar, mas está fora de questão se quisermos chegar a Phoenix esta noite.

— Por que temos que chegar a Phoenix esta noite? — ele rebateu.

— Porque…

— Porque você tem um lugar reservado?

Soltei um bufo pelo nariz.

— É.

— Deixe-me ver se entendi. No meio do dia, nesse calor infernal, com um cachorro, você queria parar no deserto para almoçar em um *café* perto do Joshua Tree… só porque sim?

Eu abri a boca, mas nada saiu, meus pensamentos zombaram de mim. *Para dizer que estive em Joshua Tree. Para riscar o lugar da minha lista.* Franzi os lábios e olhei pela janela lateral, me sentindo estúpida.

— Você quer muito ver o Parque Nacional?

— Quero. — Inclinei um ombro. — Vi fotos de lá e achei muito legal. Eu sei que é melhor ir na primavera, mas pensei que já que estou de passagem…

— Você já acampou no deserto antes?

— Não.

— Você não sabe o que está perdendo. A primavera é ótima, mas uma noite de verão no deserto é incrível. — Ele esfregou as mãos. — O que você diz, Maxwell? Quer dormir sob as estrelas esta noite?

Eu me inclinei para trás e olhei para ele, enquanto acariciava Bode. Ele estava com a boca aberta, olhando para mim com a mesma expressão. *Nós podemos? Hein, hein?*

Droga! Respirei fundo e balancei a cabeça.

— Claro. Por que não?

— Como você sabia desse lugar? — Peguei meu fogão na parte de trás, e o entreguei a Smith. O sol começava a baixar no horizonte, manchando as nuvens brancas com um arco-íris de cores brilhantes: azuis, roxos, amarelos, vermelhos e laranjas. Depois de pegarmos alguns mantimentos, dirigimos até um local que Smith conhecia, onde era permitido acampar. O sol estava começando a mergulhar no céu.

— Nós podemos arrumar o acampamento mais tarde. — Ele ignorou minha pergunta, fazendo sinal para que eu o seguisse. — Veja se você consegue simplesmente curtir o momento sem tirar um milhão de fotos.

— Você está me dizendo o que devo fazer? — Eu peguei meu celular, o segurei bem alto e tirei uma dúzia de fotos, enquanto erguia a sobrancelha para ele, lançando o desafio.

Ele bufou, cruzou os braços e olhou para a vista. Guardei o celular, imitei sua postura e absorvi a paisagem. Bode se largou entre nós, alheio à beleza, ofegante depois de perseguir coelhos e lagartos.

Levei vários minutos para relaxar e controlar o impulso de tirar mais fotos, para as quais eu dificilmente olharia depois, e me firmei no agora. Meus sentidos finalmente absorveram a beleza inacreditável, as cores borrando a dureza da terra.

Respirei fundo, e o cheiro de terra queimada pelo sol e o perfume de cactos e outras plantas invadiram meu nariz, meus ombros relaxaram.

Os pássaros mergulhavam no céu, procurando presas enquanto coelhos de orelhas compridas e répteis escamosos corriam pelo chão, indo passar a noite no subsolo antes de se tornarem o jantar.

Tudo crepitava com vida e beleza.

— Acho que as pessoas ficam tão preocupadas em mostrar a todos a vida e as experiências incríveis que tiveram, tentando tirar a melhor foto para deixar todo mundo deslumbrado, que esquecem de realmente viver o momento. *Estar* lá e experimentar. Viver pessoalmente a experiência em vez de por uma tela — ele falou ao meu lado.

Não respondi, mas concordei. Eu sabia que era uma dessas pessoas. A tecnologia nos convenceu de que devemos mostrar aos outros todos os nossos momentos e pensamentos, em troca de curtidas ou respostas. Será que fazemos mais alguma coisa só para nós mesmos? Temos a experiência sem ninguém saber dela? Como se o momento não tivesse realmente acontecido se não o compartilhamos nas redes sociais.

— É incrível, não é? — Smith suspirou. — Eu sempre me esqueço de como é pacífico aqui fora.

— Você esteve aqui muitas vezes?

Ele encarou as botas, um nervo estremeceu em seu olho.

— Duas vezes.

Esperei, mas ele não continuou.

— Ah.

— O quê?

— Uma garota. — Encarei o nada, por algum motivo não quis olhar para ele.

— Eu não disse isso.

— Não precisou.

— Então, você me entendeu completamente?

— Não. — Eu abri um sorriso, e meu olhar deslizou para ele. — A Kasey, sim.

Ele mordeu o lábio, e balançou a cabeça em compreensão.

— Ela pode ter mencionado que você terminou com alguém há pouco tempo. — Voltei a encarar o pôr do sol, as cores se intensificavam cada vez que eu piscava; todos os meus problemas e frustrações pareciam estar a milhões de quilômetros. — Somei um mais um.

— Não é a mesma garota que me trouxe aqui. — Ele cruzou os braços. — Mas obrigado por me lembrar que o que você diz a um gêmeo, o outro ouve.

— E eu não sei disso?

— Sim, eu acho que *você* saberia. — Seu braço bateu no meu, lançando raios de eletricidade pela minha pele, seus olhos azuis capturaram os meus, queimando com a luz dos últimos raios do sol.

Por um momento, nós ficamos nos encarando; sombras e cores pintadas ao nosso redor como um cenário de filme.

Droga, esse cara é gostoso pra cacete. O pensamento passou pela minha cabeça, e logo o empurrei para longe, uma onda de vergonha e fúria subiu pela minha coluna. Afastando-me, eu me virei para a van.

— É melhor nos prepararmos antes que a luz vá embora. — Eu não esperei pela resposta dele, e voltei para o veículo.

— É — ele murmurou atrás de mim. A sensação de sua forma bateu na minha pele enquanto eu cavava na parte de trás da van, pegando os mantimentos e comida para Bode.

Recomponha-se, Kins. Sim, ele é atraente pra caramba, mas você não gosta dele. É só porque você está sozinha, perdida e foi jogada em uma cena de algum filme romântico ruim.

Poderia deixar qualquer uma com morte cerebral.

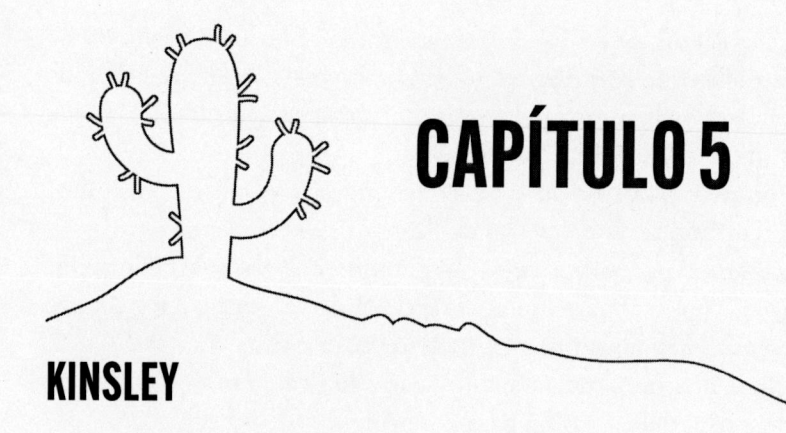

CAPÍTULO 5

KINSLEY

As chamas estalaram como se estivessem tentando tocar as estrelas brilhantes que enchiam o céu de uma forma que parecia que alguém tinha espalhado purpurina em papel preto.

— Uau — sussurrei, olhando para cima. Bode se enrolou pela metade no meu colo, enquanto a outra preenchia o resto da cadeira dobrável. Nós dois estávamos cheios e contentes, aconchegados em um cobertor fininho. Smith tinha feito hambúrgueres e espiga de milho, e nós bebemos cerveja gelada para acompanhar a refeição. Estava tão gostoso, mais que o normal, porém o ar livre sempre me deixava com mais fome, e eu juro que despertava minhas papilas gustativas. Cozinhar nunca foi a minha atividade predileta, então eu limpei tudo, e agora esfregava a barriga e observava o show de luzes acima de nós. Eu nunca tinha visto um céu tão cheio de estrelas; a atmosfera parecia próxima o suficiente para ser tocada.

A noite estava amena, mas tinha uma pontada de frio no ar, e eu estava com preguiça de vestir a calça jeans, então usei Bode e o cobertor para aquecer as pernas.

— Vir aqui coloca as coisas em perspectiva. Todas essas preocupações e problemas, coisas que você achava que estavam destruindo sua vida, parecem um pouco menores aqui.

Abaixei a cabeça e meu olhar pousou em Smith do outro lado da fogueira que nós armamos. Sua escolha de palavras despertou a minha curiosidade. Ele estava deitado em um saco de dormir, com os braços atrás da cabeça, olhando para o céu.

— Existem coisas... destruindo sua vida? — Eu me mexi na cadeira portátil.

Ele suspirou, sua atenção fixa acima, e não falou por um tempo.

— Todos nós não temos?

— Mas eu perguntei se *você* tinha.

Seus olhos afiados deslizaram para mim, e então voltaram para o céu.

— Achei que você me odiasse.

— Eu odeio.

— Então acho que não importa se eu tenho ou não.

Esfreguei a testa, a irritação fez os membros coçarem.

— Acho que você está certo — falei entredentes, precisando me mover, o aperto na minha bexiga me dando a desculpa perfeita para me levantar. — Esqueça que eu perguntei.

— Já esqueci.

Meus dentes rangeram. Qual era a desse cara? Ninguém conseguia me irritar tão rápido quanto ele. Sempre foi assim. Praticamente todo mundo me considerava muito tranquila, eu nunca ficava brava de verdade. Mesmo quando encontrei Ethan transando com uma garota na cama em que eu estive na noite anterior, simplesmente me virei e saí, não gritei nem fiz uma cena. Mesmo enquanto ele corria atrás de mim ao mesmo tempo que vestia a calça. Com toda a calma do mundo, eu entrei no carro e dirigi para longe. Ignorei suas ligações, seus pedidos de perdão e de uma segunda chance.

Desde bem novinha, com dois irmãos muito obstinados, eu era a que não queria causar alarde, que evitava conflitos e dramas, que ficava quieta; em segundo plano.

Mas Smith? Mesmo quando eu tinha onze anos, ele despertava o pior de mim. Seu ego e sorriso debochado me faziam querer reduzir o cara à sua própria insignificância.

Tirei Bode do colo. Ele estava sonolento depois de passar as últimas duas horas correndo atrás de bichos, mas voltou a se aconchegar no saco de dormir enquanto eu me levantava.

— Você vai a algum lugar? — Smith olhou para mim.

— Vou fazer xixi. Posso, pai? — Soei um pouco mais arrogante do que pretendia. Era lindo aqui fora, mas uma coisa que faltava eram as comodidades que a gente encontra em um camping… tipo banheiro e chuveiro.

— Só tome cuidado.

— Obrigada. Acho que a essa altura já sei lidar com essa coisa de banheiro.

— Tem certeza, Baby K? Parece que você acabou de sair das fraldas.

— Vai se foder — vociferei, peguei um maço de lenço de papel e adentrei a escuridão do deserto, ouvindo sua risada estrondosa me seguir na noite iluminada. — Deus, o cara ainda é um babaca — resmunguei.

— Eu ouvi! — O riso disparou brasas de fúria pelos meus nervos.

— Que bom! — gritei de volta, me afastando mais, não querendo que ele me ouvisse fazer xixi.

Aventurando-me atrás de alguns arbustos, puxei o short para baixo, agachei e comecei a fazer o meu negócio, quando algo se arrastou por cima dos meus tênis; a cauda curvada para cima pronta para atacar a qualquer momento como se estivesse dizendo: *Cai pra dentro, mano! Quero ver a sua coragem!*

Um escorpião!

O medo estalou em meus pulmões, meu corpo reagindo sem pensar. Um grito borbulhante subiu pela minha garganta enquanto eu o chutei para longe do meu pé e me arrastei para trás. O short ainda em volta dos meus tornozelos me fez cair de bunda no chão. Em algo... algo espinhoso.

A sensação de agulhas quentes perfurando minha pele arrancou um grito estridente de meus pulmões, me jogando para frente, e eu pousei de quatro. A dor foi tão excruciante que a escuridão tomou minha visão, a bile queimou ao subir pela minha garganta.

— Kinsley! — Ouvi meu nome ser gritado, e um corpo enorme correu para mim no escuro, com Bode trotando ao lado. Os pés de Smith tropeçaram quando me viu...

Meu short e calcinha estavam em torno dos meus joelhos, minha bunda nua estava para o alto.

Alguém me dá um tiro, por favor.

A agonia ultrapassou qualquer orgulho ou decoro que eu tinha enquanto tentava não vomitar e algo líquido escorreu pelo meu rosto. Bode me alcançou primeiro, choramingando e lambendo minha bochecha, sentindo que algo estava errado.

— Porra! O que aconteceu? — Smith caiu ao meu lado. Olhando ao redor, ele logo avaliou o cacto pontiagudo atrás de mim, o que foi bom, porque se eu abrisse a boca, provavelmente vomitaria. — Merda. — Sua mão foi para a parte inferior das minhas costas, a outra tocou meu braço. Sua preocupação só deixou Bode ainda mais agitado, e os ganidos do cãozinho fizeram meu coração se apertar. — Não consigo ver nada aqui. Você consegue andar?

Respirando fundo, e debatendo entre vomitar e desmaiar, eu grunhi, assentindo em concordância, embora não tivesse certeza se eu poderia sequer levantar a cabeça.

Com outra lambida de Bode, tentei me levantar. O aperto de Smith se intensificou, suportando uma boa parte do meu peso no que eu me levantava bem devagar, e engoli a bile. Meu short caiu para os meus pés.

— Oh. — Eu grunhi, estendendo a mão para eles.

— Deixa para lá — ordenou Smith, pegando a peça no chão. — De qualquer forma, você não vai poder voltar a vestir o short. Não até eu ver se você tem alguma coisa cravada na pele.

Puxei a regata para pelo menos cobrir um pouco a parte da frente, e deixei Smith meio que me carregar de volta para o acampamento, com Bode saltitando e ganindo ao nosso redor, alerta e preocupado.

— Deite-se de bruços. — Smith me ajudou a subir na parte de trás da van até a plataforma embutida. Mesmo com a dor, eu me encolhi com o quanto de mim ele estava vendo. Isso extrapolava todos os limites e era muito, muito errado. Mas tudo o que eu podia fazer era ficar com a cara enfiada no edredom, com Bode pulando ao meu lado, se enrolando ao lado da minha cabeça, mais uma vez sabendo que precisava de seu conforto para me acalmar.

Smith acendeu a luz interna e abriu os armários, pegou o que precisava e logo voltou para mim na parte de trás.

— Aqui. Toma. — Ele me entregou uma garrafa de bourbon que havia comprado na loja e vários comprimidos de Tylenol. Eu os engoli enquanto ele acendia uma lanterna para me iluminar melhor, o kit de primeiros socorros estava ao lado dele.

Minha bunda já estava pegando fogo, mas era como se eu pudesse sentir seu olhar centrado naquela área, como um raio laser. Ele respirou fundo, e um pequeno grunhido escapou por seu nariz.

— O que foi? — resmunguei.

— Nada. — Sua mão deslizou de leve pela parte inferior das minhas costas até chegar à nádega que recebeu a maior parte do ataque. Seu toque fez todo o meu corpo corar de calor e consciência. Enquanto eu tomava vários goles da bebida alcoólica, um sopro de dormência diminuiu a agonia latejante.

— Você teve sorte. Parece que era um cacto de espinho mais grosso.

— Sorte? — resmunguei.

— Sim, eles doem, como se você estivesse sendo espetada por pregos, mas não cravam na pele. Os menores doem pra caralho e são muito mais difíceis de tirar.

Outro gole de bourbon e eu senti minha cabeça cair para a frente, no pelo de Bode, e o usei como travesseiro. Ele fez um barulhinho e se enfiou mais fundo no meu pescoço para me confortar, aliviando um pouco a tensão. Caramba, eu amava esse cachorro.

— Vou ferver um pouco de água. Preciso limpar isso.

Eu grunhi em resposta.

— Eu não te disse para tomar cuidado? Achei que até mesmo uma garota da cidade saberia que se não deve fazer xixi em um cacto.

— Vai se ferrar — eu murmurei na cama. — Eu caí por causa de um… escorpião.

— Escorpião? — Sua voz se elevou. — Você foi picada?

— Não… eu chutei a coisa antes de cair de bunda… no cacto.

Um segundo se passou antes de uma risada estrondosa encher a cabine.

— Jesus, o que eu não teria dado para ver isso acontecer.

Cansada demais para responder, levantei o dedo do meio, o que causou outra gargalhada.

— Já volto. — Ele deslizou para fora da van. Ouvi uma panela tilintar no fogão portátil enquanto engolia o bourbon como se fosse uma mamadeira, cada gole diminuindo minha dor e minhas preocupações. Ele voltou, veio até o meu lado, e colocou uma tigela de água com sabão em uma borda embutida semelhante a uma mesa de cabeceira.

— Vai doer. — A água espirrou, gotas de água morna atingiram a minha pele e escorreram pela minha coxa. Eu enfiei mais ainda a cabeça em Bode quando o tecido tocou minha pele, o toque suave de Smith patinando por cima da minha bunda, e indo para baixo. Puxei uma golfada de ar, minhas feridas doloridas respondendo ao contato inicial. Mas depois de um tempo, virou uma dor fraca. O álcool anestesiou a dor, mas, estranhamente, aumentou a consciência de seu toque a ponto de ser a única coisa de que eu estava ciente.

— Você parece saber o que está fazendo — pontuei, tentando me distrair.

— Tive anos de prática cobrindo e remendando feridas. — O significado subjacente de suas palavras açoitou meu coração. Quando criança, eu não me envolvia na vida dele, mas agora olhava para trás desejando que minha família e eu tivéssemos feito mais.

— Fiquei sabendo do seu pai. — Eu me encolhi quando ele tocou um ponto sensível. — Sinto muito.

A tensão na van aumentou, seu silêncio estava cheio de ressentimento e raiva.

— Sim, bem, é isso aí. — Sua voz estava entrecortada.

— Ele ainda era seu pai. — Tentei insinuar que entendia mais do que o que estava sendo dito.

— Não fazia dele um bom homem.

— E isso não significa que você não o amava. — Ele não disse nada, e a estranheza se expandiu até que eu falei novamente: — Você não foi ao funeral dele?

— Não — respondeu, entredentes. — Não foi possível.

— Ah.

Dessa vez eu fiquei quieta, e deixei minha cabeça cair de volta no pelo de Bode. Smith mergulhou o pano na água morna com sabão e voltou a passá-lo na minha bunda, o que me fez silvar entredentes.

— Desculpa. — Sua voz rouca viajou pela minha coluna, curvando-se entre minhas pernas. A toalhinha varreu a curva da minha bunda, passando bem perto do meio. Devagar. Sensualmente. Uma onda de calor se espalhou por mim. Minha respiração vacilou, meu coração acelerou, meus mamilos ficaram rijos.

Mergulhei fundo, tentando encontrar a parte lógica do meu cérebro, mas não consegui me agarrar a nada, me perdi na sensação, e meu corpo respondeu sem o meu cérebro notar. Minhas costas curvaram, erguendo minha bunda um pouco mais alto.

Ele respirou fundo, seu toque se deteve tão brevemente que eu poderia ter imaginado a pausa. Mas ouvi uma vozinha dentro de mim gritando para eu parar, travando meus ossos no lugar. Ele afastou o pano, e eu tinha certeza de que ele diria que tinha terminado, mas ouvi o pano mergulhar na água com sabão novamente, o tecido saturado tocou a outra banda. Esse lado mal havia sido afetado, mas a atenção dele não titubeou, o tecido traçou e limpou a pele com cuidado. O silêncio pareceu sufocar o ar quando sua mão curvou a parte inferior da minha bunda, um rastro de água deslizou pelas minhas coxas até o meu sexo. Um gemido estrangulou minha garganta, e meus dentes cerraram para mantê-lo trancado lá dentro; a súbita necessidade de ser tocada explodiu através de mim como um incêndio.

Pare! Perigo! Uma voz tentou gritar, mas tudo o que eu podia sentir era a rigidez dos meus seios; o desejo de abrir as pernas fazia a minha cabeça girar. O que havia de errado comigo? Claro, eu gostava de sexo, mas nem mesmo bêbada com Ethan, eu jamais senti uma necessidade dessas, como se a falta do ato fosse me estilhaçar. Meu corpo tremia conforme eu lutava contra todos os instintos, querendo me curvar ao seu toque, exigir mais. *É o Smith. Você o odeia.* O raciocínio não adiantou de nada.

A mudança no ar fez minha pele já sensível formigar, a mão dele foi deslizando deliberadamente para o outro lado, a textura do tecido roçou o meu sexo. Dessa vez, não pude conter a minha resposta, meus lábios se separaram em um suspiro ofegante, e eu ergui as costas.

Foi como se alguém tivesse aberto um buraco no topo da van e jogado água gelada em cima de nós. Smith recuou com um silvo, estourando a bolha, inundando o meu cérebro com sobriedade.

Que porra? O que eu estava prestes a fazer?

— Hum. — Smith engoliu audivelmente, e se afastou. — Terminei. — Seu tom era frio e distante enquanto ele se afastava, e saía da van.

— Obrigada. — O sussurro rouco mal conseguiu sair.

— É melhor você dormir assim, deixar as feridas respirarem. Aí amanhã pode fazer um curativo.

Balancei a cabeça, concordando, incapaz de olhar para ele. A cabeça de Bode disparou entre nós, sinalizando que ele também sentiu a mudança repentina.

— Bem, boa noite — Smith disse, rapidamente.

— Boa noite.

Peguei um cobertor, coloquei-o sobre a minha metade inferior, não me importando com nada, mas precisando me cobrir. Vulnerável. Nua. Tudo parecia demais.

Smith zanzou por ali, desligou a luz da van e pegou um casaco na bolsa. Eu o ouvi se acomodar no saco de dormir perto do fogo, cada movimento apressado e gélido.

Bode ficou de pé; com as orelhinhas em riste, ele espiou Smith, quase como se estivesse chateado pelo humano estar dormindo lá.

— Ei, menino. — Dei um tapinha no local ao meu lado. Ele olhou Smith uma última vez, então deu uma voltinha e se sentou.

A tensão crepitava através de mim; meu corpo estava um pouco incomodado com a virada de 180 graus, quase ao ponto de eu me debater se precisava aliviar a dor. Mas lutei contra a ideia, tentando lembrar que não só eu não gostava de Smith, mas ele estava completamente fora dos limites. Território proibido.

Depois de um tempo, o crepitar do fogo, o calor reconfortante de Bode enroscado em mim, e os analgésicos e o álcool permitiram que minha mente finalmente se fechasse. A exaustão me reivindicou e me permitiu esquecer a dor.

Pena que não durou.

CAPÍTULO 6

SMITH

Porra.

Eu caí de costas e soltei um suspiro sentido, uma pedra cavou nas minhas costas. O amanhecer finalmente despontou no horizonte depois de uma longa noite tortuosa, e o sono por fim me levou por algumas horas.

Virei a cabeça para o lado quando, bravo, encarei a culpada, a luz delineava o corpo dela, o cachorro aninhado ao seu lado, o que me fez me remexer, irritado.

Um rosnado zumbiu na minha garganta, e minha cabeça disparou de volta para o céu no que eu tentava ignorar a contração no meu pau, as memórias da noite passada se entrelaçaram em um nó de desgosto.

Você é um tarado filho da mãe, repreendi meu pau. Ela era como uma irmã mais nova, a *irmãzinha* do meu amigo…

A última vez que a vi, ela tinha treze anos e era uma adolescente mal-humorada. Desajeitada, quieta, mas com a língua afiada e sagaz quando se tratava de me insultar. Eu não prestava muita atenção nela, a não ser para irritá-la sempre que eu podia. Sua antipatia por mim equilibrava a adoração da irmã. Kasey era linda e popular, e mesmo que sua personalidade perfeitinha me desse nos nervos, eu ainda gostava da atenção. Eu era um adolescente excitado, e ela era persistente. Embora seu irmão tenha ameaçado minha vida, era difícil dizer não para Kasey, e ela não queria nada mais do que fazer o que nenhuma outra fez e me reivindicar como seu namorado. Sempre fui sincero com ela, mas isso não a afastou. Nós nos divertimos, mas eu não havia pensado muito nela desde o dia em que fui embora da cidade.

A casa dos Maxwell tinha sido a minha única dose de normalidade. Não importava o quanto eles discutissem, não se podia esconder o amor, o carinho, a estabilidade. Algo pelo que eu ansiava.

E o meu eu de dezesseis a dezoito anos sempre encontrava a casa deles cheia de comida, com uma sala de jogos no andar de baixo e uma garota gostosa que vivia se pavoneando ao meu redor com roupas minúsculas, me agarrando para dar uns amassos em seu quarto. Tudo isso era muito mais atraente do que o ódio e a violência na minha.

Os Maxwell sempre me receberam bem, mas eu sabia que no momento em que o último sinal tocasse e eu estivesse oficialmente fora da escola, eu iria embora. Queria deixar tudo para trás. Há apenas algumas semanas, Kyle e eu nos reconectamos pelas redes sociais e ele me convidou para seu casamento.

Ontem, quando Kyle me disse que Kinsley viria me buscar, minha mente ainda imaginava a garota usando aparelhos dentários e roupas enormes, como se ela estivesse tentando desaparecer sob elas. Seu cabelo escuro estava frequentemente trançado, os olhos profundos cor de chocolate me perfurando, e sempre tinha uma carranca em seu rosto quando ela me via.

Ela tinha os mesmos olhos intensos que descascavam a sua pele, e a carranca ainda estava lá, mas…

Eu não estava esperando por *ela*.

Baby K estava crescida e gostosa pra caralho. Em forma, pernas compridas, rosto deslumbrante e curvas suficientes para eu ter que lutar contra o desejo de traçar cada centímetro dela com os meus olhos. Lutei pra cacete para manter o olhar no dela quando ela apareceu. Normalmente, a garota não era o meu tipo. Eu gostava de mulheres curvilíneas, naturais ou não, mas meu pau não recebeu o recado.

Nossa antipatia um pelo outro voltou como se não tivesse passado nem um dia, mas sua língua afiada me fez ter pensamentos depravados quanto ao que eu queria fazer com ela dessa vez.

Qual é o seu problema, caralho? Ela é a pequena Kinsley Maxwell. Pare de ser asqueroso, seu babaca.

Ajustei o jeans com que fui dormir e que estava pressionando o meu pau, e outro longo suspiro escapou dos meus pulmões. Fui para a cama duro e irritado e acordei duro e irritado. Os milhões de telefonemas e mensagens perdidas também não ajudaram. Desliguei meu celular, tentando ignorar os problemas que me seguiam.

Ao ouvi-la gritar ontem à noite, eu me movi sem pensar, entrei em pânico quando pensei que ela estava sendo atacada por um animal selvagem. A adrenalina controlou minhas ações, fazendo o que eu precisava fazer.

E assim foi até a bunda nua e perfeita dela estar na minha cara, e minha mão percorrendo sua pele macia. Vendo *tudo* dela quando a peguei do chão do deserto, não consegui impedir meu pau de ficar duro. Tentei ignorar a reação, repetindo várias e várias vezes que ela era como uma irmã. Negando que eu tinha dado uns pegas com a irmã *mais velha* dela. Mas quando suas costas arquearam e um gemido baixo escapou de seus lábios... tudo foi esquecido.

Sabia que se não me afastasse dela, eu faria algo que terminaria com arrependimento e uma joelhada na minha virilha. Ela estava bêbada o suficiente para que seu corpo estivesse respondendo, mas logo sua mente teria despertado e surtado. Ela tinha uma desculpa; qual era a minha?

O chão áspero cavou nas minhas costas, e por fim me fez levantar, meus ossos estalando por eu ter dormido no chão. Eu tinha vinte e sete anos, mas me sentia muito mais velho. Não que alguma vez eu tenha podido ser criança. Quando você tem que crescer rápido, um ano pode parecer dez. E a merda que está vindo na minha direção agora... Eu poderia muito bem ter o dobro da minha idade, o que fazia a nossa diferença parecer mais como décadas em vez de anos.

Ela ainda era uma criança e era tão inocente no que dizia respeito a traição, violência e feiura do mundo em comparação com o que eu tinha passado.

Me espreguiçando, estendi a mão por cima da cabeça, massageando os nós dos meus músculos. Ainda estava frio, e senti uma necessidade desesperada de correr, sacudir a agitação e clarear a cabeça. Fui para a van sem fazer barulho, a cabeça de Bode apareceu ao me ouvir. Ele era um carinha bonitinho com suas orelhas caídas, e eu podia ver que ele era muito protetor com Kinsley.

Abri a porta lateral, peguei em meu alforje um par de tênis e uma bermuda. Por mais silêncio que eu tenha feito, Kinsley ainda se mexeu e rolou.

— Puta merda! — Um grito alto saiu de seus lábios como uma lamúria, chamando minha atenção para ela. A garota voltou a virar de bruços, os cobertores escorregaram dela, seus dentes mordiscaram o lábio inferior, os dedos se fecharam em punhos.

— Você está bem? — Minha voz saiu baixa e entrecortada, fazendo Kinsley estremecer de surpresa. A dor umedeceu sua testa com suor.

— Perfeita. — Ela tragou o ar, e os dedos apertaram o edredom. Abortando meu plano, peguei mais analgésicos e fui até a traseira da van.

— Ei! O que você está fazendo? — Ela pegou o cobertor, tentando cobrir melhor a bunda.

— Ah, agora você está ficando tímida? — Eu ri, entreguei os comprimidos e a água a ela, enquanto reposicionava o kit de primeiros socorros. — Um pouco tarde demais para isso, Urtiga. E nada que eu não tenha visto antes. — Soei entediado, tentando me convencer de que o traseiro nu dela não tinha nada de especial. Eu estive com muitas mulheres, algumas eram modelos, atrizes e *personal trainers* de celebridades com o físico mais incrível que eu já vi. O dela não deveria ser nada especial...

Continue dizendo isso a si mesmo.

— Urtiga? — Seu nariz enrugou.

— Gostou?

— Não.

— É isso ou Baby K. É só escolher. — Peguei os tubos de Neosporin e de cortisona em creme. Mentalmente exibindo uma foto da Kinsley de treze anos com a boca cheia de aparelho para manter a cabeça na tarefa.

— Tire o cobertor.

Ela arregalou os olhos.

— O quê?

— Preciso passar pomada no seu machucado. — Aborrecimento gotejou em meu tom.

— Mas nem fodendo. — Sua cabeça balançou para os lados, o cabelo solto e comprido caiu sobre seu rosto, e a teimosia apertou seus lábios. — Deixa comigo.

— Sério? — bufei. — Você acha que ver bunda me faz gozar? Por favor, Baby K, eu já vi *centenas*, e a sua não tem nada de especial.

Ela estreitou o olhar.

— Eu nunca disse que a minha era especial, ou que você estaria *gozando nela*... eu ficaria muito surpresa se você ainda puder fazer alguma coisa aí levantar na sua idade.

— Ooohhhh. — Joguei a cabeça para trás; uma gargalhada inesperada encheu meus pulmões. — É assim, né?

Um sorriso orgulhoso brincou em sua boca, seus olhos escuros brilham com malícia.

— O que há de errado, vovô, pode criticar, mas não consegue aguentar?

— Você quer mesmo começar esse jogo, garotinha? — Ergui uma sobrancelha, com uma sugestão de um sorriso no meu rosto.

— Por favor, vou estar só começando quando você precisar tirar um cochilo. — Ela bateu o dedo no queixo. — Vou ter que pesquisar no Google quando e onde nós podemos conseguir desconto para idosos e jantares baratos servidos às 16h30.

Eu bufei, e balancei a cabeça.

— Tudo bem. — Joguei as pomadas para ela, e deslizei para fora da van. — Se vira.

Ela os pegou, e a expressão ficou menos brincalhona quando encarou os tubos, mas sem dizer nada. Caminhei de volta para o fogão, coloquei uma chaleira lá, peguei duas canecas metálicas para o café, e meus olhos deslizaram mais do que eu queria de volta para ela.

Torcendo o corpo, os dentes cravaram no lábio e ela mal passou a pomada na nádega direita, a dor estalou em seu rosto enquanto respirava fundo.

— Precisa esfregar de verdade para que faça efeito. — Eu ri de onde estava, e aumentei o fogo.

— Vai se foder. — Ela bufou por entre os dentes cerrados.

— Você bem que queria. — As palavras escaparam da minha boca antes que eu pudesse filtrá-las, fazendo meu corpo inteiro congelar; meus olhos fixaram na chaleira.

Mas que porra? Pare de se comportar feito um pervertido com uma criança.

É, cinco anos não pareciam nada agora, mas era quando você conhecia alguém em uma época em que os cinco anos eram a diferença entre uma criança e um adulto. Ali era tudo.

Ela não respondeu, distraída demais com o latejar da bunda, pelo que eu estava grato. Talvez ela nem tenha me ouvido. A última coisa que eu queria era que ela pensasse que eu estava passando uma cantada ou que estava interessado. Porque eu não estava.

Eu não poderia negar que, se não a conhecesse, se ela fosse alguma garota com quem me encontrei na estrada, porra, eu não teria parado ontem à noite. Teria jogado a toalha longe, aberto as pernas dela e feito a garota gritar de uma maneira completamente diferente.

Caralho. Para! Uma mão invisível bateu na minha cabeça, me empurrando para longe do caminho inapropriado que eu estava seguindo. A irritação encrespou minhas feições, abafando a onda de calor percorrendo as minhas pernas. Eu a ouvi descer da parte de trás da van, com Bode trotando ao lado dela, e vindo até mim para fazer carinho em sua cabeça.

Ao ouvir um movimento nos arbustos, ele disparou atrás de um coelho que corria pelo deserto. O sol se insinuava no horizonte: violetas, lavandas e roxos profundos revestindo a paisagem; ao leste, o sol brilhava como uma lâmpada. Apenas um friozinho pendia no ar, eu podia sentir o calor do dia chegando rápido.

Eu me encarreguei de fazer café instantâneo, agindo como se uma atenção do nível da NASA fosse necessária, e ignorei o corpo dela se movendo ao lado do meu, pegando a caneca que enchi com água quente, transformando os flocos derretidos em paraíso de cafeína.

— Café. — Ela suspirou feliz, levando-o aos lábios para testar, sem colocar nada nele. — O quê? — Olhou para mim. Eu nem tinha percebido que a encarava. Sua pele era clara, chocantemente pálida para quem mora em San Diego, com algumas sardas no nariz. Suas feições eram muito escuras, como um lago de chocolate rico em que você poderia se afogar. — O quê?

— Nada. — Virei a cabeça de volta para o fogão, e despejei água na minha caneca. — Você me pareceu o tipo que gostava de leite ou açúcar.

— Uau, você está estereotipando. — Ela tomou outro gole. — Eu gosto do meu café como a minha alma. Escuro e amargo, sem filtro nem besteira.

Uma risada escapuliu da minha boca. Na verdade, isso descrevia com perfeição a Kinsley de que eu me lembrava. Comparada aos irmãos, Kinsley tinha sido franca, cética e podia ver através das fachadas. Especialmente da minha.

Enquanto Kasey absorvia o que quer que fosse vomitado da minha boca como se fosse o evangelho, balançando a cabeça em concordância, Kinsley sempre bufava e desdenhava do outro lado da sala, revirando os olhos para o meu absurdo.

Bati minha caneca na dela.

— Eu gosto do meu forte, direto e sem fundo. — Sem perceber, meus olhos se voltaram para suas pernas, que agora estavam cobertas apenas por um minúsculo short de pijama.

Seu olhar encontrou o meu por um breve segundo, então nós dois desviamos o olhar.

Porra... eu estava flertando? Eu não quis insinuar que seria com ela. *Recomponha-se, imbecil. Você não pode tocá-la. Você nem mesmo deveria pensar nela como algo mais do que a irmãzinha do seu amigo.*

— Então — eu clareei a garganta —, o que você tinha planejado para hoje?

— Eu tinha pensando em ir ao Grand Canyon hoje e depois dirigir pelo Monument Valley.

— Nós ainda podemos fazer isso, mas tenho outra parada que acho que você vai gostar. — Bebi metade do meu café. — Se você estiver bem com isso.

Suas pálpebras se estreitaram.

— Eu não sou tão ruim assim.

Minhas sobrancelhas se levantaram.

— O que é?

— Você vai ver.

— Você não vai me contar?

— Não.

— Você estraga as minhas férias e depois começa a dar as ordens?

— Me dê um voto de confiança. — Passei por ela, precisando trocar a camisa. Correr não era mais uma opção quando o sol se erguia mais alto no céu. — Você pode acabar se divertindo de verdade.

— Você não me conhece o suficiente para me tachar de chata e desmancha-prazeres. Eu posso me divertir.

— Qual foi a última coisa espontânea e divertida que você fez?

Uma carranca franziu suas sobrancelhas.

— Passei os últimos quatro anos na faculdade.

— E daí? — Meu celular volta a vibrar com um número familiar. Franzo a testa, e volto a guardá-lo no bolso do jeans. — Só comprova o meu ponto de vista.

— Eu não tenho que te provar nada. — Ela bateu a caneca vazia no fogão. — Você é quem atrapalhou os *meus* planos.

— Justo. — Arranco uma camisa limpa da bolsa, e ergo as mãos. — Que tal fazermos um acordo. Todo dia um de nós escolhe uma atividade e o outro tem que fazer?

— Tem que fazer, é? — Um sorriso diabólico apareceu em seus lábios. Para alguém que acabou de acordar, e que estava com os cabelos levemente embaraçados, pálida e suada por causa da dor e sem maquiagem, a garota estava sexy pra cacete...

Pare.

— Você está disposta, Urtiga?

— Não. — Ela cruzou os braços.

— O quê? — Tirei a camisa suja, observando seu olhar se mover sobre meu torso, uma lufada de ar expande seus pulmões, e ela move a cabeça para o lado. — Eu acho que o apelido vai *pegar*.

Ela se encolheu com a minha piada brega, e balançou a cabeça. Sua atenção voltou brevemente para mim, embora nunca a deixasse pousar por muito tempo.

Eu sabia que meu corpo estava em forma. Houve uma época em que eu tinha muito tempo para malhar. Mas, entre construção, academia e o futebol que meu amigo, Chance, me fazia jogar nos fins de semana, meu físico era muito bom, tinha até aquele V profundo pelo qual as mulheres ficavam loucas. Tatuagens cobriam meu braço e peito, o desenho foi crescendo ao longo dos anos à medida que eu adicionava mais. Algumas cobrindo cicatrizes externas e internas.

— Então... qual vai ser?

Ela cutuca a terra com o chinelo, o cabelo comprido cai para frente, um pouco acima do cotovelo.

— Tudo bem. — Ela finalmente assentiu. — Por que não? Mas precisa ser justo ou fazer sentido.

— Fazer sentido? — zombei, colocando a camisa limpa, e logo depois um boné. — Você está tirando o sentido da coisa toda.

— Tipo, minha escolha não pode ser decidir onde vamos comer, e a sua ser eu dançar em um clube de strip ou algo assim.

— Aaah, lindinha, você não deveria ter me dado essa ideia.

— Não. — Ela balançou a cabeça. — Isso foi um exemplo.

— Não mais.

— De jeito nenhum. Não vai rolar.

— Acho que veremos, não é? — Caminhei até ela, e estendi a mão. — Trato é trato.

Ela cerrou as mãos para longe do meu alcance.

— Eu prometo que vou começar com calma. Nada de clubes de strip... hoje.

— Nem amanhã... nem no dia seguinte... nem...

— Feito. — Ela não disse nada do dia depois desse. Agora ela me fez cismar com a ideia e, indo contra a parte lógica que gritava comigo, tudo o que eu queria era vê-la no palco, se soltando. Essa garota precisava ser empurrada para fora de sua zona de conforto. Viver um pouco. O mundo dela parecia tão apertado e confinado. — Qual é, aperte a mão.

— Estou cometendo o maior erro da minha vida. — Ela suspirou, mas estendeu a mão.

— Está, mas você vai adorar. — Eu dei uma piscadinha para ela, e peguei a sua. Forte, quente, seu aperto era tudo menos delicado e molengo, fazendo a pulsação do meu braço faiscar.

— Veremos. Mas lembre-se de que esta é uma via de mão dupla. — Ela piscou de volta, apertando minha mão.

— Faça o seu melhor, Urtiga.

— Eu farei.

— Combinado. — Eu sorri, e não soltei a mão.

Ela puxou a dela, e assobiou para o Bode.

— Eu vou me vestir para o poste de stripper.

— Não confia em mim?

— Nem por um momento. — Ela passou por mim, a pele roçou meu braço, fazendo os meus membros sentirem a necessidade de entrar em ação. Em vez disso, cerrei as mãos.

Garota esperta.

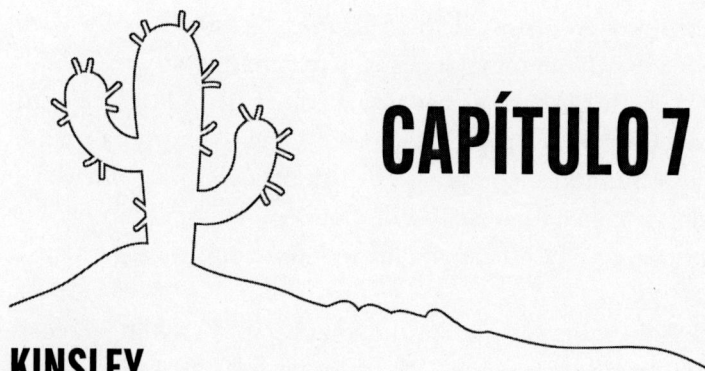

CAPÍTULO 7

KINSLEY

Talvez tenha sido o punhado de analgésicos que tomei, mas fiquei paralisada, olhando para a aventura que Smith escolheu para o dia. Não era nada como eu pensava. Achei que ele me obrigaria a fazer alguma insanidade, mas, por incrível que pareça, ele me levou para um lugar que não era nada disso.

— Este lugar… — proferi, e meu olhar percorreu o acampamento bizarro.

— É uma loucura, hein? — Os músculos de seu braço esbarraram em mim quando ele cruzou os braços. Smith olhou para fora, absorvendo tudo. O calor já estava forte, então Bode foi deixado na van com ar-condicionado, cochilando alegremente na cama. — Prefiro lugares fora do comum. A maioria das pessoas nem conhece esse aqui.

— Aham. Como você o encontrou? — Eu nunca tinha ouvido falar desse lugar, mas era tão legal.

— Alguém que conheci. — Seu corpo enrijeceu o suficiente para sugerir que esse alguém poderia ser uma garota, provavelmente a mesma que o levou ao lugar em que acampamos. — Ela estava fazendo um ensaio fotográfico aqui e me convidou para vir junto.

Modelo. Claro. Eu tinha certeza de que todas as ex dele eram modelos da Victoria's Secret ou atrizes famosas. Com aquela aparência, fiquei surpresa que ninguém o tivesse colocado em filmes ainda.

— Esta é a Montanha da Salvação, e também tem o East Jesus mais à frente na estrada, se você quiser dar uma olhada lá. Criatividade hippie e amor no seu melhor. — Ele fez sinal para eu seguir em frente. — Vamos lá, a insanidade espera. Tenha cuidado para não cair em uma toca de coelho.

O lugar era uma versão distorcida de *Mad Max, Alice no País das Maravilhas* e *O Mágico de Oz* com um tema de Jesus. Um caminho amarelo levava você pela arte pintada de barro, mas não havia trilhas nem direção definidas, então você encontrava o próprio caminho. O lugar era uma grande miscelânea de cores berrantes, construções estranhas e carros pintados e decorados. A pequena colina estava cheia de flores pintadas, escrituras, corações e palavras de amor e bondade que fluíam sobre uma paisagem cruel e implacável.

Nada fazia sentido, e era tão aleatório que contrariava a minha necessidade de estrutura e sentido. Eu amei. Pegando o celular, não pude deixar de ser capturada pelas cores contrastantes do deserto seco e quente com essa bagunça vibrante e confusa chamada arte.

Smith foi na minha frente, verificando o caminho semicoberto. Barro, fardos de feno, árvores, tijolinhos de adobe pintados e objetos obscuros criavam pequenas cavernas e quartos, acendendo a imaginação infantil enfiada no fundo do meu cérebro. Algo que eu achava que tinha desaparecido há muito tempo, mas surgiu com admiração pela pura energia criativa aqui. Era inspirador. Eu nem sabia para que, mas me senti leve e animada.

— Ei — chamei Smith.

Ele se curvou só o suficiente para olhar por cima do ombro para mim, um raio de luz atingiu o azul em seus olhos com perfeição, e mesmo sob o boné eu poderia dizer que ele estava com uma sobrancelha erguida. Seu corpo, cabelo escuro e barba pareciam tão ásperos e sensuais. O chapéu parecia destacar suas maçãs do rosto e boca.

Foto. Meu dedo apertou o botão, mas o clique foi como um soco no meu peito, arrancando o ar dos meus pulmões e enviando todo o sangue para o meio das minhas coxas enquanto a lente capturava sua imagem. Um arquejo ficou preso na minha garganta quando olhei para baixo, sentindo meu coração bater forte, meu cérebro se esvaziando, exceto pelo instinto básico de empurrar aquele homem contra a parede e transar até ele perder os sentidos. *Kins!* Eu me repreendi, e fui para bem longe dele, parecendo que estava pensando em alguma coisa quando estava apenas tentando não agir por impulso. Meus pulmões lutavam por ar, por pensamento racional.

Ele é gato. Isso é certo. Mas a personalidade importa. Você. Não. Gosta. Dele. E mesmo que eu gostasse, ele ainda estava fora dos limites. Além de amigo do meu irmão, ele era ex da minha irmã. Alguém que ela queria conquistar novamente. Essas eram linhas que nenhuma pessoa cruzava.

Não que ele fosse cruzar. O cara parecia me ver apenas como uma garotinha. Uma irmã.

O calor finalmente cobrou seu preço, e nós tínhamos visto tudo o que precisávamos e tirado umas fotos legais. Juro que tentei limitá-las e estar mais no momento; mas algo aqui tocou na minha inspiração, na necessidade de criar... algo.

— Pronta para almoçar? — Ele tirou o boné, secou o suor da testa com o antebraço, e depois voltou a colocar a peça no lugar.

— Sim, estou morrendo de fome.

— Acho que a gente também precisa comprar uma rosquinha para você.

— Uma rosquinha? Por quê?

Ele se moveu na minha frente assim que chegamos à van, um sorriso de bad boy contorcendo o lado de sua boca.

— Não é para você pôr na boca. — Ele se inclinou para mais perto, seu cheiro rico e profundo, terroso... e tão inebriante que senti minha garganta vibrar. Mesmo suado e sujo, ele cheirava bem e parecia gostoso demais. — Para a sua bunda, Urtiga. — Ele se inclinou para trás. — Estava ruim para você se sentar no caminho para cá.

Ele acabou dirigindo enquanto eu estava deitada de bruços com Bode, tentando inutilmente passar mais pomada na minha bunda.

— Engraçado. — Eu olhei para ele com raiva. — Eu não tenho hemorroidas.

— Você acha que eu estou brincando? — Ele tirou as chaves do bolso. — E aqui estava você, *me* chamando de vovô. Espere só até nós comprarmos analgésicos e a almofada de rosquinha para você.

Arranquei as chaves de sua mão e passei por ele. Abri a porta e encontrei Bode zanzando pelo veículo, abanando o rabinho ao nos ver.

— Ei, garoto. — Smith esfregou as orelhas de Bode bruscamente, fazendo-o saltar mais, como se fosse hora de brincar. O cachorro só tinha agido dessa maneira comigo e com Sadie e, para ser sincera, mais comigo do que com ela, porém nunca com homens. Nunca.

Assisti aos dois fingindo brigar no pequeno espaço, a língua de Bode rolou para fora enquanto eles brincavam.

— O quê? — Smith olhou para mim, segurando um petisco para o meu cachorro. — Você parece perplexa.

— Eu só pensei... — Esfreguei a cabeça, então acenei para Bode. —

Que os cães deveriam ser um bom juiz de caráter. Vai saber... parece que meu cachorro está com defeito.

Smith bufou, concentrado no bichinho.

— Ouviu isso, amigo? Ela diz que você está estragado e com defeito — ele falou, esfregando a cabeça do cão.

— Eu não disse isso. — Peguei o saco de petiscos da mão de Smith.

— Sim, ela disse, né? — Ele se aconchegou no rosto de Bode.

— Morde ele, garoto.

Em vez disso, Bode o lambeu, fazendo Smith uivar de tanto rir.

— Traidor. — Abri o frigobar, peguei uma água e despejei mais analgésicos na palma da mão. Na longa lista de coisas ruins que poderiam acontecer comigo, eu nunca tive "ser espetada na bunda por um cacto" em nenhum lugar. Olhando para Smith, tive a sensação de que eu teria uma lista totalmente nova de coisas que nunca imaginei que aconteceriam comigo.

E eu não sabia se isso me assustava ou me deixava animada.

— Uau. — Coloquei as mãos nos quadris e respirei fundo, totalmente impressionada com a glória da natureza. O pôr do sol atingiu os abismos profundos e os cumes, os vermelhos, marrons e laranjas da rocha mineral refletiam os vermelhos, laranjas, amarelos, roxos e azuis conforme o sol começou a deslizar abaixo do horizonte.

— Disse que te traria aqui para o pôr do sol. — A voz profunda de Smith formigou na minha pele enquanto ele se movia ao meu lado. O pelo de Bode tocou a minha panturrilha, seu corpo se apoiou no meu. — Inacreditável, hein?

— Sim — murmurei. O Grand Canyon era tudo o que eu esperava, as fotos que eu tinha visto faziam muita justiça a ele. As coisas feitas pelo homem podem ser impressionantes e surpreendentes, mas quando a gente fica diante da beleza da natureza, dá para perceber o poder dela. Terremotos, chuva, rios e vento... todos contribuíram para a criação de uma das vistas mais belas do mundo.

— Pensei que você fosse achar que aqui era coisa de turista — provoquei, e peguei minha câmera para tirar algumas fotos.

— Algumas coisas merecem a fama. A *Monalisa*? Nem um pouco. A Torre de Pisa? Passo. O monumento dos Quatro Cantos marcando a fronteira entre Colorado, Novo México, Arizona e Utah? Chato. Mas o Grand Canyon? — Ele apontou para a vista. — Ele merece a reputação que tem.

Merecia mesmo.

— O Quatro Cantos estava na sua lista, não estava?

— Não. — E desviei o olhar.

— Estava sim, estava muito. — Ele riu, e o sorriso puxou minha atenção para ele. Mais uma vez, as cores do pôr do sol brilharam em sua pele, delineando sua mandíbula.

Por que a gente sempre acaba nesses lugares românticos?

Um casal mais velho, parecendo estar na casa dos sessenta anos, passeava perto de onde estávamos parados, apreciando a vista. Eu me ofereci para tirar uma foto deles.

— Ah, obrigada. — A mulher sorriu, ainda parecendo jovem e bonita, com o cabelo grisalho cortado de modo elegante. — Nós nunca conseguimos uma boa foto de nós dois. — Ela me entregou uma câmera de verdade, e se inclinou para o marido; ambos pareciam tão felizes e relaxados.

— Obrigada. — Ela pegou a câmera de volta. — Precisamos de algumas para lembrar, mas tem mais a ver com o momento. Para não esquecer de viver o agora.

Sorri, e senti a presunção de Smith bater em mim.

— Cale a boca — murmurei, ao voltar para o lado dele.

Ele riu.

— Eu não falei nada. — Ele me cutucou.

— Nem precisou. — Revidei com um empurrão. Bode se meteu entre nós, pensando que estávamos brincando.

— Deixe-me tirar uma foto de vocês três. — A mulher se aproximou, e pegou meu telefone. — Vocês dois são tão lindos e tão apaixonados… que pequena família linda vocês formam. — Ela acenou para nós e para Bode.

— Ah não…

— Não, não é bem assim.

Nós dois reagimos na mesma hora, mas a mulher não pareceu nos dar ouvidos ao caminhar para trás para tirar uma foto nossa com o cânion ao fundo.

— Agora vamos lá... deem um beijo. Este é um daqueles momentos perfeitos para serem fotografados.

— Mas...

— Nós não estamos...

Ela segurou meu celular, fazendo sons para chamar a atenção de Bode.

— Um. Dois. Três... Beijo!

A personalidade dela era como a da minha irmã, o que incitou o meu comportamento muito bem-treinado para fazer exatamente o que ela dizia. Basicamente um condicionamento pavloviano[1].

Eu ainda não tinha perdido todo o juízo, então em vez de beijá-lo, passei o braço ao redor de sua cintura, nos aproximando um do outro, sua pele e corpo aquecidos marcando as batidas do meu coração como uma bomba-relógio.

— Sorriam! — Ela tirou uma foto. — Mais uma. Vamos, deixem-me ver o amor de vocês — ela praticamente ordenou. — O sol está se pondo. Não poderia haver nada mais romântico para vocês que esse cenário.

— Ah, pro inferno. — Ouvi Smith murmurar, suas mãos agarraram meus braços com força e me viraram para ele. Nem tive a oportunidade de reagir ou pensar quando suas mãos deslizaram pelo meu queixo, segurando meu rosto, e sua boca capturou a minha.

Minha mente ficou em branco.

Eu fiquei idiota.

A única sensação que entendi foi a da boca de Smith na minha, seus lábios macios e fortes agarrando meu lábio inferior entre os dele, puxando-o de levinho, fazendo o fogo crepitar pelo meu corpo.

— Perfeito — a mulher exclamou.

E ele sumiu. O beijo acabou antes mesmo de começar. Ele se afastou, voltando a atenção para Bode. Batendo em sua perna, chamou o cão, correndo com ele pelo caminho.

Ela sorriu, e me devolveu o telefone.

Porque eu não conseguia me mexer.

Não conseguia respirar.

Não conseguia pensar.

---

1 Condicionamento pavloviano, ou clássico, é um processo básico de aprendizagem que trata a relação entre estímulo que se dá a algo/alguém e resposta que se recebe. Explica o comportamento involuntário e as reações emocionais condicionadas.

— Vocês são tão fofos juntos. Tenham um ótimo resto de férias. — A mulher colocou o celular na palma da minha mão antes de voltar para o marido.

Mas que porra aconteceu? Como um beijo pode ser tão casto, tão rápido, e ser tão sexual a ponto de transformar cada nervo do meu corpo em brasas? Como é possível o sexo com Ethan não ter me deixado tão sem fôlego assim?

Sério, garota, saia dessa.

Meus dentes cravaram no meu lábio inferior, ainda o saboreando. Eu o observei brincar com Bode; o cara não estava nem um pouco estranho. Foi só para mostrar, para calar a boca da mulher. É claro que ele não ficou *nada* afetado. O homem era tão sexual que o beijo foi o equivalente a um selinho saudável. Provavelmente como beijar sua irmã... ou pelo menos uma prima.

Rolando os ombros para trás, voltei a apreciar a vista, os últimos raios de sol estavam se esvaindo, minha mente e meu corpo gritavam por uma bebida.

E esse foi apenas o segundo dia com o meu companheiro de viagem.

Esses dez dias seriam muito longos.

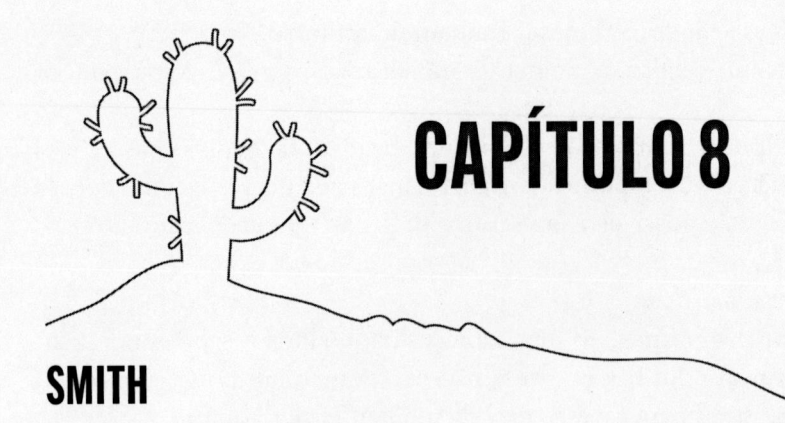

CAPÍTULO 8

SMITH

Kinsley estava quieta enquanto encarava o céu noturno limpo, uma mão passando distraída no pelo de Bode. Ela estava bêbada o suficiente para que não se encolhesse mais ao sentar; a quinta ou sexta cerveja estava aninhada entre suas coxas, a mão livre puxava o rótulo, baixando meu olhar mais do que eu gostaria àquela altura.

Nós não conversamos muito desde que saímos do mirante com vista para o Grand Canyon, embora a minha mente já estivesse alta e tagarela o bastante, principalmente com: *que porra você estava pensando, seu idiota?*

Eu não estava pensando. Óbvio. Era minha única defesa. Aquela mulher estava me deixando louco com a falação, e em algum lugar no meu cérebro em curto-circuito, pensei que seria mais fácil fazer o que ela queria a explicar nossa situação complicada e peculiar.

O plano falhou. Admito. Deu muito, muito errado, porque agora deixou as coisas estranhas e desconfortáveis. Eu esperava que Kinsley não começasse a ter ideias. Assim, foi apenas um beijo.

Não significou nada.

Tomei um bom gole da minha cerveja, encarando as chamas na fogueira, minha mão esfregando minha cabeça como se tentasse desalojar o beijo inexistente que não significou nada. Mas meu pau não estava concordando comigo. Eu tinha beijado tantas mulheres. Devagar e com profundidade, fodendo todas elas com a boca, mas esse beijinho de nada me fez querer mais. Precisei juntar toda a minha força de vontade para não beijá-la novamente, para não a consumir, para não enfiar minha língua em sua boca enquanto as minhas mãos envolviam a parte de trás de sua cabeça, enredando seu cabelo.

Puta merda. Suspirei, me ajustando no chão, puxando uma perna para cima para esconder a ereção. Eu me encostei em um tronco deixado no acampamento, e respirei fundo. Foi muito, muito errado. Por *tantos* motivos. Porra, eu fui muito babaca.

O zumbido no bolso me fez levar a mão à calça, e eu peguei o celular, para ver o nome estampado na tela. A irritação me fez mover os ombros, e minhas costas se largaram ainda mais na madeira. Que confusão do caralho. E eu parecia estar tomando só decisão ruim, o que piorava ainda mais o inferno em que eu estava.

Por que eu pensei que estaria tudo bem vir com ela nessa viagem?

Mais uma vez, eu não pensei além da necessidade de me afastar da minha situação atual, querendo distância para colocar minha cabeça no lugar. Era para essa viagem ser uma fuga. Ela deveria dar um jeito nas coisas. Quando tomei minha decisão, não imaginei que Kinsley estivesse crescida nem que ela fosse... gostosa.

Kyle não poderia ter ligado numa hora melhor. Usei a ligação como desculpa para me afastar, mas agora estava me perguntando se eu simplesmente saí da frigideira para saltar direto no fogo.

— Quem é? — A voz de Kinsley fez meus olhos dispararem para ela.

— Ninguém. — Desliguei, e voltei a guardar o aparelho no bolso.

— Mesmo? — Suas sobrancelhas se ergueram. — Porque parecia que você queria pular no telefone e estrangular alguém.

Eu queria.

— Assuntos de negócio. — Uma meia mentira.

— Certo. — Ela sorriu, debochada, não acreditando em mim. A garota esticou as pernas, e passou as mãos pelo casaco levinho. — O trabalho está bem com você ficando fora por tanto tempo?

— Tirei férias. — Indefinidas, agora.

— Como você começou a trabalhar com construção?

— Acho que era a única coisa que eu fazia bem e de que gostava. Faculdade ou ficar atrás de uma mesa nunca foi para mim. — Eu gostava de estar ao ar livre, a ideia de ficar confinado em lugares apertados... Tomei um gole, tentando aliviar o aperto instantâneo e o pânico subindo pela minha garganta.

Nós ficamos em silêncio por um momento antes de ela voltar a falar.

— Você simplesmente deixou a cidade. Nenhum de nós soube o que aconteceu com você.

— A vida seguiu. — Uma bufada irônica escapou da minha boca. A vida tinha me fodido por muito tempo. Eu esperava poder começar a endireitar as coisas, seguir em frente, mas meu passado não queria deixar as coisas morrerem.

Ela não respondeu, puxando o rótulo, e a tensão voltou a brotar entre nós. Droga, eu ferrei com tudo. Por que eu a beijei? O que deu em mim? Eu precisava arrancar o band-aid. E ir direto ao ponto.

— Então, sobre mais cedo...

— Esqueça isso — ela se apressou, olhando para todos os lados, menos para mim. — Não foi nada.

Eu exalei, e abaixei a cabeça.

— Ok, beleza. — Que bom. Ela sentiu o mesmo. Devia estar perturbada porque alguém que era praticamente um irmão mais velho a tinha beijado.

Mas a tensão não se dissolveu; na verdade, ela parecia ficar ainda mais espessa.

— Eu vou para a cama. — Ela se levantou, e Bode saltou de pé com o movimento dela, olhando-a com adoração.

— São oito e meia.

— Estou cansada e minha bunda está doendo. — Ela se virou, caminhando de volta para a van, e pegou suas coisas para se preparar para dormir.

— Boa noite — murmurei alto o suficiente para ela ouvir, mas a garota não respondeu, pegando água no fogão para escovar os dentes e lavar o rosto.

Suspirando, eu me deitei, olhando para as estrelas. Peguei meu telefone, cliquei em um nome, precisando me sentir ancorado de alguma maneira.

> **Eu:** Ei, cara, apenas verificando se está tudo certo.

> **Chance:** Está tudo bem. Pixie comeu as suas flores, mas o que você esperava ao plantá-las perto da cerca? Você está mesmo SÓ querendo saber se está tudo certo?

Passei a mão pelo rosto, sentindo que o cara podia ver através de mim.

> **Eu:** Estou tendo um momento.

> **Chance:** Entendo, cara. Você sabe que eu entendo.

Ele entendia. O único que entendia de verdade.

> Eu: Bem, obrigado por tomar conta da minha casa de novo.

> Chance: Você mora nela há um mês e o lugar ainda está vazio. Nada para roubar... Eu olhei.

> Eu: Haha. Você não poderia roubar merda nenhuma de mim, nem mesmo no baralho.

> Chance: Ah, ainda mentindo para si mesmo, já entendi.

Pontinhos apareceram, me dizendo que ele ainda estava digitando.

> Chance: Saiba que você não está sozinho. Eu conto tudo para a minha namorada, mas ainda há coisas que ela nunca vai entender bem.

> Eu: É. Obrigado, cara.

Desliguei o celular, e o joguei sobre o saco de dormir. Cruzei os braços sob a cabeça. O chão era irregular e espetava as minhas costas.

Dormir, não importa se eu estivesse na cama ou no chão duro, era difícil de conseguir ultimamente. Minha cabeça não desligava, o que era a rotina que eu tinha há anos.

Mas com o lindo céu noturno piscando acima de mim, eu me forcei a esvaziar a mente, relaxar e absorver tudo. Apreciar o ar puro e a vista.

A liberdade.

Minhas pálpebras abriram, o sol quente já se espalhava pela terra. Gemi quando rolei para o lado, meus músculos e articulações estalando por causa do terreno acidentado e da falta de uma boa dormida. Várias vezes durante a noite, eu acordei com um solavanco, sem saber onde estava, tinidos e estrondos imaginários enraizados na minha mente como uma trilha sonora.

Girei o pescoço, tentando aliviar a rigidez, quando meu olhar pousou em um par de pernas esguias, parando meus pulmões. Minha atenção se desviou do par de tênis até as panturrilhas lisas e tonificadas, para o minúsculo short de corrida, barriga nua e sutiã esportivo, até chegar ao rosto dela, ainda vermelho e suado.

Seu cabelo caía trançado pelas costas, como costumava estar o tempo todo quando convivemos juntos. Com uma caneca com café fumegante na mão, Kinsley estava sentada no para-choque da van, favorecendo seu lado bom, olhando para mim. Bode estava deitado no chão ao lado dela, ofegante, parecendo que os dois tinham ido correr.

— Ei. — Minha voz estava rouca quando me levantei, um nervo no meu ombro me fez estremecer conforme me esticava.

Ela tomou um gole, e franziu os lábios.

— Algo errado?

— Não. — Ela olhou para baixo.

OK.

— Foi correr? — Olá, Capitão Óbvio.

— Fui. Me ajuda a clarear a mente.

— Você acordou muito cedo? — Fiquei de pé, e me espreguicei.

— Há algumas horas. — Ela deu de ombros. — Não dormi bem.

Somos dois então.

— Da próxima vez, me acorde. Eu vou com você. — Fui até ela.

— Eu não preciso de um guarda-costas. Estou bem sozinha. E posso cuidar de mim mesma.

Meus pés não pararam até eu estar bem na frente dela.

— Não disse que não podia… — Eu me inclinei para mais perto, suas pupilas se dilataram ligeiramente com a minha intrusão. — Também gosto de correr. Queria ir. Tudo bem?

— S-sim. — Ela engoliu em seco, e eu me afastei, indo em direção ao fogão, e o liguei novamente.

Ela se levantou e limpou a poeira do short, a barriga tonificada atraiu o meu olhar. Ela era miúda, mas atlética, peito menor do que eu costumava curtir, mas o suficiente para me fazer querer arrancar o sutiã esportivo dela e ver como eles enchiam a minha mão. Como seria o gosto deles na minha língua.

Porra! Pare com isso, seu pervertido. Rosnei baixinho, e despejei o café instantâneo na minha caneca.

— Eu estava pensando que minha escolha hoje vai ser o Monument Valley.

— Sim. Tudo bem. — Servi a água quente, sem olhar para cima.

— Ok. — Ela colocou a caneca vazia no balde de lavagem. — Está tudo certo?

— Perfeito — repeti a resposta que ela me deu uma manhã dessas. Meu olhar capturou o dela antes de voltar para a minha caneca. Sabia que estava sendo um idiota, mas parecia que eu não conseguia parar.

— Ótimo — ela retrucou ao se afastar. — Vou jogar uma água em mim lá do outro lado da van.

Traduzindo: *fique aqui porque eu vou ficar nua.*

O saco de banho solar que ela pendurou depois que paramos na noite passada já devia estar aquecido pelo sol quente da manhã.

Ela pegou uma toalha e um pequeno kit de banho. Bode a seguiu quando ela virou na quina do carro, com a língua pendurada.

— Filho da mãe — murmurei, percebendo que estava com inveja porque o cachorro podia seguir e assistir, enquanto eu tinha que me sentar e ficar no meu lugar.

O som da água batendo na terra atingiu meus ouvidos, e me fez ranger os dentes; minha mão ajustou minha calça. Eu precisava transar. Talvez esse fosse o problema da minha atração equivocada. Eu sabia que não poderia ficar muito tempo sem; e já fazia era tempo. Talvez na próxima cidade grande eu me aventurasse sozinho por uma noite. Ver se isso sossegaria meus pensamentos.

Um rastro de água deslizou pelo *motorhome* como um objeto brilhante, mais uma vez atraindo a minha atenção para o que estava acontecendo do outro lado.

Não pense nela nua. Não…

Merda. Eu pensei.

Eu podia sentir a atração, como um canto de sereia, querendo que eu seguisse a trilha da água até ela. Ela precisava de ajuda para alcançar a bunda, não é? Só havia água suficiente para um, e seria bom eu me limpar também…

Gemendo baixinho, bebi o café, fui até a minha mochila na van, a porta lateral estava aberta.

Talvez eu perturbasse para que passássemos a noite de hoje em um hotel. Um chuveiro de verdade parecia ótimo. Uma cama macia... e talvez uma mulher qualquer nela.

Ao revirar a minha bolsa, desviei o olhar para cima, ao notar o movimento do lado do motorista.

Congelei, meu peito se contraiu quando percebi para o que estava olhando. Puta. Merda.

Afaste o olhar. Não se comporte feito um pervertido.

Eu me escutei? É claro que não.

O reflexo dela nua no retrovisor lateral era tentação demais. Seu perfil estava virado para mim enquanto ela olhava para o deserto, seu cabelo comprido torcido no alto da cabeça, a água descendo pela nuca, curvando-se pelos ombros até seus peitos, logo acima da linha os objetos no espelho estão mais próximos do que eles parecem estar.

Essa é a irmã de Kyle. Baby K. Você namorou a irmã dela. Ela é uma criança, e você nunca pode tocá-la. Sua vida já está complicada e fodida o suficiente. Todos os motivos para desviar o olhar passaram pela minha cabeça.

Puta que pariu.

Um ruído gutural subiu pela minha garganta, e eu me forcei a olhar para baixo. Revirei a bolsa sem ter a menor ideia do que estava procurando.

— Deixei água para você, se quiser jogar um pouco no corpo. — Mais rápido do que eu esperava, Kinsley foi lá para trás, enrolada apenas em uma toalha. A pele dela resplandecia. Ela estava mais coberta que antes, mas isso era dez vezes pior.

Ah, caralho, ela vai vestir alguma roupa?

— Não é ótimo, mas pelo menos tira a primeira camada de sujeira até nós conseguirmos uma ducha de verdade. — Ela puxou a bolsa para si, e pegou algumas roupas. — Talvez possamos arranjar um hotel em breve ou um camping com chuveiro?

— Aham — resmunguei, e peguei a necessaire de plástico em que eu guardava meus artigos de higiene. — Estava pensando a mesma coisa — murmurei, peguei uma bermuda e uma camiseta e fui até o chuveiro na lateral do carro.

Na verdade, foi para ficar longe dela. Não que isso ajudasse; o cheiro de seu sabonete de baunilha criou uma bolha perfumada ao meu redor, fazendo meu pau se contorcer.

Merda. Eu precisava mesmo dar um jeito nessa situação. O mais rápido possível!

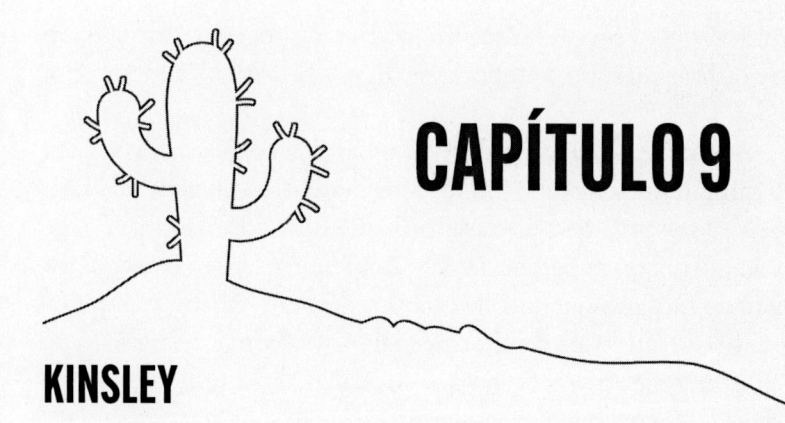

CAPÍTULO 9

KINSLEY

Encarei outro pôr do sol glorioso no horizonte de Mesa Verde, respirando fundo do meu poleiro em cima de uma mesa de piquenique. O sol já tinha quase sumido, pintando a terra em um azul profundo. Um leve calafrio por estar mais alto nas montanhas se espalhou pelas minhas pernas expostas, o que me fez lembrar de colocar a calça de moletom. Os mosquitos zumbiam ao meu redor, me achando um jantar delicioso. Eu estava exausta, mas a energia do dia ainda zumbia ao meu redor.

A madeira rangeu quando alguém se aproximou de mim, seu perfil virado para frente.

— Ei. — Eu olhei para ele, vendo Bode pular para cima depois que ele se acomodou, aconchegando-se entre nós.

— Ei — ele respondeu, seco.

Ah, que bom, o idiota ainda estava de serviço.

Smith passou o dia sendo um babaca mal-humorado e de poucas palavras comigo. Nunca me olhava nem se aproximava, embora tratasse Bode como se ele fosse a melhor coisa que existisse, oferecendo guloseimas e amor para ele como uma vovó no Natal. Meu cachorro estava começando a seguir a ele mais do que a mim, o que me incomodou pra caramba.

Nós havíamos demorado mais do que esperávamos em Monument Valley, dando algumas caminhadas com Bode antes de Smith nos levar ao Parque Nacional Mesa Verde, para ver as habitações dos penhascos de Ancestral Puebloan. No momento em que entrei na primeira residência, eu sabia que passaríamos o resto do dia lá. Achei a moradia absolutamente fascinante, me apaixonei pela vida que ainda podia sentir vibrar pelas casas preservadas, como um eco do passado. Eu queria absorver tudo, ver tudo.

CRETINO PRESUNÇOSO

Estava tão agradecida por Smith ter me levado lá, embora eu tenha passado a maior parte do dia querendo perguntar se algum bicho tinha mordido a bunda dele.

Por falar em bunda. Ai, meu Deus. Meu olhar passou o dia cravado na dele enquanto caminhava na minha frente, a bermuda estilo jogador de basquete agarrada a cada curva de seu traseiro firme. O tecido não fazia nada para esconder a enorme protuberância que o homem carregava consigo. Eu não conseguia parar, mesmo quando ele estava sendo um babaca, estava obcecada em vê-lo se mover, o que foi ficando mais óbvio com o passar do dia.

Não era culpa minha. Assim, desde que eu acidentalmente... ok, não foi um acidente, nem de longe; tive um vislumbre de sua bunda nua quando ele estava se lavando hoje de manhã, coloquei a culpa nele. Puta merda, eu só tinha visto corpos como o dele em revistas *fitness* masculinas onde homens foram retocados para ficarem bonitos daquele jeito. A maneira como o meu peito se contorceu me irritou. Eu nunca tinha sido superficial nem louca por garotos.

E este era Smith Blackburn.

O Cretino Presunçoso.

O mulherengo e babaca.

Meu eu pré-adolescente não entendia por que meu eu adulto estava tendo tanto problema para computar isso. A gente não deveria ficar mais sábia com a idade, e não mais estúpida?

Estava óbvio que estudar tanto me transformou em uma idiota, porque eu mal absorvia a beleza e singularidade do terreno, minha consciência muito sintonizada com ele, sua proximidade ou o fato de ele ter se esforçado para não me tocar.

— Acendi o fogo. Burritos esta noite?

— Parece bom. — Eu afastei um mosquito. — Obrigada.

Ele grunhiu em resposta. O telefone vibrou em sua mão, fazendo sua mandíbula apertar, e ele o guardou no bolso. O celular dele tocava o tempo todo, embora ele nunca o atendesse.

— Alguém quer muito falar com você. — Tentei jogar verde, curiosa para ver se ele me contaria. Seja quem fosse que estivesse ligando, queria muito falar com ele.

— Eu vou dar comida para o Bode — murmurou, se afastando da mesa em direção à van, e chamou o meu cachorro.

— Bom falar com você — gritei para ele, curta e grossa, incomodada com a sua irritação, meu cérebro se revirando com quem poderia estar ligando para ele, causando tal reação.

Uma mulher? Bufei para mim mesma. Conhecendo-o, provavelmente várias dúzias. Cada vez que tocava devia ser uma diferente.

— Ei? — Uma voz atravessou meus pensamentos, me fazendo pular e olhar para um cara vindo até a mesa em que eu estava, com uma cerveja na mão. — Ah, desculpa, não quis assustar você. — Um sorriso fácil se espalhou por sua boca, mostrando dentes brancos e perfeitos. Ele usava calça verde de sarja e camiseta preta. Parecia ter uns vinte e poucos anos, alto, magro e sarado, pele escura de um tom profundo, olhos castanhos e suaves.

Muito fofo.

— Não, está tudo bem. — Acenei, sentindo o calor tocar as minhas bochechas. — Só pensando.

— Espero não ter interrompido nenhum pensamento profundo.

— Profundo? — Caí na gargalhada. — Não. Não era, com certeza. — Comecei a sair da mesa, e sua mão disparou, me ajudando a descer.

— Obrigada.

— Minha mãe me criou para ser um cavalheiro. — Seu sorriso era tão fácil e feliz; eu não pude deixar de sorrir em resposta.

— Então, você é o cara. — Estalei meus dedos. — Ouvi falar de você. A maioria das minhas amigas pensa que você é um mito, mas eu acreditei.

Uma risada escapou dele, seu sorriso machucou as minhas bochechas.

— Tá vendo… se você acreditar, um milagre te encontrará. — Ele piscou.

— Ou pelo menos te encontrará no Colorado.

Um sorriso sedutor enganchou sua boca.

— Sorte a minha.

Alguém pigarreou, o que fez a gente virar a cabeça em direção ao barulho. Smith estava parado ali, com os braços cruzados, a expressão distante, mas eu podia perceber a irritação pulsando em sua mandíbula.

— Ah, desculpa. — O cara recuou, a cabeça balançando entre nós. — Idiotice da minha parte pensar…

— Não. — Balancei a cabeça. — Nós não estamos juntos. Apenas amigos… ou, na verdade, ele é amigo do meu irmão mais velho… Ele namorou minha irmã… — *Cale a boca, Kinsley. Agora.* Apertei os lábios para evitar vomitar mais besteira.

— Ah. — O cara não pareceu convencido, mas seus ombros relaxaram um pouco. — Eu estava vindo aqui convidar você, vocês dois, para a nossa fogueira perto do rio. Tragam bebidas. Quero dizer, se vocês quiserem ir.

— Tudo bem — respondi, movendo a cabeça para cima e para baixo.

Eu precisava me divertir um pouco, e merecia conhecer uns caras fofos. Só porque o Sr. CP invadiu minhas férias, eu não deixaria que ele restringisse minha diversão. Como ele estava constantemente me dizendo: eu precisava viver e me soltar. — Vai ser divertido. — Eu sorri para o meu novo amigo.

— Ótimo — o cara respondeu, descontraído. — Nós estamos ali. — Ele apontou para uma fogueira grande perto do rio, uma dúzia de pessoas se moviam por ali, rindo e conversando perto do fogo, a música fluía até nós.

— Ok, vou só trocar de roupa e vou.

— Beleza. — Ele assentiu, o sorriso enorme não deixou o seu rosto. — Desculpe, eu já estou falhando em ser um cavalheiro. Qual é o seu nome?

— Kinsley.

— Belo nome para uma *linda* mulher.

Um bufo irônico veio do lado, fazendo meus olhos se voltarem para Smith. Ele balançou a cabeça para os lados, dando tapinhas em Bode, murmurando algo baixinho.

— Obrigada. — Olhei brava para Smith, então me virei para o cara novo. — E o seu?

— Marcus. — Ele caminhou para trás. — Espero te ver lá, Kinsley. — Ele me observou, então se virou e correu de volta para o grupo.

Não querendo ouvir um pio de Smith, passei por ele e abri a porta traseira da van.

— Você está pensando mesmo em ir lá? — Smith estava ao meu lado, com os ombros projetados para fora e os braços cruzados.

— Estou, por que eu não iria? — Peguei uma calça jeans na minha bolsa. — Parece divertido.

— Porque… — Ele bufou, seus pés se arrastaram como se estivesse procurando por palavras. — Esse cara só quer te comer.

— E daí? — Cavei mais fundo, procurando minha escova de cabelo.

— O que você quer dizer com e daí? — Ele abaixou os braços e inclinou a cabeça. — Você não se importa que ele vai passar a noite tentando te deixar bêbada para que você durma com ele?

— Não. — Peguei meu sabonete facial e o rímel. Eu não gostava muito de maquiagem, mas achei que uma borrifada de spray de baunilha e rímel ajudariam no visual de "acampamento suado". — Ele é fofo.

— Kinsley — Smith rosnou.

— O quê? — Eu dei de ombros, e me virei para ir para o banheiro do camping. — Não é você que está me dizendo para viver o momento? Ser espontânea e me divertir?

— Jesus, isso está se virando contra mim — ele murmurou, tão baixo que eu pensei ter imaginado.

— E... — Eu parei no banheiro feminino, com a mão na maçaneta. — Como você sabe que eu não vou fazer o mesmo com ele? — Eu sorri para Smith antes de passar pela porta, me sentindo satisfeita com a minha saída, protegida pelo símbolo na porta que o mantinha fora.

Dane-se ele e seu humor canceroso.

Eu deveria saber que Smith não teria nenhum limite de decência.

A porta se abriu e bateu na parede quando ele entrou pisando duro.

— O que você está fazendo? — Eu o encarei pelo espelho.

Ele piscou para mim como se não tivesse resposta, imaginando a mesma coisa.

— Você está se exibindo para esse cara? Ele mal saiu das fraldas. Esse perdedor não se importa com nada mais do que você ter peitos.

— Bem, é uma coisa boa eu ter um par, né? — Eu me virei bruscamente, olhando feio para ele. — E ele tem mais ou menos a *minha* idade. Mas já que você acha que eu também sou um bebê, não vejo problema. Ah, eu não pedi permissão ao *papai* para ir brincar com os amiguinhos?

— *Nunca* mais me chame assim. — Ele cerrou os dentes, sua mão girou para cima.

— Então pare de agir como um. Nem meu próprio irmão faz esse tanto de drama.

Smith entrou no meu espaço, seu corpo pairou sobre o meu, a fúria queimou em seus olhos.

— Talvez ele devesse.

— Vai se foder. — Eu inclinei a cabeça para trás, e não recuei. — Você não é meu pai nem meu irmão mais velho; você não me controla — eu fervia. — Fique em casa, vovô. Estou bem indo sozinha.

— Você não vai sair com um grupo de caras que não conhece. Sozinha. — Seu peito empurrou contra mim, o calor de sua pele absorvendo o meu. Ele me olhou com raiva, sua mandíbula tendo espasmos. Segurei o seu olhar, rosnando de volta para ele, mas em um piscar de olhos a atmosfera mudou. A fusão de raiva e luxúria deslizou pelos meus seios, passando pelo meu estômago e se plantou entre as minhas coxas.

Meu rosto ficou a centímetros do dele, o suor fez cócegas na minha nuca, meu corpo agiu sem minha permissão, curvando-se ligeiramente em direção ao dele. Ele sugou o ar. Minhas unhas cravaram no balcão quando eu o senti através da bermuda.

Puta merda. Duro e enorme pra caralho, seu pau estava pressionado no meu quadril. Congelei, não querendo demonstrar qualquer reação, mas meu peito se moveu para cima e para baixo e minha pele corou de desejo.

Seu olhar foi para baixo, e travou na minha boca. A necessidade de beijá-lo me consumia; meu olhar se desviou para sua boca, minha língua deslizando pelo meu lábio inferior.

Foi como se eu tivesse dado um soco na cara dele. Ele deu um pulo para trás, respirou fundo, sua expressão ficou assassina, seu corpo se expandindo com raiva.

— Faça o caralho que você quiser — ele rosnou, e saiu pisando forte do banheiro, me deixando presa ao balcão, totalmente perplexa.

Não demorou muito para eu entender o que ele disse, o que me encheu de fogo, determinação e fúria.

— Vai se foder, idiota… eu estou indo.

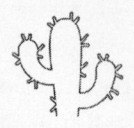

A música do *motorhome* de alguém enchia a noite, o crepitar do fogo e as vozes me envolveram como um cobertor. A pequena reunião cresceu à medida que mais pessoas se juntaram às festividades.

Eu estava em uma missão agora. Quando Smith saiu do banheiro, eu adicionei um pouco de brilho labial e rímel. Soltei o cabelo e o afofei antes de ir para lá usando jeans apertado, regata justa e um casaco levinho.

Smith não falou nada quando passei por ele, mas, fiel à sua palavra, ele me seguiu, cerveja na mão, com Bode ao seu lado.

— Ei! — Marcus disparou ao redor da fogueira no momento em que me viu. — Que bom que você veio. Quer uma bebida? — Seu olhar vagou por mim, absorvendo as mudanças sutis. — Uma cerveja? Acho que temos tequila também… e vodca…

— Pode ser cerveja. — Sorri para seu rosto aberto. Era bom ver alguém tão feliz. O pensamento me fez olhar por cima do ombro para Smith. Como imaginei, ele fez careta, seu peito enorme projetado como se ele estivesse mostrando a todos os machos nas proximidades que era o leão líder.

Revirei os olhos e segui Marcus até o cooler, suas mãos já cavando no gelo, virando os rótulos para eu escolher.

— Você vai gostar desta. É levinha.

— Na verdade, eu quero aquela ali. — Apontei para uma cerveja escura.

— Mesmo? — Marcus a espalmou, erguendo as sobrancelhas quando a entregou para mim.

— Mesmo. — Tirei a tampa, ignorando a pequena pontada de irritação em sua suposição de que garotas gostavam de cervejas mais leves, o que provavelmente a maioria gostava. Café e cerveja fortes sempre foram minha preferência.

— Eu gosto disso. — Ele sorriu para mim, batendo a garrafa na minha. — Então, Kinsley, me diga o que te trouxe a este canto do Colorado?

— Estou em uma viagem, indo para Rhode Island para o casamento do meu irmão.

— E você é de?

— San Diego.

— É para onde estou indo — ele exclamou, seus olhos se arregalaram. — Quais são as chances? Como dois navios passando na noite. Acho que foi o destino, Kinsley.

Um bufo engasgado veio da minha direita, meu olhar deslizou para a figura de pé nas proximidades. Smith levou a cerveja à boca, olhando para o rio, mas eu podia ver o sorriso presunçoso e condescendente em sua boca.

— E aí, cara? — Marcus o cumprimentou. — Você veio também… de brinde — ele murmurou rapidamente, o que me fez rir. O rosto de Marcus se iluminou com a minha reação, gostando que eu também pudesse sentir o mesmo. — Ah, quem é esse carinha? Mas você não é um fofo? — Marcus foi direto para Bode, curvando-se para acariciá-lo. Minha boca se abriu para precavê-lo, mas outra parte de mim se perguntou se Bode estava se dando melhor com os homens, já que ele gostou do babaca enorme ao lado dele assim que o viu. Talvez tivesse sido apenas Nathan e Ethan.

Eu estava errada.

No segundo que Marcus estendeu a mão, eu vi a mudança em Bode. Aconteceu tão rápido. Um grunhido profundo veio subindo pelo peito de Bode, sua boca se abriu para dar uma abocanhada de advertência, fazendo a mão de Marcus saltar para trás.

— Ah, merda.

Smith se moveu em um piscar de olhos, parando na frente de Bode, emaranhando a mão no pelo do bichinho, que se agachou atrás de Smith, afastando-se cheio de medo do cara novo.

— Que porra é essa, cara? Você não enfia a mão na cara de um cachorro que você não conhece — Smith vociferou.

— Oh, Deus, desculpa. — Eu entrei na frente de Marcus, tentando acalmar a situação. — Bode tem medo de homens. Nós achamos que ele foi abusado antes de o acolhermos. Mas ele é muito bonzinho. Ele não chegaria a te morder.

Confuso, Marcus franziu as sobrancelhas, olhando para o cachorro que supostamente odiava homens escondidos atrás do maior e mais alfa daqui.

— Exceto dele, ao que parece. — Fiz sinal por cima do ombro. — Não faço ideia da razão.

— Eles são bons juízes de caráter — Smith murmurou alto o suficiente para eu ouvir, afagando a cabeça de Bode, confortando-o com palavras que não consegui escutar e dando a ele um pequeno petisco.

— Sim, beleza. Ok. — Marcus deu um passo para trás, forçando um sorriso em seu rosto, voltando a atenção para mim. — Me deixa te apresentar aos meus amigos. — Ele pegou minha mão, me puxando em direção ao grupo que estava do outro lado. Eu hesitei, olhando para trás, para Bode, mas ele se animou de volta, ofegando e pulando ao redor de Smith para ganhar outro petisco.

Por que Bode o aceitava de boa, mas não aceitava nenhum outro cara? Nathan era um cara legal, embora eu não pudesse dizer o mesmo de Ethan, mas Bode até rosnou quando meu pai veio me visitar.

Vendo que ele estava bem, segui Marcus, bebi metade da minha cerveja, querendo afogar todos os momentos estranhos de hoje. Especialmente os com Smith.

Os amigos de Marcus estavam tomando shots, algumas garotas já estavam com os olhos turvos e dando risadinhas.

— Shot? — Marcus me entregou um.

— Claro. Por que não? — Levantei um ombro, virando a dose com o resto do grupo, ignorando a sensação de olhos queimando em mim do outro lado da fogueira.

Pela primeira vez, eu queria ser uma jovem despreocupada de vinte e dois anos. Sem responsabilidades, de férias, com um cara fofo mostrando interesse nela.

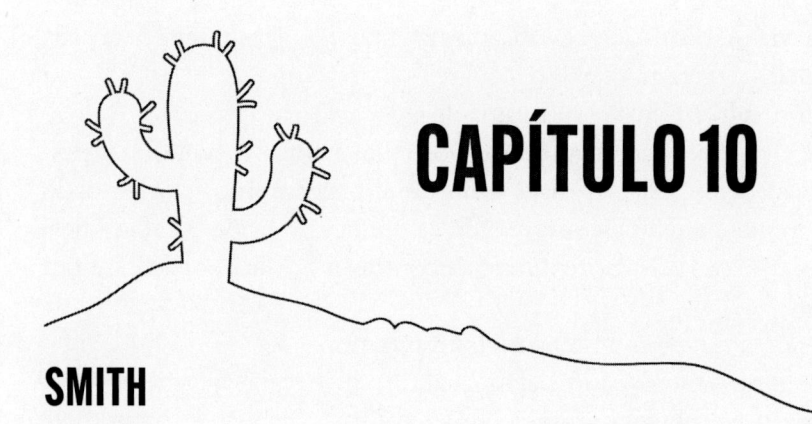

CAPÍTULO 10

SMITH

— Posso simplesmente dizer? — A garota ao meu lado ronronou, com os olhos azuis embaçados por causa do álcool. — Você é gostoso pra caralhooo. Tipo… — Ela fez um gesto ao redor. — Você faz esses garotinhos passarem vergonha.

— Obrigado — murmurei, bebendo o resto da minha quarta cerveja, incapaz de fixar o olhar na loira ao meu lado, mas vagando para o outro lado da fogueira, para a morena pequena que devorava a minha atenção. Quanto mais eu bebia, mais a presença dela parecia crescer e me consumir, em vez de diminuir.

Meu olhar se fixava em cada avanço que o garoto Marcus fazia com ela, tentando queimar os dedos dele para longe do corpo da garota, como se fossem raios laser.

Kyle ia querer que eu tomasse conta dela. Protegê-la daqueles imbecis cheios de lábia como um irmão mais velho faria. Aqueles que bancavam os bonzinhos, mas estavam procurando maneiras de deixar a garota tão chapada que ela não conseguiria dizer não.

Ela não estava bêbada, mas eu podia ver suas bochechas ficando mais vermelhas; um sorriso sedutor e um olhar de me-come-agora ficavam mais expressivos quanto mais ela bebia. O corpo deles estava ficando mais próximo um do outro, os toques demorados e cada vez mais óbvios.

A mão de Marcus deslizou pelas costas dela, descendo para a bunda enquanto todo o grupo ria de alguma coisa. Havia cinco na pequena reunião, recém-formados da Virginia Tech, cruzando o país em um *motorhome* de festa, com destino a Los Angeles e San Diego. Basicamente, uma caravana de sexo, vendo quantas garotas poderiam comer através do país.

Também devia estar rolando alguma aposta entre eles. Um ponto para cada estado que eles pegaram.

Nem fodendo a Kinsley seria uma delas.

Ele se inclinou, sussurrou no ouvido dela, a boca roçando seu pescoço, permanecendo ali por mais tempo que o necessário. Um rosnado subiu pela minha garganta, contorcendo as orelhas de Bode, a cabeça dele esquadrinhou os arredores, tentando encontrar a ameaça, procurando a nossa garota.

Não a nossa *garota*, eu gritei para mim mesmo.

Bode soltou um rosnado baixo quando viu o cara agarrar e puxar Kinsley para o lado dele. Caramba, eu amava esse cachorro. Quando ele abocanhou o babaca, precisei me esforçar muito para não beijar sua cabeça felpuda, incentivando-o. Quando Bode se escondeu atrás de mim, confiando que eu o protegeria, o alfa do bando, quase abracei o carinha... e então me gabei como um filho da puta.

O cachorro gosta de mim, não de você. E a parte que eu estava tentando beber para esquecer era porque isso era importante para mim. Como se o cachorro gostar de mim significasse alguma coisa...

Meu olhar disparou para ela novamente.

— Ei? — Uma voz zumbiu em meu ouvido. Uma mão tocou meu bíceps, movendo minha cabeça de volta para a garota ao meu lado. Merda. Eu tinha esquecido totalmente que ela estava lá.

Pisquei para ela, seus olhos azuis olhando para mim como se ela estivesse esperando que eu respondesse.

— Desculpe, o que você disse?

Ela riu, inclinando-se para mim, e espalmando o meu peito.

— Eu perguntei seu nome.

— Smith.

Um sorriso lascivo curvou sua boca.

— Bem, *Smith*, eu queria saber se você quer ir lá na minha cabana? Minha amiga não voltará esta noite. — Seu queixo se virou para outra garota do mesmo grupo, que estava conversando com um dos amigos de Marcus.

Eu pisquei, e a encarei. A garota era bonitinha. Cabelo loiro naturalmente ondulado, um corpo curvilíneo e rosto em forma de coração. Não é alguém que eu iria atrás, mas também não recusaria para um rolo de uma noite. Era exatamente o que eu estava querendo. Uma liberação muito necessária para deter os pensamentos que eu estava tendo com a garota do outro lado. Eu só estava com tesão e precisava de sexo. Então tudo voltaria a ser como deveria. Kinsley, a irmã mais nova da minha ex e do meu velho melhor amigo.

— Então? — A garota ficou na ponta dos pés, e roçou os lábios no lóbulo da minha orelha. — O que acha?

Ah, caramba. Eu não podia negar que meu pau estava interessado, até minha mente estava me dizendo para fazer isso. Qualquer coisa para colocar minha cabeça no lugar. Mas eu não me movi. A ideia de ir lá com essa garota me fez sentir exausto e entediado.

Que porra estava errada comigo? Eu deveria ter aproveitado a oportunidade, tirado a roupa e pegado a garota de jeito antes mesmo de chegarmos à cabana dela.

Vai. Você precisa disso. Desesperadamente.

— Com licença — uma voz arrastada, parecendo irritada, chamou minha atenção para a pessoa que apareceu do nada na minha frente. Ela estava com os braços cruzados, que empurravam seus seios para cima, e os lábios franzidos.

Como se Kinsley tivesse me eletrocutado, meu pau a meio mastro saltou junto com Bode, ofegante e implorando por uma carícia. A reação foi tão rápida e brutal que eu congelei, deixando minha expressão neutra.

— Eu preciso falar rapidinho com ele. — A voz de Kinsley estava tensa quando ela se dirigiu à garota ao meu lado, mas seu olhar deslizou de volta, me encarando com raiva.

Que porra?

— Hum. — A garota cujo nome eu nem sequer sabia olhou de mim para ela.

— O que você quer? — Eu segurei o olhar de Kinsley, imitando sua postura. — Achei que você estivesse sendo despreocupada e espontânea com o bonitão ali.

— É, é fácil demais fazer isso com uma espécie de irmão guarda-costas observando cada movimento meu.

— Eu *não* sou seu irmão. — Estranho, continuei tentando me convencer de que eu era, mas ouvi-la dizer isso me irritou pra cacete.

— Então pare de agir como um.

— Passei a noite cuidando da minha própria vida — retruquei.

— Valeu. — Ela riu, seca, seu corpo balançou, mostrando que ela estava mais bêbada do que eu pensava. — Eu só queria saber se você vai tomar conta do Bode hoje à noite. — Suas palavras tropeçaram umas sobre as outras.

— O quê? — Como um interruptor, a raiva incendiou meus nervos, meus ombros subiram, meu peito estufou. — Por que eu preciso tomar conta dele?

— Porque sim. — Ela inclinou a cabeça para trás. Marcus nos observava de seu lugar, suas pálpebras se estreitaram em mim, como se ele pudesse enxergar tudo o que eu estava pensando, percebendo que eu não era diferente dele. Ele ergueu a cerveja na minha direção, uma arrogância torceu sua boca como se dissesse: *"Sim, cara, sou eu que vou comer a garota... não você."*

Ah. Mas. De. Jeito. Nenhum.

Minha mente desligou, o impulso substituindo todo o resto. Eu sempre fui um tipo alfa: dominante, implacável e confiante. Era a única maneira de sobreviver na minha casa enquanto eu crescia, mas essas características foram impostas a mim nos últimos anos, governando todas as minhas ações. Aja primeiro, pense depois.

Sem hesitar, com a exigência correndo pelas minhas veias como se fosse sangue, meu braço passou por trás de suas pernas, pegando-a e jogando-a por cima do meu ombro.

— Que porra é essa? Smith! — ela gritou comigo, mas eu apenas me afastei da festa, chamei Bode e voltei para o nosso acampamento.

A garota falando comigo ficou parada lá, boquiaberta, com os olhos arregalados e cheios de desejo enquanto me observava carregar Kinsley, parecendo desejar que fosse ela.

Eu também desejava. Não porque eu a queria... mas porque eu gostaria que fosse o caso. Em vez disso, meu pau saltou conforme a garota por cima do meu ombro chutava e chiava como um gatinho selvagem.

— Me coloca no chão! — Ela bateu nas minhas costas, mas parecia nada mais do que a massagem de tapotagem que eu costumava receber depois do treino de futebol americano. — Mas que merda, Smith!

Bode ganiu animado ao nosso redor, querendo fazer parte da brincadeira.

Quando cheguei à van, deslizei seu corpo pelo meu, colocando-a de pé; meu olhar se fixou nela.

— Como você se atreve — ela fervilhava.

— Você está bêbada.

— Não estou, não. — Ela se afastou de mim, tropeçando. Minha mão disparou, agarrando-a, mantendo-a de pé. Fúria coloriu seu rosto, seu peito se estufou como se estivesse em chamas, sabendo que ela estava provando meu ponto de vista.

— Você quer tentar de novo, Baby K? — Se minha intenção era irritá-la mais, eu consegui. E se a raiva que a enchia como um balão de ar quente não fosse um pouco assustadora, eu teria rido. Estava esperando que saísse vapor de seus ouvidos.

— Seu cretino presunçoso! — ela gritou, ao me empurrar pelo peito.

— O apelido realmente se encaixa em você como uma luva, sabia disso?

— Sei. — Meu corpo não se moveu um milímetro quando ela bateu e empurrou meu peito, fazendo Bode latir e saltar.

— Essa é a *minha* vida. *Minhas* férias. *Minhas* escolhas. Você não tem nenhum direito de dizer uma única palavra quanto a qualquer uma dessas coisas. — Ela lutou para manter cada palavra clara. Eu achava tão divertido quando pessoas bêbadas tentavam agir como se estivessem sóbrias, o que tornava sua embriaguez mais óbvia. — Eu tenho todo o direito de transar com ele sóbria, bêbada ou com a festa inteira. Você é o único que não deveria nem estar aqui.

Merda, eu entendia. Mas não pelas razões que ela estava pensando.

— Você realmente queria transar com aquele cara? — Fiz um gesto para trás de mim. — Não me diga que você não teria acordado roendo seu braço, se odiando por isso.

— A escolha é *minha*, não sua.

— Se você quer dar para alguém, pelo menos escolha uma pessoa que saiba o que está fazendo. — Minha voz se elevou, e entrei em seu espaço.

— Como você sabe que ele não iria? — Ela gritou de volta.

— Faça-me o favor — zombei. — Aquele cara deve ter aprendido a gozar em uma meia. Eu posso garantir que ele não saberia como te agradar… como te fazer perder a cabeça. — Minha voz ficou baixa, meu físico se inclinou em seu espaço. Ela respirou fundo, e suas pupilas se dilataram. *Que merda você está fazendo? Afaste-se dela.* — Você teria fingido um orgasmo para fazer o cara se sentir melhor, e iria embora insatisfeita, imaginando se alguma coisa estava errada com você, porque homem nenhum até agora foi capaz de te satisfazer. Estou errado? Aposto que você quer saber se o sexo é tudo o que as pessoas dizem que é, já que até agora tem sido muito sem graça. Aqueles caras com quem você já transou? Eram todos crianças e só se importavam com a própria satisfação, certamente não com a sua.

Sua respiração engatou, a cor subiu por seu pescoço, a mandíbula cerrou. Na mosca.

Não havia dúvida de que eu acertei em cheio, o que me fez pensar sobre seus namorados anteriores. O desejo repentino de rastreá-los e descer o cacete neles fez os meus músculos vibrarem.

— Essa foi de foder — ela sussurrou.

— Eu não faria uma coisa dessas aos seus futuros namorados. Você só nos compararia, e eles perderiam todas as vezes.

Seus lábios franziram, e ela deu um tapa no meu torso, tentando me tirar da sua frente. Eu me afastei para deixá-la passar, mas ela não se afastou com raiva, como eu pensava. Kinsley não era do tipo que recuava. Nunca foi.

Ela desafiava, lutava e se mantinha firme, mesmo quando estava perdendo. Ela sempre tinha feito isso.

Antigamente, a atitude me irritava. Agora?

Meus dentes rangeram, impedindo meu cérebro de concluir o pensamento. Eu não queria aceitar a resposta. *Não. Você não pode pensar nela assim.* Mas meu corpo não parecia se importar.

— Você não me conhece. E com certeza não me controla nem me diz o que fazer. — Ela se aproximou de mim, ficando na ponta dos pés, fazendo meus pulmões vacilarem com sua proximidade repentina, a confiança sensual deslizando sobre seu corpo. — Nem com *quem* eu posso *foder*. — Ela enfatizou a última palavra como uma provocação, soando grosseira, primal.

Puta merda. Eu inalei pelo nariz. Meu pau gritou: "Eu! Me escolha!", enquanto empurrava contra meu jeans.

Ela curvou uma sobrancelha, sentindo a vitória quando passou por mim, indo para o banheiro, e Bode foi trotando ao lado dela.

Tomando respirações lentas e metódicas, tentei me acalmar, e foi quando percebi. Minha bochecha se contraiu com um sorriso malicioso. Ela podia estar com raiva de mim, mas não voltou correndo para o bundão, indicando que no fundo ela concordava comigo. Não valeria a pena acordar se odiando por causa dele.

E você acha que vale acordar assim por você?

Esfreguei a testa, caminhando até a van para pegar meu saco de dormir, estiquei-o no chão e me deitei. Tentei excluir a música e as vozes da festa com os meus braços atrás da cabeça, olhando para o céu por entre as árvores. Tentei não pensar na facilidade com que me afastei da garota bonitinha que me convidou para ir para sua cabana, ou no orgulho que senti por Kinsley não voltar para o garoto.

Minha cabeça inclinou, e eu olhei para a porta do banheiro, Bode ainda sentado do lado de fora, esperando por ela.

— Bode! — Assobiei. — Vem cá, rapaz.

Ele se sentou, me ouvindo, sua atenção indo da porta para mim, mas ele não saiu. Ela era a humana dele, e eu gostava do quanto ele era protetor e leal com ela.

Fechei os olhos, o álcool logo fez efeito.

Um ganido fez minhas pálpebras se abrirem de repente. Olhei o relógio, vi que mais de trinta minutos tinham se passado. *Merda. Eu devo ter apagado.*

Bode ganiu de novo, sua pata arranhava a porta do banheiro. Eu me virei, o medo fervilhou no meu estômago. Ela ainda estava lá?

Eu me levantei em um salto e corri para o banheiro.

— Ei, rapaz. — Esfreguei sua cabeça. — Está tudo bem. — Abri a porta, e entrei.

— Kinsley? — chamei. Nenhuma resposta. — Kinsley!

Um gemido veio da última cabine, fazendo-me ir até lá.

— Ei? — Bati à porta.

— Vai embora — ela murmurou. Ouvir sua voz fez o alívio se derramar através de mim, o que relaxou os meus ombros.

— Você está bem?

— Eu estou be… — Uma arcada seca interrompeu a declaração. Parecia que suas entranhas estavam tentando sair pela garganta.

Ah.

Ela gemeu baixinho e cuspiu.

— Kins, abre a porta. — Meus dedos voltaram a bater.

— Vai embora, Smith. Eu estou bem — ela resmungou.

— Sim, está parecendo mesmo — bufei. — Abra a porta, Urtiga. — O apelido a fez gemer mais alto, seguido de um gemido baixinho. — Se você não abrir, abro eu.

Ela soltou um suspiro alto e destrancou a porta. Eu a empurrei. Pálida e suada, Kinsley estava caída contra a parede, os joelhos puxados até o peito, passando a mão pelos cabelos amarrados no alto da cabeça.

— Pare de tripudiar. — Ela inclinou a cabeça para trás.

Um sorriso tremulou os meus lábios.

— Eu não disse nada.

— Nem precisou.

— Ainda não aprendeu a lição sobre misturar cerveja com destilados?

— Atribua ao fato de eu ser um bebê que ainda nem saiu das fraldas. — Suas pálpebras se separaram para ela me fulminar com olhar. — Você pode pelo menos me deixar morrer sozinha?

— E perder toda a minha diversão? — Eu ri, me inclinando sobre ela. — Parece que não tem mais nada dentro de você. — Minhas mãos envolveram seus bíceps. — Vamos.

Ela resmungou quando a levantei e cambaleou, a cabeça caiu para frente, no meu peito.

— Nunca mais vou beber.

— Até a próxima vez. — Eu não era tão velho assim, mas senti que meu tempo para fazer coisas desse tipo foi há séculos. Beber, ser jovem e estúpido. Livre.

Nós saímos da cabine. Seus músculos tremiam, então mantive meu braço apertado ao redor dela ao sairmos.

Bode ganiu, saltando animado em Kinsley no momento em que nos viu.

— Vamos, homenzinho, a mamãe não está se sentindo muito bem. — Eu continuei andando, abri as portas traseiras do *motorhome* e a pus na cama. Ela caiu no travesseiro, Bode pulou para o lado dela. Fui lá na frente pegar água e analgésicos para ela, voltei, e estanquei.

Em menos de um minuto, Kinsley havia tirado a calça. Deitada de bruços, sua bunda mal estava coberta por uma tirinha de tecido preto. A regata subia por suas costas.

— Merda — murmurei, observando seu corpo quase sem roupa se contorcer mais fundo nos lençóis. Meus dentes rangeram enquanto eu abafava o desejo de correr a palma das mãos pela parte de trás de suas pernas, traçando cada centímetro de pele.

Meu pomo de Adão balançou quando eu engoli.

— Kins?

— Hummm?

— Você precisa tomar isso. — Subi na cama, carregando a água e os remédios.

Com as pálpebras semicerradas, ela se virou para mim, pegando-as das minhas mãos e engolindo as pílulas antes de cair de volta para o travesseiro.

— Obrigada.

— De nada. — Coloquei o copo perto dela, e fiz carinho na cabeça de Bode. — Boa noite.

— Boa noite — ela murmurou.

Deslizando para o chão, fiquei parado por um momento, minhas emoções pareciam estar em um cabo de guerra. Exausto, mas inquieto. Irritado, mas calmo. Horrorizado, mas com um tesão do cacete.

Salvador e vilão.

Suspirando, esfreguei o queixo e tirei as botas, pronto para ir para o saco de dormir.

— Smith? — ela disse baixinho.

— Sim?

— Obrigada. — Eu podia ouvir a sinceridade genuína em seu tom. E, na minha cabeça, eu queria acreditar que era por mais do que ajudá-la a voltar para a cama.

— De nada. Agora vá dormir. — *Por favor. Antes que eu faça alguma idiotice.*

Ela ficou quieta, e eu desabotoei a calça, tirei-a e fiquei só de cueca boxer, rastejando de volta para o saco. Meu olhar voltou para ela, pensando que ela tinha desmaiado.

Através das sombras, a luz do banheiro brilhou em seus olhos castanho-escuros quando ela olhou direto para mim. O ar ficou preso em meus pulmões logo que os meus encontraram os dela, nenhum de nós desviou o olhar. O dela parecia cortar através de mim. Nenhuma emoção apareceu em seu rosto dando indícios do que ela estava pensando ou sentindo, mas a intensidade agarrou meu peito e envolveu meu pau como uma jiboia, torcendo cada nervo até doer.

Nós não desviamos o olhar. Nenhuma palavra foi dita, nenhum sinal de emoção foi mostrado, mas eu podia sentir a mudança no ar, a inversão de papéis, nos colocando em um páreo mais justo. Eu não era tipo um irmão mais velho, ela não era a irmãzinha de uma ex. Nada de Baby K nem de Cretino Presunçoso. Éramos apenas nós.

Mas ainda muito proibido.

O ar ficou mais rarefeito, a tensão puxando uma corda que nos conectava. O mundo sumiu e ficou tão tenso que me estrangulou. Seus olhos me chamavam para ela como o canto de uma sereia. Meus músculos se contraíram, prestes a se mover... a fazer algo além de estúpido... quando de repente ela exalou e se virou, quebrando nosso contato.

O oxigênio se infiltrou em meus pulmões enquanto meu pau pulsava e meu coração batia forte.

Que merda eu estava prestes a fazer? Um gesto, e eu poderia ter arruinado tudo. Minha vida já era complicada o suficiente, nada de que ela deveria fazer parte.

Se ela soubesse a verdade...

Eu me deitei de costas, e belisquei a testa.

Meu pau continuou a latejar. *Eu poderia voltar e ir atrás daquela garota...* Mas sabia que não iria. Não era ela que eu queria.

Esperei até imaginar que Kinsley já estava dormindo, envolvi a mão em volta de mim, precisando de algum alívio. Imagens dela de toalha, dormindo com aquela calcinha minúscula, e esfregando tudo na minha cara, fizeram minha mão ir mais rápido.

Sendo exatamente o idiota sobre o qual lhe precavi essa noite.

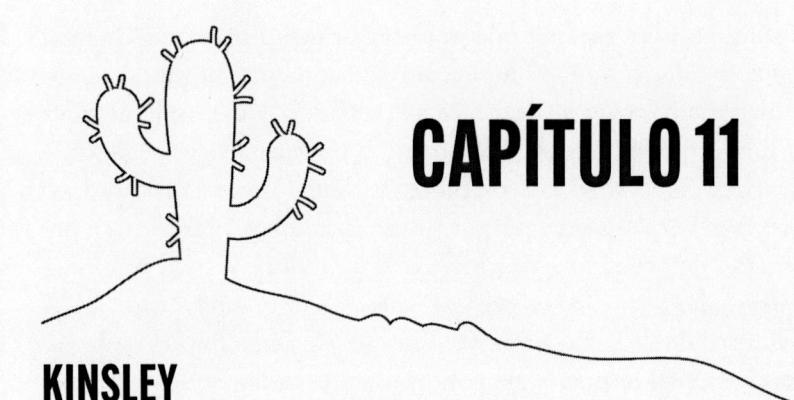

CAPÍTULO 11

KINSLEY

— Você está bem? — Smith tomou um gole de água, olhando para mim do lado do passageiro.

— Tudo bem — respondi, curta e grossa, me mexendo no banco, minha bunda doendo junto com a cabeça. Fazia horas que havíamos atravessado a fronteira para o Novo México, o que me colocava no meu plano original de seguir a Rota 66 para atravessar o país.

Smith e eu ficamos praticamente em silêncio desde que nos levantamos, apenas falando quando necessário. A tensão capinou o ar como vinhas, cortando a dureza da luz do dia, aumentando minha dor de cabeça.

— Certo. Especialmente porque quando uma mulher diz que ela está bem é porque quer dizer isso. — Ele bufou e balançou a cabeça, olhando pela janela, a paisagem seca e alta do deserto passava por lá. Achei que aquele seria o fim da discussão, como foi mais cedo, mas ele voltou a virar a cabeça para mim. — Você está mesmo brava comigo só porque não conseguiu transar com aquele cara?

Eu suguei o ar, piscando de surpresa por ele ter ido direto ao ponto. Eu estava chateada por ele ter tentado controlar a mim e às minhas decisões, mas se eu fosse totalmente sincera comigo mesma, ele me fez um favor. À luz do dia, eu não tinha certeza se teria ficado muito feliz comigo mesma. Não que eu não precisasse de um lance de uma noite só, mas eu não estava indo atrás de Marcus porque ele era quem eu queria.

Todo o meu problema estava sentado à minha direita.

Ontem à noite eu pensei que tudo estava indo do jeito que eu queria, flertando com um garoto fofo. Embora a única vez que ele tentou me beijar foi desleixado, o que me desanimou, mas eu não recuei.

Continuei dizendo a mim mesma que era porque eu só precisava de uma noite de sexo com alguém que eu nunca veria novamente, negando quantas vezes eu me virei para ver se Smith estava olhando. Uma onda de raiva queimou no fundo da minha garganta quando vi a garota se esfregando e se inclinando para ele, o sorriso e os olhos famintos me dizendo tudo o que eu precisava saber. Agi sem pensar, fazendo minhas pernas irem até ele; a necessidade de arrancá-la de cima de Smith vibrava cada músculo. *Estou fazendo isso pela Kasey. Ela ia querer que eu mantivesse as garotas longe dele…*

Eu não tinha o direito, não tinha voz no que ele fazia, minha boca vazia de uma razão. Quando pedi a ele para tomar conta do Bode, nem quis dizer isso, mas eu não podia negar a necessidade de ver uma reação dele. De pressioná-lo. E de mandar a garota para longe.

Eu era uma mulher muito forte e independente, mas quando ele me jogou por cima do ombro e me carregou para longe… merda. O desejo que eu estava esperando sentir por Marcus explodiu com uma vingança por alguém que não deveria.

Eu não faria uma coisa dessas aos seus futuros namorados. Você só nos compararia, e eles perderiam todas as vezes.

Tequila era a bebida de briga-ou-fode. O problema era que eu queria fazer as duas coisas. Só que ainda mais quando ele me carregou para fora do banheiro e me colocou na cama.

Eu sabia que se ele tivesse apenas me tocado, eu o teria atacado. Arruinando tudo. Eu não poderia ter Smith. Era a única coisa que minha cabeça entendia, mas o resto de mim não se importava.

Meu corpo ficou tenso e tentei enfiar a memória em uma caixa, mas não cabia, saltava toda vez que ele respirava ou se movia. O reflexo de seu gemido suave, o som da pele molhada enquanto ele se tocava no escuro, meus olhos observando através dos meus cílios, fingindo estar dormindo.

Ele estava desejando ter ficado com a outra garota? Estava pensando na ex?

Eu não conseguia desviar o olhar, em transe pela silhueta de seu braço se movendo para cima e para baixo em movimentos rápidos. Meu sexo pulsava, pingando com necessidade e desejo, doendo para ser tocado. O desejo entre minhas coxas parecia um batimento cardíaco. A lógica tentou colocar Marcus, meu ex, até mesmo uma celebridade no lugar, mas minha cabeça não parava de vê-lo. A fantasia de Smith percebendo que eu o estava observando, seu corpo forte se levantando e caminhando até mim, os olhos penetrantes nos meus, não deixando dúvidas do que nós dois queríamos. Seu corpo rastejando sobre mim, a sensação de sua pele e seu peso conforme eu envolvia as pernas ao redor dele. A boca em meu corpo, nos meus lábios enquanto ele se afundava dentro de mim, nós dois gemendo, cedendo ao desejo.

— Ele era um idiota total. — A voz profunda me tirou do meu devaneio e me trouxe de volta ao presente, minha cabeça se virou para ele, inundando minhas bochechas com calor.

Se ele soubesse que eu não estava pensando em Marcus, mas no que eu tinha visto na noite anterior. Era tudo em que eu conseguia pensar, sobrecarregando o ar com raiva, constrangimento, vergonha e o pior... pura necessidade. Smith estava fora dos limites. Era alguém de quem eu nem gostava. Foi só porque nós fomos colocados nessa situação, passando longas horas juntos.

— Prometo, o próximo imbecil que encontrarmos, eu vou deixar você transar com ele até satisfazer o desejo do seu coração.

Minha boca se contorceu, a intenção fazendo minha coluna ser ainda mais apunhalada pela irritação, me fazendo me remexer novamente. Eu queria gritar, berrar, e eu nem sabia por quê.

Ele olhou para mim de esguelha quando eu não respondi, ira curvando suas feições enquanto balançava a cabeça de um lado para o outro. A agitação pesou no espaço entre nós. O telefone dele tocou, chamando sua atenção. Um som raivoso retumbou de sua garganta, e jogou o aparelho no painel, como se quisesse fazer o mesmo com a pessoa do outro lado.

— Uma de suas muitas *namoradas*?

— Antes fosse — ele murmurou, fazendo ainda mais espinhos dispararem pela minha pele.

— Ah. A ex, então. — Jesus, soou tão arrogante quanto foi para mim? Por que eu estava tão irritada? Ele poderia ter quantas namoradas e ex-namoradas ele quisesse.

— Você poderia dizer isso.

— O que isso quer dizer? Vocês não chegaram a terminar?

Ele franziu a testa, seu olhar foi para a janela lateral, a falta de resposta fez meu estômago revirar.

— Ah. — A palavra pareceu uma bomba, soando muito mais turbulenta do que deveria.

Eu não deveria ter me importado com o status de seu relacionamento.

Exceto que Kasey ficaria muito chateada, a última mensagem dela ainda estava no meio das outras querendo que eu enviasse a ela uma foto dele, perguntando como ele estava agora.

— É complicado. — Ele olhou pela janela.

— Sempre é. — Ok, quem era a filha da mãe sequestrando minha voz? *Eu. Não. Me. Importo.* Mas minha boca continuou se movendo: — Quando você tem uma namorada, e está viajando sozinho com outra garota, e esteve prestes a ir para a cama com alguém na noite passada... eu posso ver como as coisas ficam complicadas.

— Primeiro, você não sabe nada sobre mim ou sobre o que realmente está acontecendo. — Sua cabeça virou para mim com um estalo, a fúria acendeu seus olhos. — Dois, eu não ia para a cama com aquela garota. — Mentira total. Eu os vi juntos. — E por último... não há nada com o que se preocupar aqui. — Ele apontou entre nós. — Nada está acontecendo nem *nunca* acontecerá. Você é como uma irmã mais nova para mim.

Ai.

O ácido borbulhou no meu esôfago como um vulcão, carbonizando tudo enquanto enchia minha boca, empurrando minha resposta como se fosse um dragão.

— Que ótimo — falei, ríspida. — Porque eu sinto o mesmo. Pior, na verdade.

— Que bom, então.

— Sim, que bom. — Estalei os lábios, meus dedos seguraram o volante com tanta força que chegou a doer.

A tensão se espalhou ao nosso redor como espinhos, rasgando a nossa carne. O silêncio pesou no meu peito, espremendo o ar dos meus pulmões. Minha mente girava em torno de insultos e pensamentos até que jurei que eles podiam ser ouvidos em voz alta.

Nós dirigimos em silêncio, o atrito tão palpável que Bode se movia como ele se estivesse chateado, colocando a cabeça entre nós e ganindo.

Smith logo começou a acariciá-lo, conversando baixinho. Sua doçura com o meu cachorro me irritou ainda mais, travando meus dentes.

Eu o odeio. Eu o odeio.

O problema era que eu não tinha mais nada para sustentar isso, talvez nunca tenha tido. E eu queria ter... precisava ter. Desesperadamente.

Eu não poderia estar atraída por Smith. O Cretino Presunçoso em pessoa. Não. Não era uma opção. Manter o ódio que eu sentia há doze anos pelo cara arrogante era para o meu próprio bem. E, para ser sincera, ele não parecia ter mudado. Ainda era o mesmo babaca convencido.

— Entre aí. — Smith apontou para uma parada de descanso não muito longe.

— O quê? Por quê?

— Apenas entre — ele bufou, aumentando a minha necessidade de pisar no acelerador e continuar dirigindo. Mas, por alguma razão, eu desviei a van para o estacionamento da parada de descanso Ponte do Rio Grande Gorge, parando bruscamente em uma vaga.

— Pronto! Você está feliz?

Ele olhou bravo para mim quando saiu, e bateu a porta com força.

— Devemos meter o pé, Bode? — Afaguei a cabeça do meu cachorro. — Deixá-lo aqui?

Bode subiu no assento vago de Smith, olhou pela janela e choramingou.

— Traidor — murmurei. Com um suspiro sentido, saí do *motorhome*, e coloquei a coleira em Bode. Devagar, segui em direção à ponte em que todos estavam caminhando, deixando-o cheirar e fazer suas necessidades, fazendo um pouco de exercício.

De início, a área parecia plana, seca e meio feia, até que o desfiladeiro apareceu, me fazendo arquejar. Vasto, dramático, acidentado e belo, como um mini Grand Canyon, o Rio Grande corria muito abaixo, brilhando sob o calor do dia.

Grupos de pessoas se amontoavam na ponte, tirando selfies e assistindo a algo que eu ainda não conseguia ver, despertando meu interesse.

Os ombros largos de Smith, a cintura fina e uma bunda que ninguém podia deixar de notar foram as únicas coisas que reparei, me fazendo desviar o olhar quando uma mistura de calor e raiva colidiu no meu peito. Bode saltou para a frente, caminhando alegremente em direção a ele.

Um aplauso subiu no ar quando ouvi alguém gritar, o som ecoou no desfiladeiro. Tive um vislumbre de um corpo através da grade, mergulhando no vale abaixo. *Que porra?* Indo até o lado de Smith, observei a gravidade puxar a pessoa em direção ao chão com velocidade rápida. O corpo quase alcançando a água antes que ele recuasse, voando pelos ares. Uivos e berros ecoaram dele quando quem eu imaginei ser sua namorada aplaudiu lá de cima, já preparada com os equipamentos e pronta para ir em seguida.

Dois caras e uma garota pareciam estar no comando, o negócio de *bungee jumping* itinerante todo armado e pronto, tentando convencer o próximo idiota a se amarrar em elásticos e pular de uma ponte. *Bungee jumping* nunca esteve na minha lista.

— O que você diz? — Smith olhou para mim, com uma sobrancelha arqueada.

— O quê? — Eu ri. — Você não pode estar falando sério.

— Estou sim.

Eu ri de novo.

— De jeito nenhum.

— Por que não? — Ele cruzou os braços. — Com medo?

— Não. — Eu balancei a cabeça. — Não vejo sentido.

— Claro que não — disse ele, bem devagar.

— O que isso quer dizer?

— Você acha que é tão diferente de seus irmãos.

Eu fiz uma careta, meus braços indo para cima do meu peito.

— Vocês todos são muito lógicos. Certinhos… não ultrapassam limites. — Ele inclinou a cabeça, seus olhos azuis brilhantes por baixo do boné, penetrando nos meus. — Meio ressabiados.

— Como é que é? Eu não sou ressabiada.

Ele sorriu, como se dissesse *claro, docinho*.

— Esta pode ser a minha escolha de hoje. Experimente pelo menos uma vez, então você pode decidir se gosta ou não.

— Não. — Automaticamente, minha cabeça balançou para os lados no que olhei para a garota se preparando para pular. — De jeito nenhum.

Ele desviou o olhar, uma expressão de *eu te disse* em seu rosto, apenas acendendo a ira na parte de trás do meu pescoço.

— Não é porque eu sou ressabiada nem medrosa. — Mentira. Eu era os dois. — Eu só não quero. — Mas, na minha cabeça, eu não conseguia pensar em uma boa razão. Na verdade, mesmo de pé ali, a atração pela atividade fez a adrenalina me agitar com a ideia, acelerando meu coração.

— Tuuudo bem. — Ele deu de ombros, estendendo a mão para baixo para acariciar as orelhas macias de Bode. — Mas eu vou.

— Beleza — respondi, girando os ombros para trás, minha teimosia dando as caras, batendo o pé. Porque eu não podia negar meu interesse, meio que desejando que ele insistisse.

— Você vai perder. A emoção que a gente sente. A liberdade e a adrenalina. — Seus olhos deslizaram para mim, me observando. — Quase tão bom quanto sexo.

A simples palavra disparou minha atenção para ele, nossos olhos se conectaram. O ar escapou dos meus pulmões com a intensidade de seu olhar.

— Eu não vou fazer você pular. Você tem que decidir por si mesma, mas pensei que toda essa viagem tinha a ver com explorar e descobrir as coisas. Crescer. Se você não fizer nada diferente nem se arriscar, não muda nada. Às vezes, a melhor maneira de fazer isso é soltando as rédeas, sair de sua bolha de segurança e viver. — Ele se inclinou para mais perto, me forçando a respirar fundo. — Fazer algo que te assuste.

— Smith Blackburn? Você é o próximo — um dos líderes do *bungee* gritou.

Os olhos de Smith ficaram em mim por mais uma batida antes de sua cabeça virar e ele atravessar a multidão até a grade. A equipe começou a colocar os equipamentos de segurança nele.

Eu podia sentir suas palavras perspicazes enchendo meu peito e coçando minhas pernas. Ele estava certo. Se você não se saísse de sua caixa, nada mudaria. Estagnaria. Entediaria. Eu vim a esta viagem para experimentar a vida. Para arriscar e me sentir... viva.

Não seja teimosa e perca a oportunidade. Vá, Kinsley.

Meus pés se moveram e Bode veio comigo em direção a Smith. Sua cabeça se ergueu, nosso olhar se encontrou.

— Eu quero saltar também — falei com a equipe do *bungee jumping*, mas meus olhos permaneceram nele. Um sorriso presunçoso apareceu em sua boca, seus olhos brilharam de prazer.

— Maneiro! — A moça de cabelos roxos pegou outro equipamento e se aproximou de mim.

— Mas eu estou com ele... e ele tem medo de homens. — Eu balancei a cabeça para Bode.

— Vou tomar conta dele. — Ela afagou a cabeça dele. — Eu tenho três cachorros. Ficarei feliz de cuidar desse carinha fofo enquanto vocês dois pulam. — Ela pegou a coleira. — Você não pode deixar passar uma oportunidade dessas. Ele vai ficar bem comigo, prometo.

Os outros dois caras se moveram ao redor de Smith e de mim, nos prendendo e nos instruindo sobre o que fazer quando nós chegássemos lá embaixo. O quarto membro da equipe estava sentado em um barco, pronto para nos pegar.

Cada palavra que eles falaram e os formulários que queriam que assinássemos, dizendo que eles não eram responsáveis, fizeram meu coração bater tão alto que meus ouvidos zumbiram.

— Não se preocupe; nós nos asseguramos disso. Tipo, a gente passou a manhã toda para pegar o jeito, mas depois de perder o terceiro ou o quarto saltador, nós começamos a entrar no ritmo. — Um cara loiro de uns vinte e poucos anos piscou de brincadeira para mim.

— Você não é engraçado. — Minha voz vacilou, meu corpo tremia. Eu sabia que ele estava tentando me provocar e me distrair. Ele era bem gatinho. Cabelo louro-claro desgrenhado e olhos castanho-esverdeados, sorriso atrevido o suficiente para atrair você, dizendo que ele era encrenca garantida.

— Ideia do seu namorado?

— *Não* é meu namorado. — Eu reagi instantaneamente.

— Sério? — O sorriso dele ficou mais largo, seus olhos se moveram para baixo na direção do meu short jeans e regata.

Sentindo minha pele formigar, meu foco disparou para Smith. Suas pálpebras estreitadas, olhando de mim para o cara, seu lábio se curvava de desgosto.

— Não se preocupe. — O cara esfregou minhas costas enquanto apertava o cinto, chamando minha atenção de volta para ele. — Faço isso há três anos. Ainda não perdi ninguém. — E riu quando olhei brava para ele. — Eu sou o Chad, a propósito. — Ele piscou para mim novamente antes de me levar para mais perto da grade.

Meu estômago despencou, o pânico se instalou, meus ossos tremiam tanto que meus dentes batiam.

— Quem vai primeiro? — O mais velho da equipe, o de cabelos escuros, fez um gesto entre Smith e eu.

Eu ia mesmo fazer isso? A necessidade de voltar correndo para a segurança e dizer que mudei de ideia estava na minha língua, misturando-se com o gosto amargo da adrenalina.

— Podemos ir juntos? — Smith inclinou a cabeça, com as mãos nos quadris.

— Sim — o cara respondeu, curvando o dedo para nos aproximarmos.

— Juntos? — O pânico envolveu meus pulmões, enviando outro tremor pelo meu corpo. Um alarme disparou na minha cabeça, entendendo que eu estaria muito perto de Smith. Perigo.

— Vai ser divertido assim. — Ele sorriu maliciosamente para mim. — Além disso, você não pode voltar atrás agora.

— Envolva os braços ao redor dela — o cara mais velho orientou.

Os braços de Smith me puxaram para ele, seu físico enorme envolvendo o meu. O calor e a força de seu corpo pressionando o meu enquanto eles nos uniam, na verdade, nivelaram a minha respiração. — Mais apertado.

Smith me apertou nele, minha consciência de tudo se elevou. A sensação de seu pau grosso contra mim acelerou minha respiração e meus batimentos cardíacos, fazendo minha cabeça girar.

O líder deu mais instruções, mas não ouvi nada quando Smith nos levou para mais perto da borda.

— Prontos? — Chad gritou. — No três. — A multidão vibrava de animação, pronta para nos ver despencar.

Eu inspirei fundo, meus dedos cravando nas costas de Smith, meu corpo achatado no dele.

— Um!

— Relaxa. — A voz rouca dele deslizou pelo meu pescoço.

— Dois!

— Eu estou aqui.

— Três!

Com uma única inclinação para o lado, nós dois mergulhamos em direção ao rio lá embaixo.

Em queda livre, um grito rasgou da minha boca, a corrente da água e pedras irregulares vindo em nossa direção. Meu estômago congelou de medo e choque, minha mente mais lenta para processar tudo. O vento passou pelo meu cabelo, batendo no meu rosto, me acordando como se eu estivesse dormindo desde sempre. A vista do desfiladeiro, as formações rochosas dramáticas deslizando pela minha visão...

Meus pulmões emitiram som involuntariamente, a voz profunda de Smith ressoando contra a minha, o corpo tão apertado um no outro que não havia um centímetro de espaço.

Eu podia sentir a tira começar a se esticar, e nós nos quicarmos, arrancando outro grito da minha boca, mas dessa vez eu podia ouvir a alegria, a euforia brotando de mim.

Nós recuamos mais algumas vezes antes de a gravidade e nosso peso nos atrasarem, afundando-nos mais perto do rio.

— Uuuhuuul! — Smith gritou, esticando os braços acima da cabeça, curvando mais a sua pélvis para mim, me deixando ainda mais tonta. — Porra! Foi incrível! — Ele inclinou a cabeça para mim, a boca tão perto da minha que eu podia sentir o calor saindo dele, seu olhar tentando avaliar minha reação. — Você gostou?

Eu pisquei, minhas emoções subitamente me atingindo como um soco.

— Puta. Merda. — Eu o olhei boquiaberta, um sorriso enorme se abriu em meu rosto. — Foi assustadoramente incrível. Podemos ir de novo?

Suas mãos apertaram os lados do meu rosto, seus olhos brilhavam de entusiasmo, um sorriso faminto curvou a sua boca.

— Eu sabia que você ia gostar. — Seus olhos rastrearam os meus, e eu o senti se contorcer em meu estômago, inundando meu corpo de desejo. Respirei fundo, mas não desviei o olhar; nossos olhos travaram, selvagens e penetrantes.

Me beija, meu corpo gritou, mas minha mente ainda estava muito atordoada para falar.

Como se ele me ouvisse, sua atenção se desviou para a minha boca, seu corpo enorme se curvou para frente, nossa boca separada por apenas um fôlego. Puta merda, estava acontecendo. Um pequeno aviso soou na parte de trás da minha cabeça, mas não alto o suficiente para eu querer parar. Meus sentidos estavam muito sobrecarregados, precisando daquilo. Muito.

Seus dedos afundaram na minha cabeça, seu calor latejando na minha pele.

— Ei — a voz de um homem gritou, nos afastando com uma inspiração afiada e nos viramos para olhar para um cara novinho no barco vindo por baixo de onde nós estávamos pendurados. — Eles vão abaixar vocês para o barco. Estão prontos?

— Aham — Smith resmungou, o cara da equipe nos empurrou de volta à realidade. *Que merda você estava prestes a fazer? Você é egoísta e horrível assim, Kins?*

Nós fomos abaixados para dentro do barco e liberados do equipamento; fomos para lados opostos do barco minúsculo.

— Primeira vez? — o cara perguntou, ao nos levar de volta para a margem.

— A minha, sim. — Ergui a palma da mão.

— Gostou?

Inconscientemente, meu olhar disparou para Smith, me lembrando da sensação de seu pau pressionado em mim, seu corpo envolvendo o meu, a boca roçando meus lábios, a adrenalina correndo pelas minhas veias, fazendo meus membros tremerem.

Eu me senti viva. Livre. A primeira vez que eu combinei com a pessoa aqui dentro.

Balancei a cabeça com fervor.

— Pra caramba.

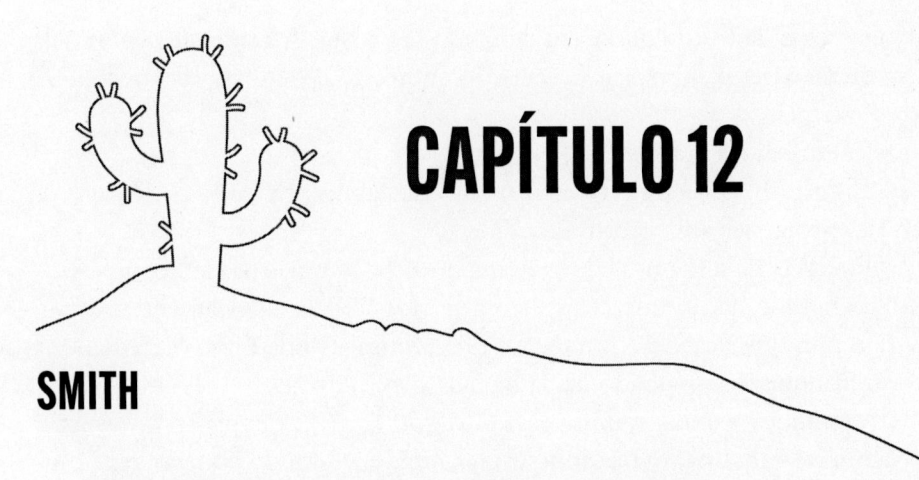

CAPÍTULO 12

SMITH

Puta. Que. Pariu. Eu precisava transar. *Nesse momento.*

E estava ao meu alcance, o bar cheio de garotas, muitas me dando uma clara indicação de que estariam mais do que dispostas. Mas parecia que eu não conseguia tirar minha atenção da que estava na minha frente, não importa o quanto eu quisesse ou fingisse. E, caramba, eu quase a tinha beijado antes. Culpo a adrenalina correndo em minhas veias, sendo pego no momento. Ao olhar para ela lambendo o sal de seu lábio, constatei que meu pau ainda estava tão interessado quanto esteve quando ela tinha sido pressionada em mim, voando pelo ar.

Não. Nessa você não pode tocar.

Nem mesmo um pouco. Eu aprendi, da pior forma possível, a não misturar amigos, relacionamentos e negócios; uma lição que ainda mancha a minha vida. Minha vida não podia nem ser considerada bagunçada, estava deturpada e complicada. Eu mal podia ver além da lama. Fui projetado para ter alguém só por uma noite. Sem amarras. Kinsley Maxwell vinha com uma teia de amarras. E uma corda na qual seu irmão me enforcaria.

Tudo porque deixei as pessoas se aproximarem. O que me ensinou a não me importar novamente. A nunca me apaixonar.

Uma explosão de raiva e ressentimento queimou minha espinha. Que todo mundo se foda. Destruíram minha vida. Tomaram tudo. Até meu pai. Agora eu não tinha nada além de culpa, ódio e amargura.

— Outro! — Kinsley empurrou um copo de shot cheio de tequila na minha mão, me arrastando das minhas memórias punitivas em um estalar de dedos, seu sorriso afastou a escuridão como uma varinha mágica. Ela saltou na ponta dos pés, a adrenalina do salto de mais cedo ainda zumbindo a toda velocidade, o sorriso não deixou o seu rosto. A resplandecência dela aliviou meu peito, iluminou a escuridão enquanto eu a observava borbulhar com energia.

Caramba, ela era sexy.

Eu grunhi, afastando o pensamento da cabeça, olhando para um grupo de garotas vagando perto de mim.

Foi ideia dela ir a um bar local quando chegamos a Santa Fé, precisando liberar a agitação que corria em seu sangue. Ela praticamente saltitou para o pub que ficava no fim da rua do camping. Bode ficou com petiscos e seu brinquedo, espalhado na cama dela como um rei.

Virando a bebida, minha testa enrugou com a queimação deslizando pela minha garganta. O barzinho estava lotado, vibrando com energia, música e estudantes excitadas. As luzes estavam baixas, disfarçando a decadência do lugar, mas ela ainda se enrolava no ar, sussurrando em seu ouvido para deixar a sordidez e safadeza tomar conta. A noite parecia elétrica, o calor aumentava a necessidade de pecar.

Uma pequena seção com sinuca/dardos foi montada nos fundos, mas algumas garotas transformaram o pequeno espaço entre lá e o bar em uma pista de dança, rebolando ali com muito pouca roupa e com o suor escorrendo rastros brilhantes pelo corpo.

— Mais duas duplas. — Kinsley se inclinou sobre o bar, a regata repuxada em torno de seus seios, com um sorriso sedutor nos lábios ao falar com o barman.

— Mas é claro, querida. — Ele piscou para ela, fazendo um rosnado inundar minha garganta. Os olhos dele estalaram para mim, o sorriso sensual desapareceu, o comportamento dele mudou tão rápido que quase me fez rir.

Sim, isso mesmo, amigo. Fora dos limites.

Sentindo Kinsley me encarar, minha atenção saltou para ela. Suas pálpebras se estreitaram, os braços cruzaram e uma sobrancelha se ergueu.

— O quê? — Eu sabia bem o que era.

Ela inclinou a cabeça na direção oposta. Ela era boa em parecer ameaçadora, mas caramba se isso não a deixava ainda mais gostosa. Suas pernas pareciam longas e esculpidas naquele short, os seios arrebitados apertados na regata preta frente-única chamando atenção para o fato de que ela não estava usando sutiã. O cabelo longo, sedoso e escuro estava preso em um rabo de cavalo elegante. O impulso de passar uma mão sobre a pele nua, enquanto a outra enrolava em seu cabelo, puxando-o com força, contraiu meus dedos.

— Pensei que estava livre para transar com o próximo imbecil até satisfazer o desejo do meu coração?

Outra onda de possessividade enrijeceu minha coluna no que eu tentei esconder minha reação.

— Ele? — Apontei para o cara pegando a garrafa de tequila para servir o nosso pedido. — Aquele ali é o que você escolhe?

— Por que eu tenho que escolher um? — Ela inclinou um ombro, sorrindo descaradamente, voltando-se para o bar. — Este lugar está cheio de possíveis transas de uma noite.

Ciúme extremo subiu pelas minhas costas, enrolando em volta dos meus ombros, me fazendo cerrar os dentes.

O barman serviu mais duas doses duplas e foi logo atender o próximo cliente, nem mesmo olhando duas vezes para Kins.

Ela franziu a testa.

Eu sorri, debochado.

— Bem, tim-tim por você se jogar de uma ponte. — Eu levantei o copo para ela. — Da próxima, vamos tentar saltar de paraquedas.

Eu esperava que ela fosse refutar meu desafio, mas a garota sorriu, erguendo o copo no alto para o meu.

— Manda ver. — Ela bateu o copo no meu e virou o dela. Meu olhar acariciou sua boca e garganta.

Balancei a cabeça, olhando para longe enquanto bebia o meu. O terceiro shot duplo estava começando a aquecer meus músculos, mas os olhos de Kinsley ganharam um brilho, as bochechas coraram, o sorriso ficou imenso e os quadris balançaram sensualmente com a música, enviando um aperto para o meu peito e a minha calça.

— Ei — gritei, para a outra atendente que se mudou para o nosso lado do bar. Uma garota bonita, com um corpo para a qual eu geralmente gravitava, abriu um sorriso sedutor no momento em que seus olhos pousaram em mim.

— O que posso arranjar para você, gato? — Ela se aproximou, inclinando-se no bar para me ouvir melhor.

— Um bourbon. — O lado da minha boca se inclinou.

— Mais *alguma coisa*? — Ela me olhou, cheia de intenção. Eu estava acostumado com as mulheres dando em cima de mim, mas fiquei muito tempo fora do jogo.

— Um para mim também. — O corpo esguio de Kinsley deslizou, rastejando um pouco na minha frente, a curva de sua bunda batendo no meu pau.

Jesus.

Kinsley inclinou a cabeça ligeiramente, encarando a garota. Ela não estava sendo maldosa, mas ainda dava para sentir o desafio pairando entre elas.

Que diabos?

Assim como com o barman, o sorriso convidativo da garota sumiu, seu olhar passando entre nós antes de ela assentir com a cabeça, virando-se para servir o nosso pedido. Ela largou os copos no balcão e pegou o dinheiro sem voltar a olhar para mim.

Um sorriso presunçoso apareceu no rosto de Kinsley enquanto ela pegava sua bebida e tomava um gole.

— Ah. — Eu ri. — Está me dando o troco?

Com a bebida encostada em seus lábios, algo cintilou no rosto dela, rápido demais para eu captar. E ela abaixou a cabeça.

— É. — Ela tomou outro gole, não encontrando meus olhos. — Você foi um empata-foda para mim duas vezes. É justo.

— É mesmo? — Minha voz ficou mais baixa do que eu pretendia. A gente estava bem próximo, meu pescoço esticado para olhar para ela, o calor de sua pele roçando a minha. Contra as minhas exigências, avisos e conselhos, meu pau reagiu por conta própria, empurrando dolorosamente no meu jeans. Não estava nem aí para o que era certo ou errado. Provavelmente a tornava ainda mais desejável.

Ela olhou para baixo por um momento, a garganta engoliu em seco, não deixando nenhuma dúvida de que ela percebeu. A pulsação em seu pescoço vibrou em sua pele úmida, fazendo meu pau saltar novamente, gostando até demais da atenção dela. A onda de desejo me moveu em direção a Kinsley, como uma criança que corria para a mãe.

— Uh. — Fiquei engasgado, meu polegar apontou para trás na mesma. — Você quer jogar sinuca? Ou dardos?

Ela piscou para mim.

Eu me virei antes que ela pudesse responder, precisando colocar espaço entre nós. Fui me movendo e examinando a multidão em busca de outra opção, esperando que alguma garota despertasse meu interesse como a que estava atrás de mim. Qualquer uma serviria… Só não podia ser ela. Rostos e corpos bonitos nadavam em minha visão, mas meu olhar não pousou em uma em particular. Infelizmente, não importava. Essa noite, eu tinha que ir atrás de uma delas. Dar à pessoa a melhor noite de sua vida, e deixar meu corpo ter o que ele quer há tanto tempo. Qualquer coisa para parar a necessidade pulsando dentro da minha cueca boxer. Já fazia um tempo, e estar tão perto de Kinsley a colocou no topo da lista. Essa era a única razão. Qualquer mulher com quem eu estivesse passando tempo me faria sentir desse jeito.

Você sentiria o mesmo se fosse Kasey aqui em vez dela?

Eu tentei imaginá-la no lugar de Kinsley. Eu tinha visto fotos recentes dela na página de Kyle no Facebook. Ela não tinha mudado muito, ainda era linda, ainda estava em forma, tinha um sorriso enorme.

Seu sorriso sensual e cílios batendo inundou a minha cabeça, a memória dela de camisola, me encontrando no corredor uma vez quando saí do banheiro. Ela tinha uma timidez dissimulada, torcendo minha camisa, falando quase como um bebê, como se eu fosse achar a atitude mais sexy.

Claro, aos dezessete anos, eu achava qualquer coisa sexy, e ela era, sem dúvida. Mas algo sempre me impedia de ir atrás dela. Não era porque eu a achava ligeiramente chata e controladora demais. Era porque eu sabia que ela gostava de joguinhos: a provocação, de me deixar com tesão e de querer que eu corresse atrás dela. Ela estava acostumada com garotos caindo aos seus pés e não gostava que eu não fosse um deles.

Na época, eu gostava demais das mulheres para sossegar, amava toda a atenção que elas me davam. Quem não amaria? Nós nunca namoramos oficialmente, mas ela disse a todos que sim. Me fez levá-la ao baile de formatura. A noite no meu carro…

Eu quase tropecei quando a memória do rosto lindo de Kasey e do seu corpo jovem montado no meu no banco do motorista, enquanto nos atrapalhávamos para conseguir o que queríamos, mas então a imagem se transformou em outra pessoa, e desta vez era um *motorhome*, e não a minha picape. Seu cabelo escuro enrolado na minha mão, sua cabeça para trás em total prazer, me montando.

O calor invadiu meu estômago, revirando o álcool, subindo e descendo sobre a minha pele. A música inebriante tocava no jukebox e zumbia em minhas veias.

Pare, Smith. Você não pode pensar nela dessa maneira. Está errado. Não com suas situações passadas e as atuais.

Kasey já tinha me mandado mensagem, dizendo o quanto estava animada para me ver e continuar de onde nós paramos. Graças novamente a Kyle… Ela deve ter pegado meu número com ele. Não havia dúvidas de sua intenção. Ela nunca foi de ser dissimulada. Era direta no que queria e o perseguia com a mesma determinação. E tudo o que eu precisava era de outra irmã Maxwell para me atacar com esse tipo de foco. Eu era mesmo um cretino.

Bloqueei meus pensamentos e sentimentos, e caminhei até a mesa de sinuca, praticamente jogando os tacos na mesa.

— Você já jogou? — ladrei.

— Faz algum tempo. — Suas sobrancelhas franziram, sentindo minha mudança de comportamento. A raiva de mim mesmo e dela me moveu como uma fera ao redor da mesa enquanto eu arrumava as bolas.

— Peça ajuda, se precisar. — Passei giz na ponta do meu taco, sem olhar para ela. — Pode ir primeiro.

Ela ficou em silêncio tempo o suficiente para atrair o meu olhar. Seus olhos estreitados estavam em mim.

— O quê?

— Nada. — Ela pegou um taco, e passou giz nele. — Por que você não vai primeiro?

— Tem certeza?

— Aham. — Ela se manteve inexpressiva. — Eu vou assistir e *aprender*. — A voz dela estava um pouco estranha, mas eu dei de ombros, peguei a bola branca, puxei o taco para trás; o som das batidas estalou no ar, encaçapei uma bola listrada no canto.

— Você fica com as bolas lisas. — Eu me movi para conseguir uma boa tacada em outra listrada.

— Eu fico? — Seu tom leve fez minha cabeça voltar para ela. O rosto dela ainda estava inexpressivo. Eu me virei de novo, deixando cair outra, a terceira bola errou a caçapa.

— Sua vez. — Eu me inclinei sobre a mesa, e puxei o taco para perto de mim.

— Hummm. — Ela deu batidinha no lábio. — Faz tanto tempo. Eu meio que esqueci. — Ela agarrou o taco do jeito errado, curvando-se sobre a mesa. Meu olhar disparou para o punhado de caras pairando ao redor da mesa, vidrados na bunda dela.

Fiquei de pé em toda a minha altura, olhando com raiva para o grupo, mas eles estavam bêbados demais para perceber.

— Vocês dois querem alguma coisa? — Uma garçonete parou.

— Porra, sim — eu rosnei.

— Seis shots de tequila. — Kinsley apareceu, com as bochechas já rosadas pelo calor e álcool.

— E um Bourbon — eu resmunguei.

A funcionária acenou com a cabeça, e foi para o bar.

— Vamos tornar as coisas interessantes. — Kinsley olhou para cima, para mim.

Como se a garota fosse a gravidade, me puxando para sua órbita, eu me aproximei mais dela.

— Interessante, hein?

— Um shot para cada erro.

— Ok. — Estreitei os olhos para ela. Pareceu fácil demais. — Você não está brincando comigo?

— Já joguei sinuca algumas vezes. Eu sou terrível.

— Então você tem certeza de que quer fazer isso?

— Vou beber de qualquer maneira.

— Ok… — Ergui um ombro, notando que nós parecíamos ter nos aproximado mais, o joelho dela escovava o meu jeans. — Então vamos tornar as coisas ainda mais interessantes. O vencedor fica com a cama.

Os olhos dela brilharam, um momento de pânico se insinuou nas bordas de seus olhos escuros. As bochechas ficaram rosadas, os dentes morderam o lábio inferior. E ela finalmente acenou em acordo.

— Tudo bem.

Minhas costas adorariam uma noite em um colchão de verdade.

A garçonete veio com as nossas bebidas, alinhando-as no parapeito ao lado da mesa.

Kinsley se curvou sobre a mesa, e eu me mudei para o outro lado para que eu não olhasse para ela como os idiotas no canto.

De forma desastrada, o taco dela raspou a mesa, não acertando a bola. Ela franziu a testa, e voltou a morder o lábio.

— Tente novamente. — Apontei para a mesa.

— Tem certeza?

Assenti e a observei se arrumar novamente. Seus ângulos estavam todos errados, o aperto muito rígido. O taco bateu na bola branca, quicando para fora da mesa. Estendi a mão e a agarrei.

— Oops. — Ela pegou um shot de tequila, e virou. Ela tentou de novo, e falhou.

Merda. Do jeito que a garota estava indo, acabaria bebendo tudo em questão de minutos.

— Você só precisa afrouxar a pegada e acertar a bola branca para direcionar a outra bola. Você não pode acertar a bola branca como se fosse ela que você quisesse encaçapar. Muito provavelmente o ângulo estará errado quando atingir a bola que vale.

Ela olhou para a mesa por um momento, depois para os shots.

— Você pode me ajudar?

O oxigênio ficou preso no fundo da minha garganta. Eu estar em qualquer lugar perto dela seria má ideia.

— Sim. Claro — concordei, ignorando os alarmes na minha cabeça confusa. Virei o que restava do meu primeiro bourbon, coloquei o copo sobre a mesa, fui até ela e parei ao seu lado.

— Curve-se… Abra as pernas. — Minha voz ficou baixa e rouca. Exigente. Puta merda. Cada palavra minha soava mal… uma frase que tinha saído da minha boca antes, mas em um cenário totalmente diferente.

Ela respirou fundo, a pele corou em um tom mais profundo.

Eu estava prestes a murmurar uma explicação, mas, em vez disso, eu a observei fazer o que pedi.

Porra. Inferno. Merda.

Tomei meu novo bourbon, tentando abafar cada pensamento ruim e deturpado na minha cabeça. Eu não confiava em mim mesmo para me aproximar ainda mais dela; sentia que meu pau queria entrar nela bem aqui. Ouvi-la gritar.

Ela segurou o taco e o apontou para uma bola.

— Afrouxe o aperto. — Dei um tapinha no braço dela.

Kinsley tentou, mas ainda assim o ângulo estava todo errado, e ela acabou encaçapando a bola 8.

Ela fez uma careta, a frustração revestia a sua testa.

— Finja que isso não aconteceu. — Eu tirei a bola e a coloquei de volta no lugar. — Você está batendo nela errado.

— Então como? — Ela suspirou em derrota. — Me mostre.

Minha necessidade de estar perto dela para fazer o que ela pediu anulou todos os avisos, todas as razões inteligentes para não fazer isso.

Eu a rodeei, e minhas mãos foram para seus quadris.

— Incline-se sobre a mesa. — Minha boca escovou sua orelha. Ela estremeceu, engolindo em seco; e se inclinou para frente, roçando na minha virilha.

Uma leve tontura girou minha cabeça conforme o tecido áspero das nossas roupas se esfregavam em mim, quase me fazendo gemer. A sensação dela era tão boa... e meu pau ficou necessitado por ela, por mais. Agarrei a borda da mesa, tentando me impedir de fazer qualquer coisa.

— Assim? — A voz dela vacilou, o aperto no taco muito frouxo agora.

— Não. — Eu me pressionei totalmente nela. No momento, todas as vozes gritando para eu parar estavam sendo ignoradas. Nós não estávamos fazendo nada de errado, certo? Eu estava apenas mostrando a ela como jogar sinuca. Inocente. Certo?

Meu cérebro caiu da cadeira rindo de mim enquanto meu corpo pressionava o dela; suas costas arquearam um pouco. Com certeza não havia nada de inocente no que eu estava pensando bem agora.

Meus braços deslizaram sobre os dela, coloquei-os na posição certa, movendo o taco para trás e para a frente até que senti que ela tinha compreendido, então eu dei a tacada, a bola batendo na que ela queria. Ainda errou, mas apenas por um fio.

Sua cabeça se curvou, olhando para trás, para mim.

— Melhor.

Eu a encarei, sentindo a química crepitar, minha boca a apenas um fôlego de distância da dela. Muito ligeiramente, sua bunda pressionou em mim, fazendo o desejo varrer os meus nervos. Garras estouraram em meu peito e bateram nos meus pulmões, espalhando a fome pela minha virilha. Eu não me importava com ninguém ao nosso redor, tudo era um zumbido embaçado... Eu poderia comer essa garota bem aqui.

— Acho que agora eu peguei o jeito. — Ela engoliu em seco, o corpo voltando a pressionar para trás.

Levou um momento para eu entender o que ela disse, para perceber que eu ainda estava em cima dela como uma segunda pele, e ela estava me cutucando para me afastar.

— Ah. — Eu me afastei bruscamente. — Que bom.

Ela se ergueu, seus olhos não encontraram os meus. Pegou outra dose de tequila.

— Talvez seja melhor você não beber toda vez que errar uma tacada.

— Trato é trato. — Ela virou o shot.

Eu voltei para a mesa, limpando-a em questão de minutos.

— Outra rodada? — falou, arrastado.

— Acho que não.

— Vamos lá. O dobro ou nada. — Ela acenou quando a funcionária se aproximou de nós. — Mais uma rodada de shots. Duplos.

— De jeito nenhum. — Balancei a cabeça para a garçonete. Kinsley já estava bêbada. — Eu não quero segurar seu cabelo novamente.

— Está fugindo de uma aposta? — ela me desafiou.

— Fugindo? Eu venci. — Juntei as palmas das mãos. — A cama é minha. Prepare-se para uma noite no chão irregular com os insetos e cobras.

Ela rosnou para mim, colocando a mão no quadril.

— Cama pelo resto da semana.

— O quê? — Meu queixo caiu. — Você quer dormir no chão tanto assim? Você poderia ter pedido.

— Shots duplos — ela disse à garçonete.

A loira olhou entre nós, balançou a cabeça e foi para o bar.

— Ok, mas quando uma pedra estiver esfaqueando suas costas e uma aranha estiver rastejando sobre você… lembre-se de que foi você quem escolheu isso.

— Ser aventureira, não é mesmo?

— Claro. — Eu arrumei as bolas, preparando a mesa. — Você começa dessa vez?

— Ok. — Ela estava instável quando deu a volta na mesa. Joguei uma nota na bandeja quando a garçonete deixou nossas bebidas.

— Obrigada. — Ela piscou para mim, e saiu trotando.

— Você está pronta? — Fiz sinal para todos os shots duplos. Nenhum de nós precisava deles, mas estávamos no estágio em que pensávamos que poderíamos lidar com mais bebida. No dia seguinte, eu pensaria diferente. Bourbon ou cerveja eram a minha bebida. Tequila não era algo que eu deveria estar consumindo perto de Kinsley.

Ela balançou ao se inclinar. Eu ri. A garota era ruim sóbria; se ela achava que ver o dobro das bolas ajudaria sua mira…

Crack.

As bolas se espalharam pela mesa com uma explosão. Uma bola listrada caiu na caçapa lateral.

— Você vai ficar com as lisas. — Ela se levantou, me deu uma piscadinha condescendente antes de se mover mais abaixo na mesa.

Crack.

Mais duas listras foram para a caçapa.

Eu pisquei.

— Doze na caçapa direita. — Ela apontou com seu taco antes de descer, a tacada enviou aquela mesma bola para o buraco.

— Que porra é essa?

O comportamento dela mudou totalmente. A garota insegura se foi, ela deslizou ao redor da mesa de sinuca como líquido, cada bola entrando.

— Você disse que só jogou algumas vezes... que já faz um tempo?

— Faz tempo. — Ela sorriu para mim. — Pelo menos um mês. E eu quis dizer algumas vezes naquela noite.

Meu queixo caiu.

— Você me enganou?

— Ah, aí já seria exagero. — Ela encaçapou outra bola antes de vir para o meu lado, as sandálias batendo nas minhas botas, a cabeça virando para trás. — Você parecia estar ansioso para bancar o estereótipo misógino... e eu deixei.

— Você. Me. Enganou. Pra. Caralho.

— Não se sinta mal. — Ela sorriu, dando um tapinha no meu braço. — Você não é o primeiro.

Eu percebi que ela não estava mais falando arrastado nem balançando. Ela tinha jogado a isca, e eu a havia abocanhado.

Eu deveria estar com raiva, mas a audácia dela repuxou um sorriso nos meus lábios. Uma risada saltou do meu peito quando passei a mão pela cabeça.

— Você esqueceu que meu irmão tinha uma mesa de sinuca no porão? — Ela encaçapou outra bola listrada.

Os Maxwell tinham uma sala de jogos/multimídia completa no porão, para a qual eu queria me mudar. Era o paraíso comparado à minha casa.

— É. — Cruzei os braços, maravilhado ao assisti-la se mover. Sua confiança voltou a ter toda a minha atenção. Especialmente a da minha metade inferior. — Nós jogávamos o tempo todo. E se me lembro bem, você agia como se odiasse o jogo. Revirava os olhos toda vez que descia, irritada por não poder assistir a um dos seus filmes.

— Eu ficava irritada, especialmente quando vocês estavam interrompendo a minha hora de cinema. Não significava que eu não sabia jogar. O Kyle me ensinou, já que ninguém mais na casa jogava com ele. — Ela foi dar a última tacada, a bola 8 em uma posição difícil. Com uma facilidade que me fez arregalar os olhos, a última bola entrou. Ela se levantou, e ergueu a sobrancelha. — Me ensinou tudo o que eu sei. Especialmente como enganar presas fáceis. Agora... — Ela foi para as quatro doses duplas de tequila, gesticulando para elas como se estivesse em um game show. — Você está pronto? — ela zombou.

Outra risada rouca escapou de mim; esfreguei a barba e meus olhos se prenderam a ela. Caí feito um patinho na armadilha de Kinsley Maxwell... o que me excitou pra cacete.

Olhei para a bebida e, em seguida, de volta para ela, minhas inibições já desmoronando ao meu redor. Toda a lógica e razão de por que eu não podia tocar nela fugiram da minha mente.

Eu deveria ter dito não. Que ela ganhou e que isso seria o fim.

Em vez disso, eu me aproximei, meus dedos envolveram o copo alto. Foda-se.

Eu os peguei um após o outro, sabendo muito bem que não teria mais qualquer resistência. E, no entanto, eu não parecia me importar.

Eu estava muito fodido.

E pela primeira vez na vida, eu esperava que não fosse do jeito bom.

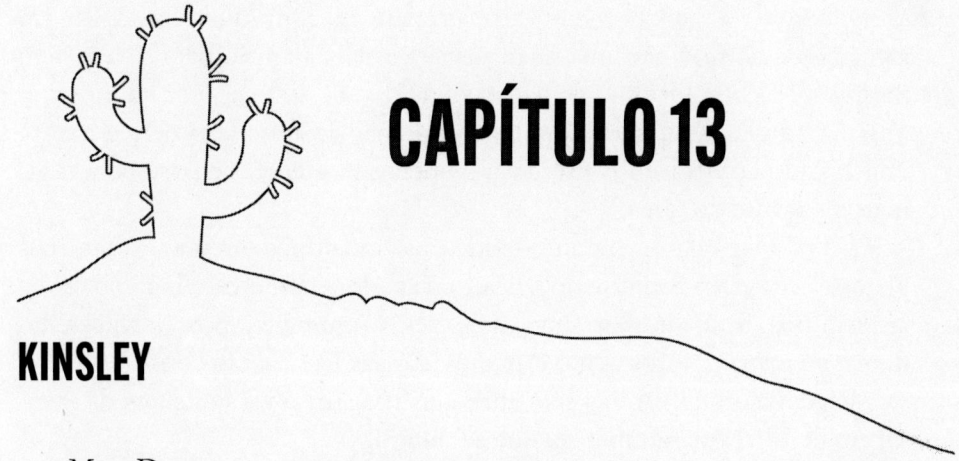

CAPÍTULO 13

KINSLEY

Meu. Deus.

Respirei fundo ao observar a cabeça dele se inclinar para trás, o pomo de Adão balançou conforme ele virava os shots, os músculos cortaram seu pescoço logo acima dos ombros e braços, flexionando-se. A transpiração umedeceu sua pele, fazendo-a brilhar na luz fraca do bar.

Tudo na minha cabeça estava me dizendo para recuar, mas meu corpo, quente e relaxado com o álcool queria avançar, minhas mãos doíam para descobrir seu corpo.

Não. Kins. Você o odeia... certo? Certo???

Mas eu sabia que não odiava. Longe disso. Eu não era mais a adolescente que pensava que ele era irritante e, no momento, eu era o membro mais estúpido do fã-clube do Cretino Presunçoso. Porque eu deveria ser mais esperta. Só que eu não podia ignorar a rigidez dos meus mamilos, o pulsar no meio das minhas coxas, minha cabeça girando de desejo.

Quando decidi enganá-lo, pensei que quem se ferraria seria ele. Mas o feitiço virou contra o feiticeiro.

A sensação dele pressionado nas minhas costas ainda formigava minha pele como um fantasma, sua voz roçando no meu ouvido, rouca e profunda. Ele percebeu os arrepios que percorriam meus membros, a forma como as minhas costas arquearam na mesma hora. Eu podia senti-lo responder, o que quase me fez gemer alto. O calor seco do deserto me circulou como uma nuvem abafada, grudada na minha pele, pingando um rastro de suor pelas minhas costas.

Você não pode tocá-lo. Ele está fora dos limites.

A partir do momento em que nós entramos, notei que quase todas as mulheres, e alguns homens, olhavam para ele com muita fome. Ele era alguém que entrava em uma sala e sugava toda a atenção para si sem nem mesmo perceber. Grupos de garotas avançavam devagar, encarando com ousadia e luxúria, sussurrando, tentando chamar a atenção dele e não se importando com a minha presença. Esperavam que ele achasse uma delas mais intrigante do que eu.

Eu não deveria ter me importado, mas quando a garçonete, com seus peitos enormes, se reclinou no balcão, deixando seu interesse bem óbvio, eu agi sem pensar, me empurrando entre eles. O ciúme e a possessividade inflamaram meus ombros como espinhos. Parecia que eu não conseguia parar.

Peguei o celular e olhei sem abrir a mensagem. Vi o suficiente da mensagem de Kasey para saber do que se tratava.

Smith.

Abra. Lembre-se, além de ele estar em um relacionamento "complicado", ele namorou com a sua irmã. Kasey ainda era louca por ele. Será que ele chegou a transar com ela? Eu os peguei dando uns amassos algumas vezes; uma vez eles nem sequer sabiam que eu estava lá. As súplicas sussurradas de Kasey para irem para o quarto dela, o corpo se esfregando no dele como o nosso gato fazia: desesperado e necessitado.

Eu não tinha entendido na época. Agora?

Podia sentir a mesma necessidade curvando o meu corpo, o desejo de me pressionar nele. Era mortificante o quanto eu queria me esfregar naquele homem.

Constrangimento e raiva queimaram minhas bochechas, e eu me afastei dele, colocando meu taco de volta no lugar. Eu o senti antes mesmo de ele me tocar; sua construção maciça veio por trás de mim, me detendo. Estendendo a mão, ele colocou o próprio taco no suporte.

— Mandou bem. — A textura de sua voz fez minha coluna estremecer e meus pulmões engatarem. Sua boca roçou perto do meu ouvido, me fazendo respirar fundo. — Estou impressionado.

Suas mãos tocaram minhas costas nuas, descendo devagar até meus quadris. Minhas pálpebras se apertaram, querendo nada além de voltar para ele. A cada bebida, nossas inibições diminuíam, mas ainda assim ele parecia muito no controle. Mas foi antes dos quatro shots duplos que ele tomou seguidos.

— Kins? — Ele não se moveu, os dedos roçaram o cós do meu short jeans. Minha voz ficou presa na garganta, minha cabeça não conseguia encontrar nada em que se segurar, minhas sensações me sobrecarregavam, sentindo seu toque como um farol na escuridão.

Minhas veias ainda estavam zumbindo do salto, a sensação da sua ereção maciça pressionando meu estômago, e a emoção em seus olhos quando ele olhou para mim. Eu pensei que ele fosse me beijar. Eu queria que ele me beijasse. Agora eu precisava que me beijasse...

Deixando de lado qualquer lógica que ainda havia em mim, dei um passo para trás, chegando mais perto dele. Ele inspirou bruscamente, suas mãos deslizaram pelos meus quadris, fazendo tremores me atravessarem. Sobrecarregada pela intensidade da reação do meu corpo a ele, pude sentir meu pulso bater no meu pescoço.

O baixo da música esmurrava a minha pele, a voz rouca e sensual da cantora só serviu para me empurrar mais neste mundo de desejo sombrio.

— Kinsley... — ele disse baixinho, espalmando os meus quadris, me pressionando mais firme nele. Um suspiro ofegante saiu da minha garganta, fazendo minha cabeça girar ainda mais. Jesus, ele era enorme. Grosso, quente e pulsando contra a minha bunda. Incapaz de me impedir, rebolei nele.

Necessidade.

Vontade.

Desejo.

— Porra. — Ele cerrou os dentes, seus dedos se fecharam na carne da parte interna das minhas coxas, bem na barra do meu short. Mordi o lábio, o pulsar do meu sexo era mais forte que a bateria da música. Não havia nenhuma dúvida de que ele podia sentir também. Um grunhido profundo zumbiu em seu peito e subiu pela minha coluna. Seus dedos deslizaram por baixo do pedacinho de tecido na minha virilha, fazendo o ar bombear freneticamente em meus pulmões. Eu não me movi, querendo muito que ele continuasse. As pontas de seus dedos roçaram o algodão da minha calcinha, traçando as dobras do meu sexo.

— Ah, Deus. — Eu podia me sentir aberta, implorando por mais, não me importando com onde estávamos ou com quem estava assistindo.

Ele bufou no meu ouvido, esfregando um pouco mais forte, meus lábios se separaram, e meu corpo já estava tão acelerado que eu sabia que levaria muito pouco para eu chegar ao orgasmo bem ali.

O pensamento atingiu o meu inconsciente com tudo. Era difícil demais me fazer gozar. Meu ex sempre reclamava. Que eu era muito frígida. Muito tensa. E em uma questão de segundos, em um bar lotado, com muitos olhos em nós, não havia nada que eu quisesse mais do que o Smith me fizesse gozar bem ali.

— Merda… você gosta — ele murmurou em meu pescoço, seu polegar girava sobre o feixe de nervos, o que me fez gemer baixinho. — Você gosta de todo mundo assistindo.

Não respondi, sabendo que seria resposta suficiente.

— Porra — ele sibilou novamente. — Kinsley… — Eu podia ouvir o apelo, a esperança de que eu o deteria.

Minha cabeça se virou para ele, sua boca roçou minha bochecha enquanto eu o olhava. Seus olhos estavam escuros de desejo, era como se eu pudesse ver tudo o que ele queria fazer comigo.

— Nós não podemos fazer isso — ele sussurrou, com a mão ainda me tocando, mas parou de se mover.

— Eu sei — concordei, mesmo os meus quadris ainda empurrando contra sua mão, querendo mais.

Suas pálpebras se fecharam, a garganta lutou para engolir, e a dor brilhou em suas feições.

O celular em seu bolso zumbiu na minha bunda, parecendo um tapa da realidade, estourando a bolha em que estávamos.

Sua mão deslizou para longe, a sensação disparou desejo e humilhação através de mim. *Que merda estávamos prestes a fazer?* Afastando seu corpo de mim, ele deu um passo para trás, respirando com dificuldade. Smith pegou o celular, olhou o número e franziu a testa.

— Eu preciso atender.

Balancei a cabeça em acordo. Fria. Humilhada. Brava. Envergonhada.

Olhando ao redor da sala escura, vi vários grupos nos encarando com uma mistura de vontade, choque e desejo. Algumas das garotas me fulminavam com o olhar, algumas com inveja e outras me tachando de vagabunda.

Smith deslizou entre a multidão, que praticamente se abriu para ele como se ele fosse algum rei, com o celular pressionado no ouvido enquanto ia para a porta.

Olhos queimaram em mim. Alguns caras próximos rastejaram na minha direção, como se eu agora estivesse disponível para a diversão deles.

Puta que pariu.

Fui atrás de Smith, e saí pelas portas do barzinho sufocante na noite amena, a diferença fez meus pulmões se expandirem, como se eu não respirasse há dias. A brisa leve esfriou minha pele aquecida.

— Merda, Chance. — A voz áspera de Smith me empurrou para o lado, seu contorno absorvido pelas sombras espessas do final do prédio. De costas para mim, seu corpo estava rígido com a tensão. — Como ela encontrou a minha casa, porra? — Smith grunhiu, esfregando a cabeça, seu cabelo foi para todas as direções, o que só o deixou ainda mais gostoso. — Obrigado por me avisar, cara. — Ele beliscou a ponte do nariz, e andou de um lado para o outro. — Como se ela não tivesse tornado a minha vida horrível o suficiente. Eles tomaram mais de três anos de mim... Sim, eu sei que você entende. Porra, cara, às vezes parece que eu nunca saí, sabe? — Ele balançou a cabeça para cima e para baixo, ouvindo a pessoa do outro lado. — Certo, obrigado por ligar. — Ele fez uma pausa, depois bufou, seus dedos voltaram a esfregar o nariz. — Não pergunte. Eu quase cometi um erro idiota pra caralho.

Como se uma flecha atirada através da noite tivesse cravado no meu peito, eu inspirei bruscamente. Ele quis dizer eu?

— Sim, eu sei. Adicione mais uma à minha lista. Eu tenho que transar. — Ele se recostou na parede de tijolinhos e suspirou. — Me liga se ela voltar a aparecer. Fala para a Aubrey que eu mandei oi. — Ele afastou o celular e apertou o botão para encerrar a chamada. O cara respirou fundo outra vez e socou a parede. — Caraaalhoooo — ele berrou, me fazendo saltar.

Sua cabeça virou com o meu movimento, e seus olhos pousaram em mim, queimando no escuro, me prendendo no lugar como algo poderoso. O garoto que eu tinha conhecido não estava mais lá. Agora tudo o que eu podia sentir era perigo, mistério, escuridão e uma fera retumbando por dentro, lutando para sair. Em um piscar de olhos, ele poderia me despedaçar. Me abrir e aniquilar tudo ao meu redor... toda a minha segurança e as amarras que me prendiam a esse mundo.

O desejo de que ele fizesse isso plantou meus pés no lugar. Eu tinha mantido minha vida tão segura e confinada, nada nunca me tentou a me libertar... até ele. O homem que eu não poderia ter. Aquele que eu não deveria querer.

Ele se afastou da parede e veio na minha direção.

Respirei fundo e ergui o queixo enquanto seu corpo pairava sobre mim. Seus olhos buscaram os meus, procurando alguma coisa. Eu não me movi nem falei, precisando que ele desse o primeiro passo. No momento em que esse homem me tocasse, eu sabia que tudo o que eu estava dizendo a mim mesma desapareceria como neblina, sangrando no ar da noite até que nada restasse além do que eu realmente queria. Nada de Kasey nem de Kyle, nem mesmo dessa mulher misteriosa. Mas o que eu queria.

Ele manteve a expressão impassível, e eu observei o debate em seus olhos, a maneira como ele se curvou para mim, o lábio inferior cheio tão perto que minha língua doía para traçá-lo, mordê-lo e marcá-lo.

Sua garganta balançou, sua boca se abriu para falar, sua frase demorando para ser registrada na minha cabeça.

— Nós deveríamos voltar... tenho certeza de que o Bode precisa fazer xixi.

Eu pisquei, meu cérebro não entendendo totalmente as palavras. Ele esbarrou em mim ao passar, me deixando ali com a boca aberta. Não era o que eu esperava. Eu era a única me sentindo assim? Como se a conexão entre nós fosse tecida com mil teias de aranha, vibrando através de mim, me ligando a ele a cada momento.

Exalei, meu corpo ainda pulsando de desejo enquanto meu cérebro voltava aos poucos à realidade. Era isso que eu era? Conveniente? Um meio para o fim? Porém nada mais. Essa é a minha sorte. Finalmente senti algo, e não foi unilateral, mas pelo cara errado.

Segui-o de volta ao acampamento, nós não falamos durante todo o caminho.

Bode comemorou e pulou ao nosso redor quando voltamos, lambendo o rosto de cada um de nós e nos circulando com alegria absoluta.

— Vou levá-lo para passear. — Smith pegou a guia e Bode foi saltitando atrás dele, a silhueta de ambos desapareceu no escuro, com o cão abanando o rabo.

Gemi, deixando minha cabeça cair nas mãos conforme eu me largava de costas na cama. Até o meu cachorro ficou encantado com ele.

Eu me preparei lá no banheiro público para dormir. Ao voltar, meus pés se detiveram. Smith tirava a camisa, os músculos das suas costas se flexionavam, a calça jeans baixa o suficiente para mostrar as covinhas da sua bunda. Suas costas pareciam uma obra de arte esculpida. Ombros largos e musculosos que iam se afunilando. Ele se virou para começar a abrir sua cama no chão, com aquele V profundo à mostra.

Minha garganta inchou. O álcool ainda fervia no meu sangue, meu corpo ainda ansiava por um orgasmo... e queria que fosse com ele. Como sequer olhei para o outro cara na fogueira? Para ser sincera, acho que não olhei. Estava me agarrando a qualquer desculpa que me fizesse não olhar para o homem na minha frente. Bode se aconchegou na cama que Smith estava tentando montar, dificultando o trabalho.

— Ei, carinha. — Ele riu. — Você não está ajudando.

— Tecnicamente, você ganhou a primeira aposta. — Minha boca se abriu, e as palavras se derramaram, minha sanidade tinha decidido dar uma voltinha. Eu me inclinei na porta traseira da van, meu olhar encontrou o dele. — A cama é sua.

— Você ganhou — Sua voz retumbou, e arrepios cobriram minha pele.

— Eu meio que trapaceei. — A coragem líquida sobrepujou a dúvida e o medo que embalavam o meu peito. — Que tal um meio-termo? Nós podemos dividir.

Ele não se moveu, um nervo se contraiu ao longo de seu pescoço.

— Acho que não é uma boa ideia.

— Deve ser a pior que eu já tive na vida — eu disse, com sinceridade.

Ele engoliu em seco.

— Tem certeza?

Porra, a voz dele podia ficar baixa ao ponto de fazer os meus ossos vibrarem.

— Tenho.

Nós dois sabíamos que seria uma baita idiotice. A ideia mais estúpida de todos os tempos. Muito pior do que ele vir comigo nessa viagem. Mas não importa o tamanho da idiotice, ainda segui em frente, querendo-o perto, seu cheiro rico serpenteando nos lençóis e travesseiros.

Por outro segundo, ele não se moveu, fazendo minhas veias congelarem de vergonha. Ele ia me chamar a atenção, me dar um fora... rir.

Um som ecoou de sua garganta, e foi direto para o meio das minhas coxas. Ele avançou, e Bode veio pulando, seguindo-o até a parte de trás da van, e saltou na cama. Meu olhar se fixou no meu cachorro, seguindo-o, agindo como se não fosse grande coisa a mão de Smith ter estado dentro do meu short mais cedo. Nós poderíamos fingir que nunca aconteceu, que nenhuma linha foi cruzada ainda.

Com meu short de dormir e uma regata, rastejei para debaixo das cobertas, me acomodando em um dos lados. Sem dizer uma palavra, Smith tirou a calça jeans, ficando de cueca boxer. Tentei fingir que não notei a enorme protuberância ou a forma como meu corpo tremia com sua proximidade.

Smith subiu, ocupando a maior parte da cama de casal, sua perna roçou a minha.

— Desculpa. — Ele recuou feito um raio.

Engoli em seco. Merda, aquilo era uma idiotice imensa.

Bode se acomodou entre nós no final, olhando de mim para Smith, quase parecendo sorrir.

Levou um momento para ficarmos confortáveis, o silêncio no ar era tenso e constrangedor.

— O que aconteceu mais cedo? — perguntei, sem rodeios.

Smith enfiou os braços sob a cabeça, olhou para o brilhante céu noturno, várias fogueiras ainda estavam acesas ao nosso redor.

— O passado.

Eu me virei de lado, enfiando as mãos sob a cabeça e encarei o seu perfil. Sentindo meu olhar, seus olhos dispararam para mim.

— Uma parte da minha vida que eu gostaria de esquecer.

— Mas que não vai deixar você esquecer.

Ele voltou a olhar para mim, surpreendido.

— Não.

— Quem é a mulher? É ela a complicação?

Ele deu um risinho e voltou a olhar para fora.

— Bem por aí.

— Você a amou?

Ele suspirou e não disse nada por um bom tempo.

— Amei.

Eu não premeditei a apunhalada que senti no peito, o que ele disse a seguir torceu o meu estômago.

— Muito. Ela foi a primeira mulher que eu amei de verdade. Não havia nada que eu não faria por ela. E eu paguei o preço por isso.

— Ah. — Lutei para engolir, mantendo meu rosto inexpressivo, mas ele ainda ouviu a tensão na minha voz, e virou a cabeça. — Eu nunca me senti tão consumida assim por alguém.

— Sério? Você nunca se apaixonou? — Seus olhos rastrearam os meus. Minha garganta ficou tão seca que mal consegui responder.

— Não.

Seus olhos azuis me estudaram, como se ele estivesse procurando a verdade na minha resposta. Parecia que ele estava me despindo, e eu desviei o olhar.

— Qual é o nome dela?

— Becca — ele respondeu, baixinho.

Meu peito parecia estar me estrangulando, mas forcei minha voz a permanecer neutra. Parecia diferente agora, a mulher era mais real. Aqui.

— Você ainda a ama?

Ele virou a cabeça para frente, os lábios se contraíram, a reação pareceu ser resposta suficiente. E contra a minha vontade, senti meus olhos começarem a marejar.

— É complicado.

— Você já disse.

Ele virou a cabeça para olhar para mim, intensamente, absorvendo minha resposta.

— Kinsley…

— O quê?

— Isso não pode acontecer…

— Você já disse isso também. — Eu sabia que não podia, mas ainda me sentia… estripada. O desejo de me inclinar e beijá-lo coçava minha boca, obrigando minha mão a esfregar meus lábios. O que estava errado comigo? Há meros quatro dias eu teria pensado que jamais me sentiria nem pensaria dessa maneira. Embora eu ache que o sentimento esteve lá desde o momento em que ele se aproximou de mim na garagem. Esta noite, todas as fachadas caíram. Não era um simples gostar, eu ansiava por Smith.

Não muito diferente de todas as garotas de quem eu costumava tirar sarro.

— Sua irmã tem me mandado mensagens.

Meu olhar disparou para o dele.

— Ela parece… *ansiosa* para um reencontro.

— Ela acha que você é o cara.

— Oi? — Ele tossiu uma risada.

— Aquele que foi embora.

Ele se virou de lado, apoiou a cabeça na mão, olhou para mim, sua voz arrastou sobre a minha pele como cascalho.

— Impossível eu ter sido o que foi embora… Nunca fui pego por ela.

Eu respirei fundo, seus olhos me despiram de qualquer barreira que tentei erguer.

— Não subestime a Kasey. Quando ela cisma com alguma coisa, a garota sempre consegue o que quer. Sempre.

— Nem sempre. — Seu olhar não vacilou, o que fez meu corpo se encher de calor. — E você, Kinsley? O que acontece quando você mira em alguma coisa que deseja?

A bebida ainda dominava meu sangue, e eu me apoiei no cotovelo, espelhando a postura dele.

— Eu não sei.

— Por quê? — perguntou. — Você é tão inteligente, teimosa e determinada quanto a sua irmã... e incrivelmente linda. Você pelo menos percebe os caras tropeçando nos próprios pés só para chegar perto de você?

Meu coração esmurrou as minhas costelas.

— Não.

— Sua irmã notaria. Ela adorava a atenção... mas é isso que te deixa ainda mais deslumbrante... você não gosta. — Ele se aproximou de mim. — Então, me conte... o que faz você ficar nas sombras dos seus irmãos?

Eu me senti em carne viva. Nua. Exposta. Lambi os lábios, respirei fundo e me fixei nele.

— Acho que nunca quis nada o suficiente.

— Você quer agora?

— Quero.

As narinas de Smith inflaram.

— É idiotice.

— O quê?

— Essa coisa toda. Eu não deveria estar aqui com você. Nesta cama nem nesta viagem. No momento em que você entrou na oficina, eu deveria ter seguido para o outro lado.

— E por que não fez isso?

Ele me encarou, e ficou em silêncio.

— Posso perguntar por que você simplesmente não foi de avião? Por que ou era comigo ou você não iria de outro jeito?

Ele coçou a cabeça, sem olhar para mim. Ele não disse uma palavra, mas, de alguma maneira, eu me dei conta da resposta.

— Você tem medo.

Ele sacudiu a cabeça ao ouvir a última palavra, suas pálpebras se estreitaram.

— Você não gosta de andar de avião.

— É mais que isso — ele murmurou. — São espaços confinados. Estar preso em um lugar do qual não posso escapar. — Seu peito subia e descia. — Por isso que não me importo de dormir sob as estrelas, ou aqui, contanto que eu sinta ar fresco.

— Você é claustrofóbico.

— Não exatamente.

Esperei que ele continuasse, mas ele não o fez.

— Você poderia ter alugado um carro.

— Para ser sincero, foi o Kyle que ficou insistindo. Voltar é a última coisa que eu queria fazer. Quando fui embora, prometi a mim mesmo que nunca mais voltaria. Mas Kyle fez parecer que você já estava indo me pegar. Que estava tudo esquematizado.

— Eu te disse. — Um sorriso inclinou minha boca. — Não há nada que os dois não consigam quando encasquetam. Sempre foi assim. — Meu foco voltou para o peito de Smith. Porra, o cara era atraente. Áspero. Duro. Machucado e quebrado em sua beleza.

Ele era um homem... precisando de uma *mulher*. Eu me sentia como uma garota desengonçada sem ideia do que estava fazendo.

— A Kasey não vai desistir. E, sinceramente, por que você não ia querer a garota de novo? — A insegurança tomou conta de mim. — Ela é ainda mais bonita, inteligente, está com a vida em ordem. Ela é perfeita.

Um rosnado ecoou pela van, ele virou o corpo para mim, seus olhos estavam em chamas.

— Eu não quero perfeição. Eu quero verdade. Poder. Algo genuíno.

Ele se moveu para mim como um atacante, me empurrando para a cama, as mãos agarrando meu rosto, deslizando no meu cabelo com brusquidão, seus dedos enroscaram em meu couro cabeludo, ateando fogo pelas minhas vértebras. Ele não me beijou, mas a boca roçou a minha, respirando em mim. Seu peso se moveu entre as minhas pernas, a cueca boxer fina fazendo pouco para conter seu tamanho. A ereção esfregou em mim quando ele rolou para cima do meu corpo. Minhas costas se curvaram, um gemido escapou da minha boca, o desejo explodiu de mim como uma pinhata.

— Você não entende, porra? A perfeição destrói, mata o que é selvagem, puro e bonito — ele retumbou, empurrando-se mais forte em mim, o tecido das nossas roupas criando fricção e atirando faíscas sobre a minha visão. Fui beijá-lo, mas ele virou a cabeça, a boca arranhou o meu pescoço, mordendo a parte macia atrás da minha orelha. Como um interruptor, a garota nerd quieta perdeu o controle.

Eu gostava de sexo. Apreciava o ato. Mas às vezes parecia que eu ia no automático, meu cérebro nunca chegava a desligar. A mulher desapareceu. A única coisa na minha cabeça no momento era a necessidade, como um animal libertado. Selvagens e movidos pelo desejo, meus quadris se arrastaram sobre ele, fazendo um barulho vibrar em seu peito, me excitando ainda mais. Eu o queria dentro de mim. Me reivindicando. Me destruindo e me devorando. Eu não me importava mais para quem ele estava destinado ou se era errado.

Eu só queria.

Estiquei as mãos para baixo para alcançar sua cueca, e ele as pegou, prendendo-as acima da minha cabeça com uma das dele.

— Não. — A mão livre empurrou minha blusa para cima, um pouco abaixo do meu peito, os dedos rastejaram sob o tecido, a palma segurou e esfregou um mamilo, beliscando-o, atirando desejo direto para o meu sexo.

Um gemido alto escapuliu da minha boca quando ele arrastou os dedos até o meu short, mergulhando-os abaixo da cintura.

— Eu queria que você gozasse no bar na frente de todo mundo... bem nos meus dedos.

Uma mistura de desejo e constrangimento por sua franqueza, porque era o que eu também queria. O que só me deixou ainda mais excitada.

Com um movimento, ele empurrou minha calcinha para o lado e os deslizaram pelas minhas dobras. Eu estava tão molhada e pronta para ele que ele gemeu quando deslizou facilmente para dentro de mim.

— Ah, porra, Kins, que delícia.

Eu me contorci. Dois dedos mergulharam ainda mais fundo, e saíram, atingindo cada nervo. Perdi toda a noção de tempo e consciência enquanto ele bombeava em mim, acrescentando outro dedo.

— Merda, Urtiga — ele sibilou. — Tão molhada e apertada... eu quero tanto te comer. Estar bem fundo dentro de você.

— Isso. — Eu queria também. Tanto que doía. Nunca tinha me sentido assim antes. Como aquela preliminar parecia um milhão de vezes mais intensa do que sexo com Ethan? — Por favor... — implorei.

Ele cerrou a mandíbula, a agonia atravessou o seu rosto, mas suas ações ficaram ainda mais determinadas. Ele fez movimentos circulares e se esfregou em mim enquanto a mão se movia mais rápido com uma habilidade que arrancou o ar dos meus pulmões.

— Ah, Deus! Smith... por favor! O polegar esfregou o meu sexo, e eu fiquei desesperada quando senti o clímax se aproximando.

Ele agarrou meu cabelo, puxando minha cabeça para trás, a boca mordiscou a minha, mas ele ainda não me beijou.

Nós estávamos frenéticos, carentes, nos movendo juntos.

— Merda, Kins — ele rosnou, curvando os dedos, indo tão fundo que eu gritei seu nome, sentindo a adrenalina me inundar. Seus dedos apertaram meu clitóris, fazendo o mundo explodir ao meu redor, meu clímax rasgou através de mim como um furacão, levantando meu corpo como se eu estivesse possuída, e eu contraí em torno dele. Smith não deixou de fazer mais sensações me percorrerem até que meu corpo desmoronou, arfando por oxigênio.

Ele afastou sua mão, levou os dedos na boca e me chupou deles.

— Seu gosto é bom pra caralho — ele grunhiu, parecendo quase zangado.

Olhei para ele, meus músculos tremiam, e eu tentava recuperar o fôlego. Seu olhar rastreou meu corpo, a cabeça balançou.

— Porra — ele sussurrou, como se tivesse acabado de perceber o que tinha feito. — Isso não deveria ter acontecido… Você é a última coisa que eu preciso ou quero agora. Especialmente *você* de todas as pessoas…

— O quê? — Eu ainda lutava para respirar, a sensação deliciosa azedou na hora. — O que isso quer dizer?

Ele se afastou de mim, seu pau estava tão duro e grosso que eu podia vê-lo pulsar contra o algodão macio.

— Eu não *quero* a Kasey… e eu *não posso* ter você. Estou em uma sinuca de bico — ele rosnou, passou uma mão pelo cabelo e bufou de exasperação. — Isso não pode acontecer de novo. Eu não sou um homem bom. Eu estou fodido… Você precisa me odiar. — Em um piscar de olhos, ele pulou da cama e foi embora, Bode choramingou com sua saída repentina.

Meus nervos e pele ainda estavam formigando de felicidade enquanto meu estômago caía em um mergulho de cabeça.

O que acabou de acontecer?

Essa noite foi uma baita montanha-russa de emoções, o prazer correndo pelas minhas veias se transformou em pura raiva, me deixando sóbria.

Isso não deveria ter acontecido. Você é a última coisa que eu preciso ou quero agora. Especialmente você…

A humilhação gelou o meu sangue.

Ele queria que eu o odiasse?

Por mim tudo bem.

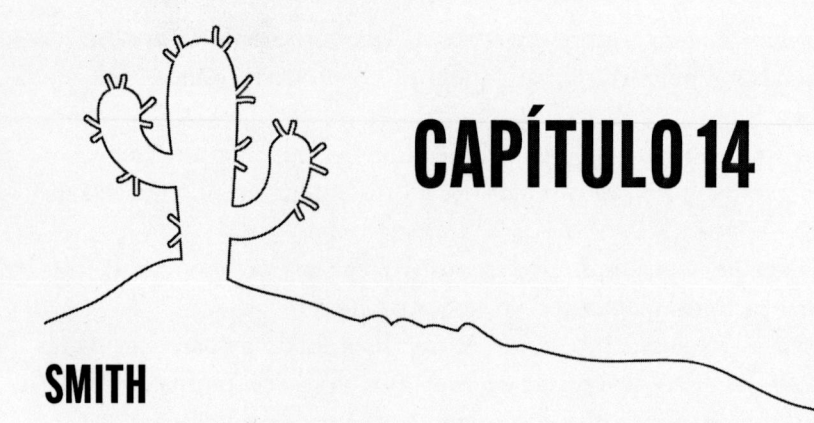

CAPÍTULO 14

SMITH

Inferno. Eu estava nele. Em algum nível do inferno de Dante, por culpa minha mesmo. E o mais perturbador era que eu era livre para ir embora a hora que eu quisesse...

E eu não fui.

Olhei pela janela, observando a paisagem passar, e nada tirou meu foco da tensão que emanava do banco do motorista.

Dois dias. Todo o estado do Texas tinha sido como o clímax de um filme de terror, mas colocado em repetição, esperando que o assassino aparecesse, a música estridente, a ânsia de rasgar os nervos. No entanto, a situação só circulava e circulava sem chegar a uma resolução. O atrito da tensão e do não dito gritavam no ar, e mesmo quando nós tentávamos conversar fiado, a coisa ia se acumulando, incorporado em cada nuance.

Ela mal falou comigo, mas nós continuamos nossa jornada, orbitando um ao redor do outro como planetas, nossa rotina integrada como uma peça bem ensaiada, mas por baixo do diálogo roteirizado havia todo um universo de animosidade, turbulência e ódio...

Assim como eu disse que queria.

Eu nunca deveria ter encostado um dedo nela. Eu me odiava, mas não pela razão que deveria. Recordar onde meus dedos estiveram não me fez recuperar o juízo, me lembrando de quem ela era. Baby K. A irmã mais nova do Kyle. Não, no mínimo, foi o completo oposto. Meu pau não me deixa esquecer. Eu também senti como se estivéssemos em algum ciclo doloroso sem liberação à vista, não importa o quanto eu tentasse aliviar a dor infinita nas minhas bolas. Elas queriam a coisa real e eram tão teimosas quanto a garota sentada ao meu lado.

No momento em que me afastei dela naquela noite, meu corpo gritou para que eu voltasse, mas minha cabeça continuou avançando, me mostrando todos os motivos pelos quais eu não podia.

Minha vida estava uma bagunça. Pra lá de complicada. Kinsley sabia que Becca existia, mas não tinha nenhuma ideia da situação em que eu me encontrava. Os segredos escusos que mantive escondidos.

Parado no escuro, senti meu pau latejar dolorosamente pela garota de quem eu me afastei. Meu telefone apitou com mais mensagens de Kasey e Becca, o que me trouxe de volta à realidade.

Eu estava determinado a partir na manhã seguinte. De mala arrumada, bilhete escrito, queria fugir antes que ela acordasse. Pôr um fim à tentação e me tirar da situação. Dando o que ela provavelmente queria desde o começo: eu bem longe. E continuar a viagem como ela tinha planejado.

Mas eu não fui. Em vez disso, fiz café e levei Bode para passear.

Quatro vezes o adeus esteve na minha língua, minha mala pronta para partir, mas encontrei motivos para ficar. Dolorosamente óbvios, que até me fizeram estremecer. A maioria tinha a ver com ela estando sozinha, indo a bares, homens se aproveitando de uma garota super gostosa desacompanhada.

Kinsley era forte e agressiva, mas, eu sabia melhor do que ninguém, se alguns deles quisessem algo, a agressividade não os impedia de conseguir, não importa o quanto ela tentasse ficar segura. Além disso, a garota ia contornar Nova Orleans, ficando na Rota 66, em direção ao norte. Era ali que eu sabia que tinha que ficar. Ninguém poderia passar batido pela velha *Big Easy*. Tinha que ser contra a lei.

Quando fui embora de Rhode Island, eu não fazia ideia de para onde ir. Nova Orleans era para ser um pit stop. Passei seis meses lá antes de seguir em frente.

— Onde fica esse hotel para cachorros mesmo? — A voz séria de Kinsley interrompeu meus pensamentos, e sacudi a cabeça para ela. Sua boca se contraiu, uma sugestão do desgosto que tinha estado na sua expressão desde que Santa Fé se distanciou um pouco.

Eu a convenci a deixar Bode em um hotel para que ela pudesse experimentar e ver a cidade por alguns dias sem se preocupar com ele. E, por coincidência, conheço uma das melhores babás de cães da cidade. Nova Orleans era uma cidade grande/pequena, repleta de milhares de turistas e moradores locais. Mas quando você morava lá, a cidade era pequena com um grande coração. Os graus de separação aqui eram menores que seis, todo mundo conhecia todo mundo de alguma forma, e todos se intrometiam nos assuntos um do outro. Quando eu morava lá, reduzi esse número, especialmente com as mulheres; minha reputação começou a circular, embora parecesse trazê-las para mim, não as assustar.

— Não é um campo de tortura. Bode vai ser mimado até a morte. Acredite em mim, conhecendo a Angie, ele vai dormir em uma cama e comer bife.

— Ah, certo. Você conhece a dona do lugar. — Ela ergueu uma sobrancelha. — Como você *conhece* a Angie mesmo? — Manteve a cabeça para frente, mas o tom ficou mais constrito ao dizer o nome da outra mulher, o que fez um sorriso se contorcer em minha boca.

— Estamos com ciúmes?

— Por favor. — Kinsley bufou, olhando brava para mim antes de mudar de faixa. — Nem de perto. Só queria saber se eu deveria te deixar lá também. Parece que você também precisa dormir na cama dela e ganhar carinho na barriga.

Ciúmes, com certeza.

Ciúme não era uma qualidade que eu costumava gostar nas mulheres, já que eu tendia a levar as coisas com leveza. Além de Becca, eu nunca tinha me comprometido com ninguém. Sempre fui honesto desde o início, mas as mulheres tendiam a não ouvir, esperando que fossem aquela a me domar. Apenas uma conseguiu, e eu tinha aprendido a lição. *Nunca mais.*

Então por que o ciúme de Kinsley fez meu peito se encher de emoção? Merda, eu gostei demais.

Repreendendo a mim mesmo, eu me virei de novo para a janela.

— Ahhh. — Ela estalou a língua. — Não foi só a sua barriguinha que foi esfregada.

— Não. — Atirei de volta, libertando minha raiva para cima dela, precisando que ela entendesse bem em que pé estávamos. Mas eu sabia que era eu quem precisava ter certeza de que a linha estava lá. — E ela merece suas altas classificações.

— Ecaaa. — Ela estremeceu.

Seguindo minhas instruções, Kinsley parou no familiar chalé creole cinza-claro e amarelo que ficava nos limites da cidade. O terreno de Angie era o dobro do normal para a área, dando aos cães espaço para correr e brincar do lado de fora. A placa do seu negócio havia mudado, mas o resto estava igual. A pintura ainda estava descascando nas venezianas amarelas, as rosas coloridas ainda desabrochavam de modo desordenado ao longo da fachada.

Ao sair da van, o som de cães latindo na casa e no quintal chegou aos meus ouvidos. Respirei fundo, o mesmo ar espesso grudando em meus pulmões. Nova Orleans tinha um cheiro. Uma mistura de doçura, picância e decadência. Como as fantasias, penas, máscaras e purpurina, eles encobriam a morte e o apodrecimento por baixo. O tempero carregado dos pratos creole sendo preparados na rua tornavam o ar quente e pegajoso, o que me deixou nostálgico. Eu adorava essa cidade e quase tinha ficado.

A porta de tela rangeu e bateu, a razão pela qual eu fui embora estava parada no degrau de cima.

— Ora, ora... — Angie cruzou os braços. — Nunca pensei que eu te veria de volta na minha varanda.

— Ei, Ang. — Meu olhar a percorreu. — Faz tempo.

— Mais de oito anos. — Ela inclinou a cabeça. Fazia tempo que a vi pela última vez, e na época ela mantinha o cabelo trançado a maior parte do tempo. Agora seu cabelo escuro naturalmente encaracolado estava na altura do queixo.

— Você não mudou nada. — Além do cabelo, ela não tinha mudado, desafiando o processo natural de envelhecimento. A mulher ainda era tão impressionante quanto eu me lembrava. Mais velha dez anos, a pele negra impecável ainda parecia tão macia e sedosa quanto eu me lembrava. Maçãs do rosto salientes e um corpo curvilíneo que conheci tão bem no passado não se alteraram nem um pouco.

O sexo entre nós era selvagem e intenso, consumindo meu cérebro de dezoito anos, mas depois de três meses transando um com o outro, eu sabia que tinha que ir embora. Ela queria exclusividade. Eu não queria nada me segurando.

Jovem e egoísta, eu parti sem dizer uma palavra. Embora ela sempre tenha sabido que essa era uma possibilidade, principalmente porque eu já tinha ficado muito mais tempo que o planejado. Mas ainda foi babaquice.

— *Você* mudou. — Ela desceu um degrau, os dedos dos pés descalços esfregando a tinta descascada nos degraus brancos, braços cruzados, a blusa se estendendo sobre os seios voluptuosos. — Você não é mais um menino. — Ela balançou a cabeça. — Será possível, seu cretino, que você ficou ainda mais sexy? — Um sorriso tomou conta de sua boca, iluminando seu rosto enquanto ela se aproximava de mim, envolvendo os braços ao meu redor, me abraçando com a força e a intimidade daqueles que se conhecem muito bem. — É bom ver você, Smith. — Ela se inclinou para trás, ainda me segurando, seus olhos varrendo meu físico. — Eu quase pensei que tinha imaginado sua ligação na minha caixa de mensagem. Não consegui acreditar que era você.

— Sou eu. — Engoli em seco, sentindo olhos queimarem na parte de trás da minha cabeça, fervendo minha coluna como um marshmallow em uma vara. A atenção de Kinsley em nós vibrava na minha pele.

— Ao longo dos anos, pensei muito em você... mas na outra noite eu sonhei que você veio até mim de novo... e no dia seguinte você ligou. — Angie ergueu a sobrancelha. Como muitos aqui, a avó dela era uma sacerdotisa vodu. Angie me contou que a magia corria em seu sangue e, além de se comunicar com fantasmas, ela às vezes tinha sonhos ou visões de coisas antes que elas acontecessem. — Você ainda é o melhor que eu já tive, Smith. Eu esperava que algum dia você batesse na minha porta novamente — ela disse, cheia de coragem. Angie nunca foi do tipo que filtrava seus pensamentos ou necessidades. Ela me ensinou *muito* durante o tempo que passamos juntos.

— Sim, ele parece ter fã-clubes em todo o mundo. — Kinsley se aproximou, Bode aconchegou-se entre nós. — Preciso fazer o *check-in* de alguém mais do que o meu cachorro?

Eu me afastei de Angie, dando passos rápidos para trás, minha mão foi para Bode e acariciei o pelo de sua cabeça. Ela percebeu a minha reação, seu olhar poderoso deslizou lentamente de mim para Kinsley. Não houve maldade. Angie não era assim, mas senti seus olhos descascarem as camadas, vendo mais do que eu queria.

— Agora eu entendo. — Ela assentiu para si mesma.

— Entende o quê? — Kinsley perguntou.

— A outra parte do meu sonho. Tudo está claro agora. — Angie olhou para Kinsley, um sorriso se insinuou em sua boca antes que sua atenção saltasse para mim. — Ah, Smith... você está tão ferrado.

Meu peito se apertou, entendendo o que ela quis dizer.

— Carma, meu lindo menino. Essa aqui vai acabar com você.

— Uma já fez isso — murmurei.

— Não, você acha que fez. Mas logo vai entender a diferença. — Uma expressão cheia de pena suavizou os olhos dela. Em um piscar de olhos, se foi. Angie bateu palmas. — Então, esse é o docinho que eu tenho a honra de estragar por alguns dias? — Ela se abaixou para Bode e estendeu a mão para que ele fosse até ela. Ele cheirou a mão dela, provavelmente sentindo o cheiro delicioso da comida que ela fazia para todos os seus cães. Bode a lambeu, aninhando-se em sua palma.

— Você é um amorzinho. Foi ferido no passado, eu posso dizer, mas é uma alma feliz — falou para Bode, fazendo o rabinho dele balançar de alegria. O cãozinho ainda olhava para Kinsley como se estivesse pedindo permissão à mãe, mas Angie tinha uma aura especial. Pessoas, animais, espíritos... todos iam para ela como um ímã.

— Ele tem medo de homens... — Kinsley deu um passo protetor para perto de Bode. — Bem, exceto desse babaca. — Ela me apontou com o polegar. — Talvez haja algo errado com o meu cachorro. Você acha que poderia verificar se há danos cerebrais? Tipo, ele gostou do Smith assim que o viu. É um sinal claro, certo?

A cabeça de Angie caiu para trás, e ela riu enquanto se levantava.

— Eu gosto dela. — Angie deu uma piscadinha de brincadeira para mim, me fazendo resmungar baixinho. — Eu aprendi — suspirou Angie, com os olhos ligeiramente tristes —, que Smith tem o dom de fazer qualquer coisa com pulso perder todo o juízo.

— Não sei do que você está falando — Kinsley disse, tão baixo que pensei ter imaginado. Ela manteve os olhos no chão e colocou o cabelo atrás da orelha. O movimento simples me fez encarar sua garganta exposta, o fio de suor deslizando por seu pescoço.

Um barulho de Angie fez minha cabeça virar com um estalo. Ela tentou lutar com o sorriso cheio de dentes, seus olhos brilharam ao me flagrar. Sua cabeça balançou de um lado para o outro, sentindo ainda mais pena de mim. Resmunguei baixinho, e seu sorriso se alargou.

— Vou cuidar muito bem do seu bebê. Não se preocupe. Ligue sempre que quiser, mas eu vou enviar atualizações e fotos ao longo do dia. Ele vai ficar feliz, prometo. — Angie estendeu a mão para a coleira de Bode. Kinsley hesitou. Eu sabia que não era fácil para ela. Ela nunca tinha deixado o Bode. Caramba, eu ia sentir falta da bolinha de pelos, e só o conhecia há pouco mais de uma semana.

— Nós podemos ficar com ele, mas eu sei que o carinha vai ficar feliz com a Ang.

— Eu sei. — Kinsley assentiu e respirou fundo, entregando a coleira.

Ela largou a bolsa do ombro que estava cheia de petiscos, brinquedos e comida dele aos pés de Angie. — Ele vai ficar melhor aqui do que preso em um quarto de hotel. — Ela se inclinou, fazendo carinho e dando beijos, murmurando em seu ouvido. Rapidamente, mordeu o lábio, se virou e foi para a van, talvez antes que pudesse mudar de ideia.

Fiz carinho nele. E os grandes olhos castanhos olharam para mim como se eu estivesse o abandonando, ele lambeu minha mão.

— Nós voltaremos, carinha. — Merda, ele estava arrancando meu coração.

Angie pegou um petisco, distraindo Bode.

— Obrigado, Angie. — Eu me curvei na direção de Kinsley.

— Você me magoou.

Porra. Eu sabia que essa estava por vir. Esfreguei a cabeça, soltei um suspiro e fiz que sim.

— Eu sei. E sinto muito.

— Eu deveria ter imaginado. Você era *tão jovem*; eu sabia que você não ficaria. — Ela lambeu os lábios e olhou para longe. — E mesmo com toda a minha percepção e intuição... eu ainda tinha *esperança*. Eu te amei de verdade, Smith. Mesmo sabendo que você nunca seria meu.

Eu me encolhi, odiando ter machucado essa mulher, mas sabendo que não mudaria nada.

— Está tudo bem. Era para eu ser apenas uma parada na sua vida. Sua jornada mal havia começado.

— Só saiba que você foi uma parada *incrível*. — Todas as mulheres com quem eu estive depois realmente deveriam estar agradecendo a ela. — Melhor professora que qualquer homem poderia esperar.

Ela sorriu, e seus olhos marejaram.

— Obrigada.

— Mais uma vez, me desculpa. — Apertei a mão dela. — Eu cresci muito desde então.

— Estou *vendo*. — Eu sabia que ela não queria dizer apenas fisicamente. — Você passou por muita coisa nos últimos anos. Você não merecia isso. Sinto muito.

— Caramba! Esse seu dom me deixa desorientado. É o que está te impedindo de envelhecer?

— Isso, e fazer sexo com homens muito mais jovens. — Deu uma piscadinha, o rosto voltou a ficar sério, e ela moveu o queixo para mim. —

Não é difícil ver se você estiver olhando com atenção. — Bode se moveu inquieto, fazendo-a prestar atenção no mais importante dos presentes. — Ligue-me quando estiverem prontos para pegá-lo. — Ela o puxou pela coleira, conduzindo-o para a casa.

— Obrigado novamente. — Eu me virei, caminhando para a van.

— Ei, Smith?

Eu me virei ao seu chamado; ela estava na varanda, com Bode ao seu lado.

— Não deixe o seu passado controlar o futuro. Se você fugir desta vez, nunca mais vai encontrar o caminho de volta.

Ela entrou na casa antes que eu pudesse responder, mas, mesmo no calor, senti um calafrio.

Fizemos o *check-in* no hotel, nossos quartos ficavam um ao lado do outro no corredor da bela casa de estilo creole, eu me lembrei do quanto amava essa cidade. Flores trepando na ferragem, o pátio no meio fervilhava com plantas e uma fonte de água, criando uma atmosfera serena para tomar o café da manhã. Joguei minhas coisas no quarto, ansioso para levar Kinsley para ver minha antiga cidade.

As coisas ainda estavam tensas, e não ter Bode para desviar a nossa atenção deixava tudo ainda mais pesado. Mas as atrações turísticas a arrebataram a tal ponto que ela esqueceu que nos odiávamos. Kinsley agarrava meu braço com animação sempre que via um lugar famoso. Ainda era cedo quando a levei primeiro ao Garden District, depois a um passeio no início da noite pelo famoso Cemitério de St. Louis antes de nós voltarmos ao Bairro Francês.

Eu podia dizer que ela já estava encantada com a cidade, seus olhos estavam vidrados de empolgação e espanto, os quadris começando a se mover e balançar ao som da música sem fim que respirava vida pela cidade. Amanhã eu planejava passar o dia no Bairro Francês apreciando a arte e a atmosfera, mas a noite era uma fera diferente. A cidade mantinha a sedução da magia: fantasmas passavam por você e sussurravam em seu ouvido; mas à noite os espíritos governavam, curvando os dedos e te seduzindo para o escuro e desconhecido. E você seguia feliz, permitindo que os desejos obscenos e proibidos viessem à tona.

Poderia levar anos para mostrar a alguém os segredos desta cidade: aqueles lugares conhecidos apenas por moradores ou pessoas como eu que tiveram a sorte de terem sido apresentados à vida noturna secreta longe dos lugares que costumavam ser frequentados por turistas. Embora até as áreas turísticas, exceto a Bourbon Street, que cheirava a vômito, mijo e cerveja velha e estava cheia de jovens babacas bêbados, fossem lugares incríveis para descobrir.

De banho tomado e usando meu melhor jeans escuro e camiseta preta, passei a mão pelo cabelo molhado antes de atravessar o corredor.

Buzzz.

Sem pensar, eu apertei o botão do meu telefone.

— Alô?

— Smith. — A voz dela deslizou no meu ouvido e desceu pelas minhas costas como uma cobra, envolvendo minha coluna, me fazendo voltar no tempo. Meus pés pararam, meu peito subiu em defesa. — Você atendeu.

— Becca — respondi, sem nem sentir.

— Deus, é tão bom escutar a sua voz. — A familiaridade de seu tom sensual bateu com força nos meus pulmões. Quantas noites eu a ouvi gritando meu nome em êxtase? Agora eu me perguntava se algo daquilo era real. — Eu senti tanta saudade.

— Não — rosnei.

— Não o quê? Dizer a verdade? Eu tentei te ver tantas vezes. Por favor, me deixa explicar.

— Não há nada que você possa dizer que eu queira ouvir — cuspi, movendo-me pelo corredor estreito. — Vá embora, Becca. Desta vez para sempre.

— Eu sei que você não quis dizer isso. — Becca fungou. A mulher sempre soube que eu odiava quando ela chorava, e eu faria qualquer coisa para fazer isso parar.

Não mais.

— Seque as lágrimas de crocodilo. Eu não vou mais fazer papel de trouxa para você. Tente essa merda com a sua próxima vítima. Como está o Bryan, afinal?

— Smith... — Sua voz falhou. — Preciso te ver. Conversar. Te contar o meu lado.

— Eu não me importo.

— Eu te amo, Smith... e sei que você ainda me ama.

Um nervo ao longo do meu pescoço saltou, a fúria queimou no meu peito. Meu silêncio fez a esperança pular na voz dela como sapos saltitantes.

— Por favor. Eu vou encontrar com você. Preciso te ver. Falar cara a cara.

— Não.

— Eu encontrei onde você está morando agora. E vou te encontrar novamente. Eu vou te encontrar em qualquer lugar.

— Você está me perseguindo?

— Não é perseguir quando você ama a pessoa.

— Você não tem ideia do que é o amor. Eu te dei *tudo* e você estilhaçou tudo. Traiu e jogou tudo pelos ares. — Cerrei os dentes, sentindo o gosto da amargura. — Há apenas uma coisa que eu quero de você agora. Até lá... Fique longe de mim, Becca, e pare de me ligar.

Desligo a chamada e rosno ao enfiar o celular de volta no bolso. Meu corpo vibrava com raiva e dor.

— Porra! — Eu bati na parede, odiando a rapidez com a qual ela conseguia me fazer mudar de humor. O poder que ela ainda tinha sobre mim rugiu fúria sob minha pele como um vulcão, pronto para explodir.

Cerrei os dedos e apertei até meus ossos estalarem com a pressão. Ela era um lembrete para nunca deixar alguém chegar perto demais, tirar tudo de mim e esmagar minha vida nas mãos, como se fosse um brinquedo.

Respirando mais algumas vezes, tentei acalmar a minha fera interior, fui até a porta da Kinsley e bati.

Vários momentos depois, ela a abriu, fazendo o ar se deter em meus pulmões.

Sim, eu estava no inferno, não havia dúvida.

Ela usava um vestido leve preto e curto, o cabelo longo e brilhante estava solto, sandálias e um colar de várias camadas que descia até passar dos seios. Simples, mas ela estava de tirar o fôlego; roubou todo o meu ar. O que me irritou.

Kinsley era irmã do meu amigo. Uma pirralha que conheci muito tempo atrás. Ela não tinha nenhum poder sobre mim, e o estúpido deslize entre nós foi apenas isto: um erro estúpido.

— Pronto? — ela perguntou com rispidez e passou por mim, batendo a porta.

Alguém estava de mau humor também.

Me virando para segui-la, eu gemi por dentro.

Como a regata da outra noite, o vestido era frente única... e ela não usava sutiã.

Cacete! A vida estava a postos para me atormentar e me punir.

Essa aqui vai acabar com você.

Não. Ela não vai.

Eu não deixaria ninguém fazer isso comigo novamente.

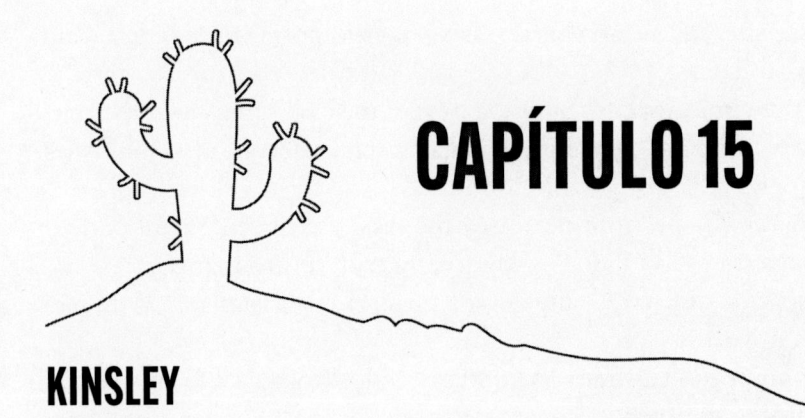

CAPÍTULO 15

KINSLEY

O sol já tinha se posto há muito tempo, mas o calor ainda latejava nas ruas de paralelepípedos, o ar espesso sussurrava no meu pescoço, me circulando como uma sedutora. Eu estava aqui há apenas um dia, mas já havia me apaixonado pela cidade.

O dia a sós com Smith foi melhor do que eu pensava. Eu tinha focado nos pontos turísticos e o ressentimento que sentia por ele desapareceu um pouco.

Até que minha irmã ligou.

— Por que vocês ainda não estão aqui? — Ela bufou ao telefone.

— Kase, você sabe que eu só vou chegar na terça. — O casamento seria no sábado; o jantar de ensaio, na sexta. Minha quarta e quinta-feira já estavam ocupadas com os deveres de madrinha. Eu gostava muito da Amie; ela era como outra irmã agora, mas eu meio que desejei que ela me deixasse de fora da festa. A mulher tinha tantos amigos que matariam para estar no meu lugar, mas, por obrigação, ela pediu a mim. O cortejo nupcial dela seria uma loucura, algo em torno de dez meninas. Um grupo de ex-líderes de torcida, rainhas do baile e presidentes de agremiações estudantis que estudaram todos juntos. Mais uma vez me senti como a garota que foi photoshopada em um cenário ao qual não pertencia. Será que eles sentiriam minha falta?

— É melhor você estar pronta no momento em que chegar. Ainda há muito o que fazer. O pedido de Amie na minha floricultura está me matando. Eu preciso de você aqui, Kins.

— Terça. Serei toda sua. — Segurei o celular no ouvido com o ombro e fechei as minhas sandálias mais bonitas. Smith tinha dito para eu vestir uma roupa mais legal. Eu não tinha muita coisa ali, mas achei que o vestido de algodão frente única cairia bem. Casual, mas as costas nuas o deixavam um pouco mais sexy.

Eu não me importava se Smith ia gostar, mas vai saber quantos caras bonitos estariam no bar esta noite. A cidade estava cheia de oportunidades e más decisões.

— Entãããão? — O tom de Kasey me disse exatamente para onde o rumo da conversa estava indo. — Como está meu futuro marido?

— Você sabe que parece uma doida quando fala assim, né? Você não vê o cara há nove anos.

— Não importa. Eu sinto que poderia vê-lo daqui a vinte anos, e nós ainda teríamos aquela coisa. Apenas nas poucas vezes que nos comunicamos, eu consegui sentir a química ainda fervendo. Estou te dizendo, Kins, ele é o cara.

— Sério mesmo que você pode sentir a química através de uma mensagem de texto? — respondi, seca.

— Ah, nós também conversamos por telefone.

— O quê? — Meu corpo se ergueu rapidamente, minha mão agarrou o celular.

— Ai, meu Deus, a voz dele é sexy. Me lembra de um ator... não lembro o nome. Mas é tão profunda e sensual. Ele me deixou molhada com apenas algumas palavras.

— Você falou com ele? — Smith disse que ela mandou mensagem, não que ligou. Ele estava brincando com nós duas em segredo?

Ele não está brincando com você. Ele te rejeitou abertamente. É, depois que os dedos dele estiveram dentro de você.

Ele nem tinha me beijado. Porque era pessoal demais. Eu era apenas um corpo quente, e ele estava bêbado e com tesão.

Raiva e humilhação coloriram minhas bochechas com a ideia de que ele estava flertando e indo atrás da minha irmã enquanto me dava uns amassos. E ele não tinha uma namorada? E não vamos esquecer, a Angie estaria transando com ele bem agora se não fosse por mim.

Um estrondo alto atingiu minha porta, desviando minha atenção para lá.

— Kase, eu tenho que ir.

— É o Smith? Deixe-me falar com ele. Merda, estou louca para que vocês cheguem. Preciso colocar minhas mãos nesse homem novamente. Talvez nós possamos transar em uma caminhonete, pelos velhos tempos.

— O quê? — Gelo desceu pela minha garganta, enchendo meu estômago com ácido.

— É. Logo antes da formatura. Fizemos sexo na caminhonete dele... foi tão selvagem e intenso. — Ela suspirou. — Eu ainda tenho fantasias com aquela noite. Melhor sexo da minha vida.

As palavras entupiram meu esôfago, meu peito se retorceu. Sempre me perguntei, mas havia uma diferença entre especular e saber. A verdade me deu um soco no estômago, e eu me curvei.

— Eu tenho que ir.

— Espera...

— Tchau. — Desliguei, lutando para respirar. Cerrei os dedos até as juntas ficarem brancas.

Não importa quem ele comeu; no passado, presente ou futuro. *Você não se importa. Não há nada entre vocês.* Puxando algumas respirações, empurrei meus ombros para trás e abri a porta.

Agora, enquanto nós caminhávamos pelas ruas escuras iluminadas por postes coloniais, nossos humores violentos se espelhavam.

— Por aqui. — Ele tocou a parte inferior das minhas costas, mas afastou a mão como se minha pele o tivesse queimado. Clareando a garganta, acenou para um lugar na rua, que explodia com pessoas e risos.

O jazz jorrava do prédio, te incitando a entrar. O aroma das especiarias e da comida deliciosa de restaurantes e vendedores de rua pairavam no ar, te atraindo para mais perto. Nova Orleans foi feita para os pecados da noite. O ar formigava na minha pele, roçando e soprando ideias pecaminosas no meu ouvido.

— Embora os turistas tenham descoberto este lugar, ainda é um dos melhores. — Smith apontou para a placa. The Spotted Cat Music Club, com a silhueta de um gato tocando saxofone, pairava sobre a calçada. A casa geminada amarela em estilo Creole com detalhes e venezianas verdes atraía uma grande multidão nesta noite quente de junho.

No mesmo instante, a música ao vivo se arrastou para dentro do meu corpo, se derramando na minha corrente sanguínea como uma droga, fazendo meu corpo se sentir vivo. Sem lutar contra a sensação, eu comecei a me mexer com os sons incríveis do baixo e do sax. Os sons sensuais pulsavam pelo meu corpo, forçando um leve sorriso no meu rosto enquanto nós nos desviávamos da multidão e íamos até o bar.

A voz do homem era comovente, misteriosa e sexy, o que me causou uma dorzinha no coração, e também entre as pernas.

— O que você quer? — Smith se inclinou para que eu pudesse ouvi-lo sobre o ambiente barulhento; sua boca roçou minha orelha, o desejo estremeceu meus membros.

— Cerveja? — Dei de ombros, odiando que ele pudesse causar essa reação em mim.

O cara transou com a minha irmã.

Não importava. Foi há anos e só aumentou a lista de motivos pelos quais ele e eu não deveríamos nem mesmo pisar na linha, muito menos cruzá-la.

— Acho que você e eu precisamos de algo mais forte que isso. — Seu corpo estava tenso, e ele ainda fazia careta. — Confia em mim?

— Na verdade, não.

Ele bufou. Ignorando-me, foi até o bar e fez o pedido. O cara assentiu e pegou vários destilados antes de entregar as duas bebidas para Smith. Batendo o dinheiro no balcão, ele pegou as bebidas e se virou para mim.

— Aqui. — Ele me entregou uma, e ficou com a que parecia bourbon.

— O que é isso?

— Se chama Catnip — respondeu. — Experimenta.

Ele ergueu o copo para o meu.

— Que o mundo se foda.

— Um brinde a isso. — Eu dei um gole no meu coquetel, a bebida deslizou feito leite pela minha garganta. O sabor era rico, complexo, com tons terrosos, e me acalmou no mesmo instante.

— O que tem aqui?

— Erva-gateira.

— O quê? — Pisquei para ele. — Engraçadinho.

— Não estou brincando. — Ele deu uma risadinha sombria ao mencionar a erva que dava o nome à bebida. — Na verdade, a erva relaxa os humanos. E o absinto e o conhaque fazem você se sentir ainda melhor.

Olhei para ele por um momento antes de dar de ombros e tomar mais um pouco. Cansada de estar com medo e em segurança, eu podia sentir um fogo queimando dentro de mim, pronto para arder para a vida. Quero dizer, até a minha irmã "certinha" se deixou levar e fez sexo "selvagem" com Smith na caminhonete dele.

Por que eu estava respeitando as regras?

O pensamento dos dois juntos fez brotar raiva e ciúme em meu estômago, o que me levou a virar o resto da bebida.

Em um piscar de olhos, Smith me entregou outro coquetel. A música chiava através de mim. Eu senti a garota escondida nas sombras se esgueirando para a luz.

Este lugar colocava dois demônios em seu ombro, sussurrando em seu ouvido para você se deixar levar. Dava para sentir uma energia imprudente no ar, e pela aparência de outros casais aqui, eu não era a única sentindo isso. O som comovente da banda cascateava pelo recinto, lançando um feitiço em nós.

Esta cidade era mágica. Era difícil explicar. Mas Nova Orleans era uma cidade como nenhuma outra em que eu já tinha estado. Eu era uma pessoa lógica, mas este lugar estava envolto em feitiçaria, invocando superstição, mistério e a energia sexual. Parecia que a música estava encantando a multidão e lançando um feitiço nessa área do mundo e em mim enquanto a noite invocava as feras do escuro, prontas para a maldade.

— Vamos. — Smith esticou a mão para a minha uma hora depois. — Vamos para o próximo.

Com um zumbido cálido, meus dedos patinaram nos dele. A mão enorme e quente se enrolou na minha conforme ele me puxava para a noite, escapando do calor abafado do bar. O ar mais frio subiu pelas minhas pernas e desceu pelas minhas costas nuas, tocando as gotas de suor enquanto descíamos a rua. Sua mão nunca soltou a minha, e ele me puxou para mais perto quando um carro passou perto de nós na pista estreita.

— Ah, perfeito. — Ele correu para um food-truck estacionado em uma viela, o beco estava cheio deles e muito bem iluminado. — Já comeu po'boy?

— Não. Não faço ideia do que seja.

Ele agitou as sobrancelhas.

— São deliciosos. Especialmente quando você esteve bebendo. Parece um orgasmo frito na sua boca.

Eu inspirei bruscamente. Esse cara nunca deveria pronunciar a palavra *orgasmo*. Era crueldade demais.

O cozinheiro atrás do balcão nos entregou dois coquetéis e um sanduíche recheado com lagostim frito, alface e tomate em um pão francês crocante e macio. Smith observou enquanto eu tentava colocar a enorme baguete na boca, o lagostim empanado quente derretia na minha língua.

— Meu Deus, é muito bom. — Suguei a bebida forte para ajudar a engolir, minha cabeça ficou ainda mais anuviada.

Ele sorriu, mordendo metade do seu de uma vez só.

— Boa bebedora também.

Mas o álcool estava muito entranhado no meu sangue, o diabo no meu ombro muito barulhento, não mais sussurrando, mas exigindo.

E eu era escrava dele.

Consegui comer bem, mas Smith devorou os últimos pedaços do meu e se limpou.

— Você está guardando para mais tarde? — Ele riu, aproximando-se de mim, a mão foi automaticamente para o meu rosto, o polegar deslizou sobre as migalhas no meu lábio inferior.

Como se um raio atingisse minha garganta, o ar estalou em meus pulmões com seu toque, nós dois ficando congelados.

Eu esperava que ele se afastasse.

Ele não se afastou.

Os olhos mergulharam para os meus lábios, seu dedo voltou a deslizar para trás bem devagarinho, aquecendo meu corpo como uma fornalha. Sua garganta balançou quando ele empurrou o polegar com mais força contra o meu lábio.

Vá em frente, o diabinho sussurrou no meu ouvido, puxando as cordas como se eu fosse uma marionete.

Minha língua deslizou entre os dentes, envolvendo o seu polegar, meus lábios o puxaram para dentro da boca, chupando.

Afiado e alto, o arquejo difícil atravessou o seu corpo, ele cerrou a mandíbula e fechou as pálpebras brevemente.

Então, em um piscar de olhos, ele se retirou, dando vários passos para trás, sem olhar para mim.

— Pronta para o próximo bar?

Fiz que sim, mas, na verdade, ele não estava esperando pela minha resposta. Smith voltou para a rua e atravessou para outro lugar lotado com jazz derramando dali como um rio caudaloso. Ele foi direto para o bar enquanto eu observava o salão lotado. Este aqui tinha um palco maior, pessoas se contorcendo e sacudindo o corpo ao som erótico que inundava o bar como um afrodisíaco.

Reparei na maneira como ele se inclinou sobre o balcão, pedindo bebidas para nós, a bunda fenomenal curvada no jeans, os músculos repuxando a camisa. As mulheres estavam por toda parte, aproximando-se, inclinando-se para ele, querendo estar perto dele. Desejando-o. Ansiando por ele. Desesperadas por aquele homem.

E eu não era nada diferente.

Em vez de ficar enojada com as mulheres querendo sua atenção, percebi que as entendia.

Como uma criancinha, esperneei por causa dos sentimentos que estava desenvolvendo, agindo como se fossem imaturos e estivessem abaixo de mim, quando, na realidade, eu estava me mantendo em um cercadinho; trancada e sem vida como uma boneca. Uma criança fingindo ser adulta, sem fazer uma única coisa fora da minha zona de conforto.

Viver à sombra dos gêmeos foi uma espécie de comodidade. Seguro. Era mais fácil ficar em segundo plano, alegando que eu era a maçã podre, sendo que eu não era.

Minha cabeça já estava flutuando, tirando a noite de folga, quando percebi que a lógica não deveria fazer parte disso. O incidente de apenas um momento atrás me despertou com fervor. Como se eu finalmente tivesse acordado. A vida pulsava na minha garganta, deslizando pelo meu corpo até o meu sexo, desejando outro barato e me empurrando para fora da minha zona de conforto.

Minha atenção pousou em algumas garotas dançando em caixas montadas no palco, totalmente conectadas com a força da música, deixando o corpo balançar e rebolar com a batida, pássaros se libertando de suas gaiolas.

Eu ansiava por isso.

"Tipo, minha escolha não pode ser decidir onde vamos comer, e a sua ser você me fazer dançar em um clube de strip ou algo assim."

"Acho que veremos, não é?"

Não era um clube de strip, mas, para mim, o lugar ainda estava me forçando para fora dos meus limites. Sem pensar demais, atravessei o salão, indo até o palco. Subi os degraus. O grupo de garotas se aproximou, me puxando para me juntar a elas.

Olhos queimaram em mim. Julgamento e medo beliscaram minha nuca.

Não pense, apenas se mova, exigi de mim mesma, tentando desligar a parte que gritava para eu pular lá para baixo e me esconder no banheiro. Eu não era uma dançarina nem mesmo alguém que gostava de atenção, mas, por alguma razão, eu precisava fazer isso.

— Vamos lá, garota. — Uma morena me cutucou, sorrindo. — Solte-se. É poderoso estar aqui em cima. Não é por causa deles. Só de você.

Assentindo, fechei as pálpebras, bloqueando todo mundo. Deixei a música me levar, meus quadris começaram a balançar, minhas mãos foram deslizando para baixo, passaram pelo meu cabelo, meu corpo mergulhou e se moveu com a batida. Quando olhei para cima, as luzes do palco me cegaram de qualquer rosto além, o que me deu mais liberdade e animação para me soltar.

A garota estava certa; algo em estar aqui em cima era poderoso. Imponente. Sexy. Uma performance para um público que não podia tocar.

Nunca, nem em um milhão de anos, eu teria feito isso. Eu era a pessoa tímida nas festas, odiava boates e tinha tanto medo e horror do que as pessoas pensariam de mim; estranhos, amigos, eu mesma. Eu me fechei porque era seguro e confortável.

De forma alguma isso seria algo corriqueiro para mim, mas, por uma noite, onde ninguém sabia quem eu era, em uma cidade que pingava sexo e mistério, eu queria ser livre. Ser outra versão de mim mesma. Curvando e girando ao som da melodia assombrosa, eu senti a energia da sala, a sedução, o barato de ter muita atenção voltada para mim.

A música terminou e, com um aceno para minhas companheiras de dança, eu pulei para baixo, descendo os degraus até o chão.

— Carambaaa… você estava super gostosa lá em cima. — Um cara loiro tocou meu braço, seus olhos me percorrendo com avidez.

— Obrigada. — Sorri, tímida, passei por ele e fui procurar o Smith, curiosa para saber se ele estava me observando.

No meio da sala, meu olhar capturou o dele, minhas pernas parando.

Seu olhar me queimou do outro lado da sala. Feroz. Cru. Primitivo.

Este homem era tudo o que uma mulher desejava. Um cara saído de um livro ou de um filme.

E eu o queria.

Droga.

A culpa embolou no meu estômago, mas não afastou a verdade nua e crua que caía sobre mim. Eu o queria como nada que já quis antes, e não podia tê-lo.

Nossos olhos travaram um no outro, tudo se embaçou ao meu redor. Eu me sentia nua, exposta, aberta. E, pela primeira vez na vida, não tentei me esconder. Fome. Desejo. Anseio. Os sentimentos entravam e saíam da música, serpenteando ao nosso redor, nos puxando para mais perto.

Algo cintilou em seus olhos, seu peito puxou uma respiração profunda, seus pés se moveram até atingirem os meus, seu corpo maciço pairou sobre mim. Ele colocou as bebidas em uma mesa ao meu lado, sem afastar o olhar do meu.

— Não é um poste de stripper, mas…

— *Kinsley...* — Merda! Sua voz realmente era digna de um orgasmo. — Você não tem ideia do quanto você ficou incrível lá em cima... o que eu queria... — Ele se deteve, a dor tremeluzindo em seu rosto, sua voz abaixou. — Caralho. — Seus dedos se enroscaram nas pontas do meu cabelo, nosso desejo prestes a explodir.

Kins, você não pode. Não depois do que você descobriu. É errado.

"Fizemos sexo na caminhonete dele. Eu ainda fantasio com aquela noite. Melhor sexo da minha vida." As palavras da minha irmã chiaram em meu ouvido.

— O que foi? — O timbre rouco arranhou a minha pele.

Minha boca se abriu, mas nenhuma palavra saiu.

— Fala. — Ele se aproximou ainda mais, seu corpo bateu no meu.

— Você transou com a minha irmã. — Minhas bochechas queimaram com a declaração descarada, sabendo que meu ciúme estava transparecendo.

— Uma vez — ele retumbou. — *Nove* anos atrás. Nem um pouco memorável, e eu soube logo depois que não deveria ter feito isso.

Ai. Kasey ainda pensava nessa como a melhor noite que ela já teve.

— Não importa. — Engoli em seco, a proximidade dele deixando minha voz fina. — Ela é minha irmã.

— Se você se sente assim, então por que você se importa, Kinsley? — Ele se aproximou, seu tom desafiador, como se ele estivesse tentando me fazer admitir alguma coisa. — Por que importa se eu transei com ela ou com dezenas de outras mulheres? Porque eu transei.

— Bom para você. Quer uma medalha? — A fúria explodiu da minha boca, aterrando minhas feições em uma careta.

— Eu quero saber por que você se importa.

— Não me importo.

Seus dedos agarraram meu queixo com brusquidão, deslizando-os para o meu cabelo.

— Mentira. — Seu aperto me fez entreabrir a boca, um pulsar violento desceu pelo meu torso até as minhas coxas. — Pensei que você não estava com ciúmes nem se importava com quem eu *comia*. — A última palavra atravessou meu corpo, forçando-me a apertar os dentes.

— Não me importo.

— Tentando mentir para mim ou para você mesma?

— Vai se foder — falei, entredentes, tentando puxar minha cabeça de seu aperto, mas ele segurou com mais força, fazendo dor e prazer explodirem como fogos de artifício.

— Finalmente… algo verdadeiro — ele resmungou, inclinando minha cabeça para trás, seu corpo pressionado no meu. — Me diga por que ter estado com a sua irmã um milhão de anos atrás incomoda você?

— Não…

— Não. — Ele sentiu a desculpa escapulindo da minha língua. — Me diga.

Eu rosnei para ele.

— Eu te odeio.

Ele deu um risinho debochado.

— O fato de eu sentir seus mamilos esfregando em mim conta uma história totalmente diferente… e eu posso garantir que se eu deslizar meus dedos sob este vestido… — As pontas roçaram na bainha, passando levemente pela minha coxa. — Eu descobriria que você está molhada pra caralho. — Seus dedos puxaram o tecido. — Devo testar minha teoria, Kins? Você está pingando?

Cada palavra só aumentou o fluxo, na mesma proporção que a raiva brotava de mim, dilatando meu nariz. Minha fúria pareceu encorajá-lo, sua mão descendo para a minha garganta e envolveu o meu pescoço.

— Por que, Kinsley? — Correu o polegar para cima, pressionando a minha pulsação. Ela martelava em sua pele, e o suor escorria pelas minhas costas.

— Porque… — Eu não pude me impedir de me curvar para ele. — Ela é minha irmã.

— E se eu transei com ela — sua boca mal estava a um fôlego de distância da minha —, então não posso dormir com *você*.

Bem no alvo. A flecha da verdade perfurou meu peito.

Um sorriso lento e malicioso ergueu o canto de sua boca, sabendo que ele atingiu o alvo.

— Acertei, Baby K? — Ele sabia que sim. Só queria que eu dissesse, e o uso desse apelido só me enfureceu mais.

Levantei o queixo, cerrei a mandíbula e o olhei com raiva.

— Se fizer você se sentir melhor, eu não *dormiria* com você. — Ele rosnou, segurando com mais força. Não pude deixar de me sentir decepcionada. A rejeição me humilhou.

— Me solta — eu rosnei. — Agora.

Ele me largou, e eu comecei a ir em direção à pista de dança.

— Aonde você está indo?

— Procurando um babaca que vá.

— Kinsley. — Meu nome retumbou como um tremor, avisando que um grande terremoto estava por vir. Eu o ignorei, meu olhar se fixou em um grupo de homens que estava perto do palco. Jovens, bêbados e, infelizmente, eu não estava interessada em nenhum deles, mas não importava mais.

— Kinsley! — A voz de Smith mordeu meu ouvido, seus dedos seguraram meu cotovelo, chamando a atenção do grupo de caras. Eu abri um sorriso cínico para eles, não me importando em direcioná-lo para um em específico. Afastei a mão dele ao sacudir o meu braço, e acenei para o cara que me chamou de gostosa mais cedo, o loiro, seus olhos cheios de luxúria ainda varriam meu corpo com interesse descarado. — Eu juro que vou...

— O quê? — Eu me virei para Smith, e abri os braços. — O que você vai fazer?

Ele inalou pelo nariz, sem dizer nada.

— Exatamente. Nada. Você deixou sua posição clara. Eu sou jovem, solteira e tenho todo o direito de transar com quem eu quiser. Com todos eles se me der na telha. Você não é meu irmão, meu pai nem meu guarda-costas. Volte para o bar e brinque com as mulheres de lá, acrescentando às suas centenas, senão milhares. Me deixe desfrutar da diversão que você acha que eu deveria ter. — Eu me virei bruscamente, indo em direção a um cara que passava a impressão de que conversar com um poste seria mais interessante.

— Não com qualquer um deles. — Smith agarrou meu braço de novo e me puxou de volta para si.

— Não um. *Todos* eles — eu zombei, bem na cara dele.

— Ei? — O garoto loiro apareceu de repente. — Esse cara está incomodando você?

— Está.

— Vaza. — Smith e eu falamos ao mesmo tempo.

— Uhhh. — O cara olhou para mim. Ele era pelo menos quinze centímetros mais baixo que Smith e tinha um corpo normal. Ele não era páreo. Mas tentou. — A moça disse para você se afastar.

— Não, ela não disse. — Smith me encarou intensamente.

— Se. Afaste. — Minhas pálpebras se estreitaram em desafio.

— É isso mesmo que você quer? — Ele arqueou uma sobrancelha, duvidando do meu pedido.

— Eu sou apenas uma irmãzinha para você, certo? — Eu queria empurrá-lo como ele tinha me empurrado, minha ira borbulhava.

— Eu não disse isso. — Smith apertou o espaço entre as sobrancelhas.

— Chegou bem perto.

— Não, nem de longe. Você não tem ideia, Kins. — Ele balançou a cabeça. — Não force a porra da barra.

— Você não pode me manter presa, manter todos os homens longe, enquanto prega sobre eu viver a vida. Me deixe ir me divertir com... — Fiz um gesto para o cara.

— James.

— Com o John aqui.

— James.

— Tanto faz. — Eu virei minha mão em aborrecimento.

Um grunhido profundo veio de Smith, seus músculos se contraíram.

— Tenha uma boa noite. Te vejo amanhã. — Eu fui para me virar, mas Smith não afrouxou seu aperto. Suspirei e olhei para ele. — Solta.

— Não. — Seu rosto era de pedra, seus olhos implorando para mim.

— Boa noite, Smith. — Puxei o braço até ficar livre e me virei para o cara. O sorriso de John-James se alargou. Então, em um piscar de olhos, ele desapareceu, seus olhos se arregalaram.

Um braço me envolveu pela cintura e, como na noite da festa da fogueira, meu corpo foi para o ar, Smith me jogando por cima do ombro, meu vestido curto não cobriu a minha bunda.

— Smith! — eu gritava, enquanto ele pisava forte em direção à porta, abrindo caminho em meio à multidão, sua mão se movendo para puxar a saia para cobrir a minha bunda. — Me coloca no chão! — Bati nas costas dele, mas isso não adiantou nada.

As pessoas ficaram boquiabertas e apontaram quando ele nos levou lá para fora, vaias e assobios cortavam o ar. Ele resmungou, a mão deslizou para baixo, para ter certeza de que minha calcinha não estava à mostra. O calor de sua palma fez coisas comigo que não deveria.

— Ei, babaca! — Ele me ignorou. — Cretino mor! Me! Coloca! No! Chão! — gritei. Ele simplesmente me segurou mais alto, virou em um beco escuro e estreito, o cheiro de comida das cozinhas dos fundos dominando o do lixo e o da pedra úmida. No meio do caminho, ele parou e meu corpo caiu. No momento em que meus pés tocaram o pavimento, ele me empurrou para a parede de tijolos, seu corpo engolfou o meu, sem me dar espaço. Meus pulmões se expandiram, medo e adrenalina fizeram meus músculos estremecer.

Ele chegou mais perto, a coxa foi para o meio das minhas pernas, me prendendo na parede, a ereção grossa pulsava em mim enquanto uma das mãos agarrava meu quadril. A outra deslizou pelo meu cabelo, entrelaçando-se nas mechas. Seus olhos ardiam de raiva e intensidade.

— Que merda você está fazendo comigo? — Um nervo em sua mandíbula se contraiu, seu olhar se deslocou pelo meu rosto, descontrolado, como se a qualquer momento ele fosse explodir. — Ver você dançar daquele jeito. Porra, Kins. Você está tentando me matar? Destruir o resto da minha sanidade e da minha lógica? — Sua mão cravou na minha pele com mais força. — De todas as pessoas... por que você? — Ele rosnou, puxando mechas do meu cabelo, lançando arrepios que foram do meu couro cabeludo até o meu sexo.

Sem me mover nem falar, meu peito arfava contra o dele, apertando meus seios toda vez que eles raspavam em seu torso musculoso, minha cabeça estava tonta de necessidade.

— Você sabe por que não te beijei na outra noite? — Ele puxou minha cabeça, inclinando meu rosto para cima em direção ao dele, seu corpo esmagou o meu.

Balancei minha cabeça em negação, as mechas repuxando em seu aperto, iniciando um gemido no fundo da minha garganta.

— Porque eu sabia que se eu te beijasse, *nunca* pararia. — A fúria cuspia cada palavra como uma acusação. — Eu não deveria querer você. Eu não posso ter você... mas te desejo como a porra de uma droga. — Sua mão se curvou no meu quadril, passando pela bainha do meu vestido até a minha coxa. A sensação de seu pau pressionado em mim me fazendo sugar o ar. *Oh, Deus.* — Eu estava pronto para ir embora na manhã seguinte... mas não fui. Eu não conseguia me afastar de você, porra. Você me deixa fraco. Algo que eu disse a mim mesmo que nunca mais seria.

— Eu não te deixo fraco — falei, entredentes, meu tom violento enquanto meus quadris se encostavam nos dele, precisando tanto daquele homem que doía. Ele atirou o olhar para o meu, nós dois respirando com dificuldade.

Eu te desafio.

Seu nariz dilatou como se ele soubesse exatamente o que eu estava pensando.

— Nós não deveríamos fazer isso — ele declarou, mas não se afastou, a mão foi deslizando pela minha coxa nua até chegar na minha bunda.

— Merda! — Arqueei mais, meus quadris rebolando nele, sentindo-o pulsar e endurecer. Um ruído subiu pela minha garganta; eu fui incapaz de impedir que meus quadris se abrissem.

Necessidade.

Desejo.

Eu não conseguia mais pensar. Todas as complicações evaporaram da minha mente.

Primitivo.

Básico.

Tudo se fundindo em necessidade e desejo.

Nós nos encaramos, o ar entre nós espesso de desejo. Eu estava pulsando, quente e molhada. Um ruído gutural estremeceu seu peito, e eu sabia que ele conseguiu sentir também.

Nós devíamos ter nos afastado naquele momento. Feito a coisa certa e responsável.

— Que se foda. — O desejo nublou sua expressão. A barreira que tentamos construir entre nós se estilhaçou. Ele soltou os meus quadris, curvou os dedos ao redor do meu queixo e soltou um rosnado profundo quando sua boca colidiu com a minha. No momento em que nossos lábios se encontraram, um desejo ardente percorreu meu torso e o meio das minhas coxas. Sua boca estava desesperada e exigente. A língua deslizou pelos meus lábios e um gemido embaraçoso saiu da minha garganta.

Puta merda. Eu não era do tipo que soltava ofegos pornográficos, algo que eu achava estranho e encenado.

Com Smith?

Ai. Meu. Deus.

Minha boca reivindicou a dele mais profundamente. Fome e desespero rolaram pelas minhas pernas, minhas mãos se moveram pelo seu corpo insanamente gostoso e o puxaram para mais perto de mim. Serpenteando sob sua camisa, meus dedos exploraram cada centímetro de seu torso. Belisquei seu mamilo como ele fez com o meu na outra noite.

Smith reagiu no mesmo instante, um estrondo ecoou de sua garganta quando ele me pegou, minhas pernas o envolveram pela cintura e minhas costas bateram na parede. Nossa respiração estava irregular e cheia de necessidade.

— Porra, Kins — resmungou, mordiscando meu lábio inferior, os quadris rebolando nos meus, estimulando cada nervo do meu corpo. Eu o queria. Já. — Eu sabia que se começasse, nunca ia querer parar. — Sua mão empurrou meu vestido para cima dos meus quadris.

— Pensei que você tinha dito que não ia transar comigo. — Arfei quando seus dentes arrastaram pelo meu pescoço e seus dedos cutucaram sob o tecido da minha calcinha.

Uma risada vibrou em sua garganta.

— Eu disse *dormir*... Nós não vamos dormir. — Seus dedos esfregaram minhas dobras antes de afundar nelas.

— Ah, porra. — Minha cabeça caiu para trás, para a parede.

— Meeerda — ele sibilou. — A gente precisa parar agora.

— O quê? — exclamei. — Não.

Ele abriu um sorrisinho misterioso.

— Eu quis dizer que devemos voltar para o hotel antes de eu te comer aqui neste beco.

— Não. — Eu me contraí em seus dedos, fazendo-o gemer. — Aqui.

— Aqui?

Eu balancei a cabeça em acordo, meu corpo se moveu contra ele.

Seu olhar se prendeu no meu, faiscando com fome.

— Você gosta disso. Assim como no bar... sabendo que nós poderíamos ser pegos. Eles me assistindo comer você?

— Sim. — Uma emoção percorreu a minha coluna, minhas mãos foram para sua calça jeans. Eu nunca tinha pensado em fazer sexo em público, nunca. Mas Smith trouxe esse outro lado de mim. Aquele que queria ser impulsivo, selvagem e sentir tudo sem constrangimento nem medo. Dançar fora da minha caixa.

Um estrondo veio dele, sua boca voltou a reivindicar a minha. Só aquele beijo poderia me fazer gozar.

Abrindo os botões de sua calça jeans, eu a empurrei por seus quadris, puxando a cueca boxer. A ponta já estava molhada. Minha mão agarrou seu tamanho enorme, esfregando seu comprimento. *Merda, ele era gigantesco.*

Um silvo escapou de seus dentes quando ele mordeu a curva do meu pescoço. Meus lábios se separaram com um suspiro enquanto eu gemia.

Vozes e risos na rua chamaram minha atenção por um momento para os grupos de pessoas que se aglomeravam na rua, movendo-se entre os estabelecimentos nesta noite quente. Os poucos que paravam na entrada do beco para conversar aumentaram a adrenalina.

Minha mão trabalhou nele, esfregando a ponta, amando a adrenalina correndo em minhas veias pelas pessoas estarem tão próximas e não saberem.

— Se nós fôssemos inteligentes, pararíamos agora. Nos afastaríamos um do outro — ele resmungou, seus dedos se movendo mais fundo e mais rápido, bombeando o ar dos meus pulmões.

Minhas pernas agarraram seus quadris com mais força, temendo a ideia de ele realmente parar.

— Ainda bem que nós não somos inteligentes. — Agarrei seu rosto, cobrindo seus lábios com os meus, beijando-o com tudo o que eu tinha, ondulando de desejo.

— Kins… — Meu nome saiu frenético, o tecido da minha calcinha deslizou para baixo, cada toque tentador, reunindo mais energia entre nós. — Nós precisamos parar. Eu não tenho camisinha.

— Estou tomando anticoncepcional e livre de doenças. — Eu nunca fiz sexo desprotegido. Sempre fui responsável e sensata o suficiente para parar antes. A ideia de parar era impossível com Smith.

— Só tive relação desprotegida com uma pessoa. — *Becca.* — Faço exames com frequência. Totalmente livre de doenças.

Minha resposta foi beijá-lo, chupando seu lábio inferior. Ele gemeu alto e se agarrou.

— Eu queria tomar meu tempo e provar você.

— Da próxima vez.

— Gosto dessa linha de pensamento. — Seu pau pressionou na minha abertura, e meu queixo caiu. Meus pulmões congelaram com antecipação.

Estava acontecendo. Eu ia fazer sexo com Smith Blackburn. O Cretino Presunçoso em pessoa. O cara que eu costumava odiar. Em um beco sujo. E eu adorava que fosse totalmente diferente de tudo o que eu tinha feito antes.

Eu o queria tanto dentro de mim que não conseguia pensar; a sensação dele lá me deixou desesperada e necessitada.

— Smith…

— Me diga o que você quer.

— Eu quero você.

— Não, diga. Eu quero ouvir a verdade. Mesmo que isso te faça corar.

Tentei empurrar meus quadris para movê-lo dentro de mim, mas ele prendeu meus braços para trás, afastando-se.

— Diz.

O diabo no meu ombro tomou conta da minha boca, o desespero me fez arranhar a sua pele.

— Me fode. Com força. Com brutalidade. Eu te quero fundo dentro de mim a ponto de eu não conseguir respirar.

Ele xingou baixinho e empurrou em mim, arrancando o ar dos meus pulmões. Seu tamanho me preencheu tanto que pensei que partiria ao meio. A dor leve logo se transformou em um prazer puro e inacreditável.

Puta. Que. Pariu.

— Porra. Kins. — Ele gemeu tão alto que as pessoas que passavam olharam ao redor. — Você é tão gostosa... Merda. Cacete... bom pra caralho. — Ele se afastou e voltou a entrar, arrancando um grito de mim.

Senti-lo deslizar em mim fez meus olhos revirarem e o ar preso no meu peito. Parecia irreal. A sensação avassaladora e poderosa, fez meu mundo seguro virar de cabeça para baixo. Meu corpo reagiu por instinto. Rebolando e empurrando contra ele em desespero.

— Ah, Deus, Smith. — Meus dedos cravaram em seu couro cabeludo, puxando seu cabelo, o que apenas aumentou a necessidade frenética entre nós. — Mais. Mais forte.

— Jesus... sua boceta... é tão apertada. Perfeita. Não quero parar nunca de foder você... de estar dentro de você.

— Não pare.

Ele agarrou meus quadris, me inclinando e indo ainda mais fundo e mais forte.

Nós dois gememos, xingamos e grunhimos.

A garota que teria julgado as pessoas transando em um beco se estilhaçou em mil pedaços, libertando o monstro que ficava escondido.

Eu me tornei indomável e selvagem. Minhas unhas arranharam suas costas e ombros, o tijolo do prédio rasgando minha carne enquanto ele me estocava. Nossas bocas mordiam; nossas mãos arranhavam.

Com cada impulso, eu podia sentir meu clímax se aproximando. Eu não queria que acabasse, mas, ao mesmo tempo, persegui a sensação como um carniceiro.

Ele pegou ritmo, minhas costas rasparam contra a parede. Adorei que ele não fosse cuidadoso, nós dois estávamos tão cegos pela luxúria que queríamos rasgar um ao outro. Eu queria selvagem e áspero. Ao ponto de dor e prazer se misturarem em um só.

Meu corpo contraiu ao redor dele, estrangulando sua garganta.

— Ah, Deus... não para. — Meus dentes morderam seu lábio quando senti o orgasmo se aproximar.

— Goza para mim. — Ele se abaixou, e esfregou o polegar contra o feixe de nervos.

Algo estourou atrás das minhas pálpebras enquanto eu gritava, me contraindo e pulsando ao redor dele.

— Pooorraaa. — Seus quadris foram mais fundo, bombeando mais algumas vezes até que o senti se liberar dentro de mim, lançando meu corpo a outro orgasmo. Minha boca se abriu, mas nada saiu quando a euforia encheu minhas veias, surfando a última onda antes de eu começar a descer bem devagar.

Pensei que já tinha tido um orgasmo, mas eu estava errada. Nada na minha vida se comparava a isso, com certeza nenhum homem com quem eu estive. Nem mesmo a adrenalina de pular da ponte poderia fazer frente.

— Puta merda — sussurrei, respirando ofegante.

Smith colocou as mãos na parede atrás da minha cabeça como se não conseguisse se manter de pé, inspirando.

— Isso foi normal? — Eu me inclinei contra a parede.

Seu olhar se ergueu para o meu por um momento, e sua boca tomou a minha com tanta fome que o senti se mexer dentro de mim, despertando desejo através de mim novamente. *Como era possível?*

Ele se inclinou para trás o suficiente para voltar a me olhar.

— Não. — Seu pomo de Adão balançou, suas mãos foram para os meus quadris. Ele saiu, me colocou de pé e se enfiou de volta nas calças. Algo em meu peito vibrou com pânico. Ainda pulsando da minha liberação, eu queria que ele voltasse para dentro de mim, que me enchesse novamente.

Ele apertou meus braços, olhando para o chão, inalando e exalando profundamente.

Merda. As coisas ficariam estranhas agora? Ele se arrependeria? Me diria que foi um erro?

Quando ele ergueu a cabeça, seus olhos azuis ardiam de paixão.

— Nós vamos voltar para o hotel agora ou eu vou te comer aqui neste beco de novo.

O desejo incendiou meu peito e subiu até minhas bochechas.

— Corre. — Eu sorri antes de disparar em direção à rua, seus passos batiam na calçada atrás de mim.

O hotel ficava a mais de dez minutos a pé.

Chegamos lá em seis.

STACEY MARIE BROWN

Minhas pálpebras se ergueram, a noite ainda cobria o quarto na escuridão, confusão sobre onde eu estava tropeçou em minha mente por alguns momentos até que senti uma pele quente roçar minha bunda, me virando de bruços.

Smith dormia de costas, uma perna dobrada, esbarrando em mim, os braços sob o travesseiro, o rosto relaxado e pacífico, mas suas cicatrizes e tatuagens ainda o faziam parecer perigoso e bruto.

O lençol mal o cobria, me fazendo morder o lábio, a necessidade de correr minhas mãos e língua sobre cada centímetro dele, traçando suas tatuagens e descobrindo todas as suas cicatrizes, fez meu corpo formigar. Uma cicatriz que encontrei na parte inferior da sua barriga, irregular e longa, me deixou curiosa sobre como ele a conseguiu.

Droga! Ele era sexy pra cacete. E eu fiz sexo com ele. Duas vezes agora.

Quando nós voltamos para o meu quarto, ele me jogou na cama e se meteu entre minhas pernas em um piscar de olhos. Levamos um pouco mais de tempo nos descobrindo, porém mais uma vez a necessidade assumiu, e ele me fez gritar seu nome tão alto que foi embaraçoso. Foi intenso e feroz, e nós desmaiamos logo depois.

Apenas duas horas de sono e meu corpo estava acordado e querendo mais. Ele despertou alguma coisa em mim. Me transformou em um demônio em um segundo.

Para todas as mulheres que eu julguei por serem obcecadas por ele antes, o fato de Angie e Kasey ainda o reivindicarem como o melhor de todos, eu peço desculpas.

Eu. Entendo.

Puta merda, entendo de verdade.

"Só espere, Kins. Um dia um cara vai fazer você perder completamente o juízo."

Suspirei e esfreguei a cabeça ao ouvir as palavras da minha irmã voltarem para me assombrar.

Kasey.

Droga.

Senti culpa, mas não o suficiente para sequer pensar em parar, que foi o que me fez me sentir horrível. Kasey esteve com ele antes, transou com ele, o reivindicou.

Ela era minha irmã, e eu a traí. Esfregando o rosto, eu resmunguei baixinho.

— Não. — Uma palma deslizou pela minha bunda, arrastando sobre a minha pele.

Minha cabeça se voltou para Smith. Ele virou de lado, enfiando uma mão sob a cabeça.

— Eu posso ver a dúvida se aproximando. As vozes começando a sussurrar em seu ouvido. — Sua mão acariciou minha bunda, parando bem na parte de cima. — Você não fez nada de errado.

— Minha irmã.

Ele mergulhou na fenda, me fazendo prender a respiração, antes de arrastar os dedos de volta para cima. Eles correram pelas minhas costas, sua testa franziu quando notou os arranhões e cortes que a parede deixou nas minhas costas.

— Está doendo?

— Estou bem. — Sorri. — Ferimentos de guerra.

Ele bufou, traçando cada um.

— Sua irmã não tem nenhum direito sobre mim nem sobre o que você faz. — Ele esfregou minha pele de levinho, a mão voltou para baixo e parou nas velhas feridas de urtiga que ainda marcavam a minha pele. Meu traseiro inteiro era um diário, me lembrando do que eu tinha feito nesta viagem. — Essa foi a nossa primeira noite juntos? E eu já estava em apuros. Você sabe como foi difícil colocar minhas mãos nessa bunda e ir embora?

Eu sabia. Embora tenha tentado negar na época.

— Mas quando eu ultrapassei os limites… — Seus dedos deslizaram sobre uma bochecha, mergulhando entre elas como fez na primeira noite, desta vez seguindo a fenda mais longe, seus dedos roçaram minhas dobras. Minhas pernas se separaram para ele no mesmo instante, eu me sentia necessitada e molhada. — Você não me impediu.

Eu não impedi.

— Você teria me deixado fazer isso? — Seu polegar esfregou o buraco enquanto seu dedo deslizava para dentro de mim. — Ou isto? — Ele empurrou o polegar.

— Ah, Deus. — Meu pescoço caiu para trás, a sensação explodiu através de mim. Engasguei quando ele foi mais fundo, minhas unhas cravaram na cama e minhas costas se curvavam.

Outra coisa que eu nunca quis que alguém tocasse. Lendo livros ou ouvindo Sadie falar do assunto, eu balançava a cabeça em negação. *Passo.*

Merda, Smith estava me transformando em uma mentirosa.

— Engraçado você parecer reprimida, mas não ser nada disso. — Ele se aproximou, murmurando roucamente no meu ouvido. Bombeando em mim, o movimento me arrastando sobre os lençóis, transformando cada nervo em fogo. — Você é tão responsiva, tão sexy... me faz pensar no quanto eu posso te deixar ainda mais sacana.

— Vá em frente. — Eu não me importava se cruzasse todas as linhas que nunca pensei que cruzaria, contanto que ele continuasse a me fazer sentir incrível assim.

Um estrondo veio dele, e ele afastou a mão de mim.

— Fique de joelhos. Segure a cabeceira — ele orientou.

Eu me movi rapidamente, e fechei as mãos sobre a moldura de madeira. Seu corpo se moveu atrás do meu, as mãos deslizaram pelas minhas costelas, puxando minha bunda mais para trás, separando minhas pernas.

— Eu queria fazer isso há muito mais tempo do que eu admitiria. — Seu nariz correu entre minha bunda, suas palavras murmurando contra o meu sexo, os dentes raspando minha coxa, até que eu senti sua língua me lamber.

— Aaaaahhh, Deeeuuusss — eu gemi, empurrando de volta para ele. Eu o senti rir do meu anseio, sua língua foi mais fundo.

Sons que eu nunca ouvi nem um animal fazer bufaram e gritaram pelo ar quando ele começou a me devorar como se precisasse disso para viver.

— Você tem um gosto bom pra caralho. Jesus, Kins... eu nunca vou ter o suficiente. — Ele acrescentou os dedos, seus lábios me sugando e entrando em mim.

Choramingos e gritos rasgaram a minha garganta. A pessoa do quarto ao lado bateu na parede, mas eu não me importei com quem nos ouvia.

Cada lambida ou beliscada me lançava em direção ao limite, minha cabeça já flutuava de felicidade.

— Smith. Ah, porra — gritei, meu orgasmo se aproximando.

— Ainda não. — Ele estava adorando me atormentar.

— Por favor... — implorei, meus membros tremiam.

— Tem certeza?

— Tenho!

— Não.

— Seu desgraçado! Eu te odeio.

Ele riu. Então, quando mordeu meu clitóris, seu polegar voltou a entrar na minha bunda, atingindo os nervos.

Boom.

Foi assim que me senti por dentro: uma bomba rasgando meus sentidos, colorindo a parte de trás das minhas pálpebras enquanto um uivo ecoava pelas paredes.

De olhos fechados e ofegando, eu o senti se afastar, mas fiquei lá por mais um tempo. Congelada pelas sensações extremas percorrendo meu corpo como uma corrida de cavalos.

Não me surgiu nenhuma palavra que pudesse descrever isso. Incrível, espetacular, alucinante... nenhuma delas parecia ser suficiente.

— Jesus, Smith — resmunguei. Ele se moveu para cima e para trás de mim, seus dentes mordiscaram o meu ombro. O suor deslizou entre meus seios e desceu pelas minhas costas, sua língua seguiu o rastro, lambendo minha pele. Pensei que não havia como eu gozar de novo tão cedo, mas ao sentir a sua dureza pressionada entre a minha bunda, suas mãos segurando meus seios, a respiração deslizando sobre a minha pele, eu me ouvi gemer novamente.

Insaciável.

Era assim que eu me sentia com ele.

Que nunca seria o suficiente.

— Espero que você tenha aproveitado as suas duas horas de descanso. É o único alívio que você terá esta noite. Eu vou te foder a noite toda. Já faz muito tempo, e a sensação de ter você é inacreditável demais para eu não estar aí dentro.

Muito tempo? Eu pensei que Becca ainda estivesse na área?

Não me dando tempo para pensar além disso, ele se arrastou antes de entrar em mim, soprando ar em meus pulmões.

— Porra. Smith!

Ele passou a mão em volta do meu cabelo, puxando-o para trás com força.

— Sinto muito, eu não vou pegar leve. Preciso de você pra caralho.

— Nunca pegue leve. Eu quero tudo. Tudo — desafiei.

— Cuidado com o que você pede. — Ele rosnou no meu ouvido antes de puxar meus cabelos, entrando com tanta força que meus olhos começaram a lacrimejar. Mas eu só queria mais.

Sua necessidade dominou o quarto como se ele estivesse possuído. Como se estivesse há muito anos acumulando tudo, e ele finalmente estalou.

A cabeceira da cama fez o gesso da parede rachar, o som de nós dois era a única coisa que preenchia o quarto. O homem era um deus na cama.

Gozei tão forte que quase desmaiei, mas ele me virou e voltou para dentro de mim.

A umidade fora e entre nós aumentou tanto que o suor espesso escorria de nós como gotas de chuva. Nós paramos por um momento, fomos para o chuveiro, onde ele me fez gritar novamente.

Tropeçando, os dois com o corpo exausto e molhado, ele me deitou na cama, descobrindo cada centímetro de mim com a boca até voltarmos a acordar os vizinhos.

Provavelmente teríamos um milhão de reclamações. Mas pela primeira vez eu não me importava. Eu me soltei, enquanto Smith cumpria sua promessa de não me dar nenhum descanso. Não que eu tenha reclamado. Eu queria isso e muito mais.

Nossos corpos finalmente cederam depois que o sol nasceu.

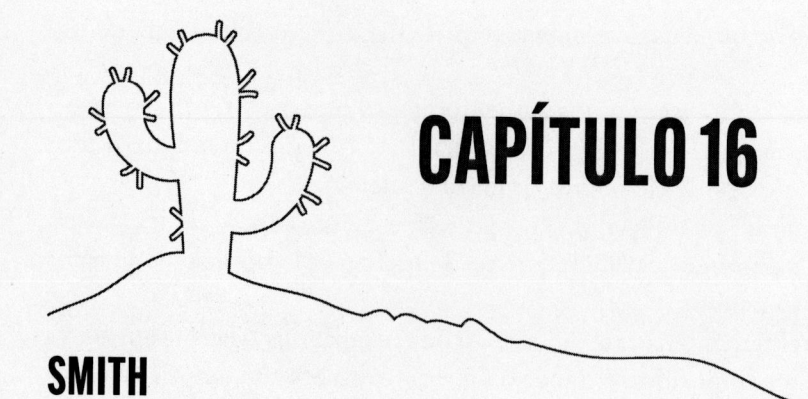

CAPÍTULO 16

SMITH

Olhei para cima, a luz do fim da manhã riscava o teto.

Meeerrrdaaa.

Ah, Smith... você está tão ferrado. Carma, meu lindo menino. Essa aqui vai acabar com você.

A declaração de Angie deu voltas e mais voltas no meu cérebro.

Inclinei a cabeça e meu olhar pousou no corpo encolhido ao meu lado. Meu pau estava irritado e dolorido de quantas vezes eu a peguei na noite passada e esta manhã, mas ainda se contraiu, subindo com a mera visão dela: a pele nua enquanto ela dormia de bruços, o lençol mal cobrindo sua bunda, o cabelo rodopiando pelas costas esfoladas, a cabeça virada para mim, os lábios inchados por terem sido mordidos e devorados.

Sua pele estava arranhada e cortada por causa da parede; marcas de dedo cobriam todo o seu corpo, e também a queimadura da barba.

Jesus, eu me lancei nela feito um bárbaro. Eu não era um cara gentil, mas me tornei uma fera completa... *e ela exigiu mais.*

Kinsley me surpreendeu. Ela era uma loba em pele de cordeiro. Primitivo. Selvagem. Combinou comigo, retribuiu e foi aberta e receptiva a tudo o que eu tentei. Algumas vezes ela assumiu o controle e me deixou sem fôlego e despedaçado.

Ela era mais do que eu jamais imaginei...

Suspirei e passei a mão pelo meu rosto, percebendo a profundidade em que estava me afundando. Eu poderia culpar o fato de que fazia muito tempo desde que estive com alguém, mas não era isso.

Era ela.

Becca e eu tivemos uma vida sexual volátil e ótima. Mas nada, quero dizer *nada*, assim. Eu estava tão apaixonado por ela e ainda sabia que não havia comparação. Kinsley estava em um patamar completamente diferente. A sensação de estar dentro dela... Eu queria montar acampamento e *nunca mais* sair. Provar, beijar, tocar.

Merda. Eu era um idiota colossal. Eu não poderia ter essa mulher. Nunca deveria ter cruzado a linha ontem à noite, mas quando a vi dançar, tão livre e sensual, e ela me deu aquele olhar do outro lado da sala, com desejo e fogo em seus olhos. Eu mal estava me segurando. Quando ela sorriu para aquele boneco Ken loiro e engomadinho, eu perdi o controle.

Ela era minha.

Mas não podia ser. Eu não estava sendo justo nem sincero com ela. Ela não merecia isso.

Aborrecimento explodiu com força e meus dedos esfregaram o martelar na minha cabeça.

Uma mão se estendeu, roçando meu peito, empurrando minha cabeça para o lado. Minha pele reagiu ao toque na mesma hora, parecia um cachorro salivando.

— Ei. — Não pude lutar contra o leve sorriso repuxando meus lábios. Ela estava linda pra caralho.

— Ei — ela respondeu, sua mão se movendo sobre o meu peitoral até a minha tatuagem. — No que você estava pensando?

— Nad...

— Não me diga nada. Eu sei que era alguma coisa. — Seus dentes puxaram seu lábio inferior. — Você está se arrependendo disso? De mim?

— Me arrependendo de você? — Balancei a cabeça. — De jeito nenhum. — Estendi a mão e coloquei o cabelo atrás de sua orelha.

Eu lamento que isso não possa ser mais.

— Se eu não achasse que você estava dolorida da noite passada, eu estaria dentro de você bem agora — respondi, sem rodeios, incapaz de segurar a verdade.

Um sorriso tímido apareceu em sua boca, suas bochechas coraram.

— Engraçado, comecei a me sentir bem de repente.

Um estrondo subiu pela minha garganta quando rolei para o lado e segurei o seu rosto, minha boca foi logo de encontro à dela.

Isso mesmo. Total idiota. E mesmo assim parecia que eu não conseguia parar.

Ela enganchou a perna sobre a minha coxa, os lábios foram mordiscando da minha garganta até o meu peito, a língua trilhou minha tatuagem enquanto sua mão patinava sobre minha bunda até meu quadril.

— Como você conseguiu essa? — Seus dedos traçaram a cicatriz na lateral do meu corpo.

Meu peito apertou.

— Uma briga — respondi, respirando o seu aroma, minha língua sacudindo contra a dela, fazendo-a soltar um zumbido ofegante.

— Parece um ferimento de faca.

Canivete, para ser exato.

— Como eu disse. Uma briga. — Meus dedos se enroscaram em seu cabelo e eu empurrei a coxa nela, arrancando um gemido ofegante.

É a hora perfeita. Conte para ela, uma voz na minha cabeça exigiu, mas a declaração ficou presa na minha garganta, o medo a algemou como a um ladrão.

— Eu não posso acreditar que estou aqui agora. — Sua mão deslizou pela minha mandíbula, roçando a barba basta ao longo do meu queixo. — Com você.

— Nem me fala. — Eu me enrolei em suas costas, puxando-a para mais perto, minha boca escovando sua bochecha e nariz. — A pequena Baby K na minha cama.

— Aff. Não me chame assim. — Ela passou a mão pela minha bunda. Percebi que fazia tempo que eu não a chamava assim. Quando foi que isso parou? Quando meu subconsciente soube que ela era algo totalmente diferente para mim? — E, tecnicamente, é a *minha* cama. — Ela sorriu para mim. — Mas, falando sério, se você me dissesse nove anos atrás que eu estaria viajando pelo país com O Smith Blackburn, que transaria com ele em um beco, eu teria rido pra caramba.

— E não se esqueça com um *cachorro* chamado *Bode*. — Eu bufei, pensando nas orelhas compridas e no rosto feliz dele. Caramba, eu estava com saudade daquela bola de pelos.

— Ele é inesquecível. — Ela lambeu os lábios e engoliu em seco. — Sem pensar além deste momento, estou feliz que sua moto quebrou.

— Sem pensar além deste momento... eu também estou. — Eu a beijei de levinho. Jesus, eu estava sendo todo meloso e fofo. Algo que eu normalmente não era. Eu não era um cara carinhoso nem gostava de papo furado. Sexo... talvez ficar para o café da manhã se eu tiver gostado muito da pessoa, e depois cada um tomava o seu rumo.

Becca foi uma exceção, mas, mesmo na época, nenhum de nós era bom em aconchegar, prontos para seguir com o dia. O trabalho vinha em primeiro lugar.

Então, por que a ideia de ficar deitado ao lado de Kinsley o dia todo parecia perfeita?

Conte a ela. Conte a ela agora.

— Kins? — Meu peito inflou como se eu estivesse me preparando para a batalha, seus olhos escuros encontraram os meus. Eles eram da cor de um café bem forte e podiam destruir todos os seus segredos e barreiras enquanto você voluntariamente mergulhava neles, deixando-os te afogar.

— Você sabe o trabalho de construção do que disse que estava de férias?

— Eu lambi os lábios. — Bem, ele era meu. Meu negócio... Bem, uma parte dele, na verdade.

— Você é dono de sua própria empresa de construção? — Ela parecia impressionada.

— Eu era.

— E não é mais?

— Não. — A história do meu passado travou a minha língua, segurando com tudo, não querendo sair da minha boca.

— Você quer? Ter uma empresa de novo?

— Sim. — Eu queria muito. Não era só porque era tudo o que eu achava que era bom em fazer, mas porque adorava estar ao ar livre, construir algo com as minhas mãos, criar alguma coisa do zero. — Eu quero.

— Que tal começar o seu próprio negócio? — ela perguntou.

— Não tenho pensado muito nisso ultimamente — Levei tempo para pensar em qualquer coisa positiva.

— Você deveria! — Seus olhos se iluminaram. — Eu poderia te ajudar. Afinal, estudei administração. Não posso deixar meu diploma ir para o lixo.

— É isso que você quer fazer? Administrar empresas?

— Ao contrário da minha irmã e do meu irmão, eu não tenho nada em que me interesse de verdade. Ainda não sei bem que rumo seguir.

— Então o que você quer fazer, Kinsley Maxwell? — Afaguei a sua bochecha, querendo saber tudo sobre essa mulher.

— Eu não sei. É disso que se trata esta viagem. De me encontrar. Encontrar o que eu deveria fazer.

Eu bufei.

— A vida não funciona assim, sabe. Como um filme em que você faz uma viagem e de repente tudo se encaixa e seu futuro é definido. — Eu me aninhei mais no travesseiro. — Acredite em mim, a vida é uma bagunça, cheia de reviravoltas. Assim que você acha que está tudo sob controle, ela volta a ficar de pernas para o ar, destruindo seu mundo em um piscar de olhos. Nada é fácil nem simples.

— Parece ser para Kasey e Kyle. Sempre foi.

— Eu amo o seu irmão, você sabe disso, mas o Kyle não é uma pessoa profunda. Ele enxerga a vida com superficialidade. Assim como a Kasey. Você não é assim. Você *nunca* foi. Mesmo quando me irritava pra caramba, você via mais; via além da fachada que as pessoas colocavam diante de si. Eu ficava louco quando você olhava para mim, descascando todas as minhas besteiras. — Apertei sua bunda. — Mas quanto mais fundo você vê as camadas e complexidades da vida, mais difícil ela pode ficar, porém com isso vem a beleza de ver de verdade... de viver de verdade.

— Como?

— Como o barato que é estar vivo por completo, vivendo na escuridão e na luz. Sentindo tudo. Você acha que a Kasey pularia de uma ponte ou faria sexo sacana em um beco onde todos podiam ver? Você consegue imaginar a Amie e o Kyle quebrando a cabeceira da cama ou recebendo reclamações dos vizinhos?

— Não. — Rosa tingiu seu rosto enquanto ela chupava o lábio inferior. — De jeito nenhum.

— Porque eles não fariam nada disso. Eles ficariam chocados com a experiência. Desconfortáveis. Eu não quero viver em uma rotina. *Feitiço do Tempo*. Repetir o mesmo dia várias vezes e esquecer de olhar para cima. Eu quero sentir todos os altos e baixos. Apreciar tudo em vez de apenas riscar a superfície. Feia, horrível, bonita ou *suja*. — Cheguei mais perto dela. — E você também não me parece alguém que queira algo assim.

— Eu não quero.

— Então, de todas as suas aulas, o que fez você se sentir mais animada? Não pense... apenas responda.

— A aula de marketing... quando eu tive que ser criativa — ela disse. — Desenvolvendo logotipos, cartões de visita e anúncios para mídias sociais. Eu adorava montar anúncios. Como uma cor simples podia atrair um cliente ou fazê-lo não querer comprar. Era fascinante.

— Então por que você não faz isso?

— O quê?

— Publicidade e marketing para empresas?

— Eu me formei em economia. Só fiz uma aula de marketing.

— E daí?

— E daí… que a gente ganha mais com economia, e o mercado de marketing/RP é extremamente fechado. Quer dizer, qualquer um pode abrir a própria empresa, mas é difícil sobreviver na indústria com tanta oferta no mercado, especialmente quando você não tem formação na área.

— Você prefere passar a vida fazendo algo que odeia?

— Não.

— Ok… bole uma logo para mim. Como ela seria?

— Para você? — Ela estreitou os olhos na minha direção. — Eu a faria diferente de todos os outros. Um pouco mais sexy.

— O quê? — bufei. — Eu sem camisa?

— Você tem noção de quantos contratos você fecharia? — Ela acenou para mim. — Mas não. Embora talvez nada muito diferente. — Ela bateu no lábio. — Talvez um contorno escuro de um cara… — Ela tossiu. — *Você*. Um cara sem camisa com um corpo bem gostoso e musculoso com um capacete de obra e uma marreta sobre o ombro saindo de uma casa construída como se ele tivesse acabado de resolver todos os problemas, e um SB Construction aparecendo por baixo.

— Caramba. — Eu pisquei. — Isso simplesmente pipocou na sua cabeça?

— Eu estava brincando.

— Brincando? — gaguejei, minha mente dando voltas com aquela ideia. — Essa é a logo perfeita. Principalmente em Los Angeles. Jesus, causaria um baita burburinho. — Todas as donas de casa ricas e entediadas de Hollywood querendo construir a próxima casa ou expandir sua já enorme mansão. Na verdade, eram elas que contratavam e ficavam em contato com os empreiteiros, e o marido ficava sentado no escritório, com o nome dele ligado a algum produtor de filmes.

— Não pense que sairá de graça. — Ela se inclinou para a frente, mordiscando o meu lábio. — O preço será alto.

— Já que eu ainda não tenho uma empresa, não há dinheiro entrando, como faço para pagar a conta? — Minha mão deslizou sobre a sua bunda, puxando-a para mim. Já duro, meu pau gritou para estar dentro dela novamente.

— Hummm… acho que teremos que elaborar um plano de pagamento. — Sua voz soou baixa e provocante em meu ouvido; a perna enganchou mais alto na minha, a boca reivindicou os meus lábios. — Pode demorar um pouco para saldar. Tipo anos.

Merda! Conte a ela. Ela precisa saber a verdade. Você está sendo um cretino covarde.

— Kins… — Eu me afastei, interrompendo o beijo. Merda, eu ia fazer isso? Ela entenderia ou fugiria o mais rápido que pudesse, me desprezando?

— Shhh. — Ela me empurrou de costas, rastejou sobre mim e me montou, o sangue correu direto para o meu pau já duro. — Conversa demais.

— E aqui estava eu tentando ter uma conversa significativa com você. — Fingi estar magoado.

— Mais tarde. — Ela arrastou os quadris sobre mim, fazendo minha cabeça curvar ainda mais sobre o travesseiro. — Agora, cala a boca enquanto eu cavalgo.

Droga. Quem era eu para discutir com isso?

— Vamos. — Peguei a mão dela ao atravessar a rua, desviando das carruagens cheias de turistas e dos carros na Decatur Street, a proeminente Catedral de St. Louis esguia-se no céu azul e quente de verão atrás de nós. — Se eu não te alimentar logo, acho que seu estômago vai me atacar como em *Alien*. — Dei uma piscadinha para ela.

Depois de outra rodada de sexo alucinante, nós pulamos no chuveiro, onde seu estômago começou a exigir nutrientes. Ela só tinha comido meio po'boy, e nós queimamos um monte de calorias ontem à noite.

Era fim da manhã depois de uma noite de bebedeira e sexo incrível, e só havia um lugar para ir.

— Ele vai. — Seus dedos entrelaçaram com os meus enquanto corríamos pelo tráfego. O cheiro de massa frita, café e açúcar fez meu estômago roncar tão alto quanto o dela. — Eu não arriscaria. Não é bonito se ele não for alimentado.

— Mesmo? — Eu a puxei para mim na calçada. — Ainda bem que estou prestes a preenchê-lo com os melhores beignets da cidade.

— Que sorte. — Ela ficou na ponta dos pés, a boca roçou a minha.

Se eu esperava que as coisas entre nós ficassem estranhas, eu me enganei. Era tão confortável e natural com ela, o que me transformava em um cara que eu nunca imaginei. Que gosta de tocar, seduzir, andar de mãos dadas e olhando para ela como um idiota, sabendo que tudo o que eu queria fazer era levá-la de volta para o quarto.

Pelo amor de Deus, eu estava sorrindo, e eu não era do tipo sorridente. Mas aqui estava eu, sorrindo feito um bobo.

Estive com muitas mulheres, mas muito poucas foram por mais de uma vez, e com a maioria levou menos de algumas poucas semanas para eu sair pela porta, sem vontade de voltar. Mesmo aos dezoito anos com uma deusa como a Angie, nunca fiquei bobo nem me senti desse jeito. Com Kinsley, eu queria mais, sentindo que eu nem sequer tinha arranhado a superfície.

Esta mulher estava ferrando com a minha cabeça, e eu sabia que isso só terminaria de uma maneira.

Você pode contar a ela esta noite. Deixe-se aproveitar o dia.

O adiantado da hora nos permitiu pegar uma mesa no pátio do Café Du Monde. Pedimos beignets duplos e café com leite. Estiquei as pernas sob a cadeira dela, e suas pernas macias ficaram batendo nas minhas.

— Depois de vir para cá, para onde você foi? — Ela se recostou na cadeira, o cabelo comprido ainda úmido e caindo pelos braços, o rosto sem maquiagem e deslumbrante. Ao observá-la de verdade, vi a menina que eu conhecia, mas Kinsley tinha se tornado uma mulher linda. Inteligente, forte, com um senso de humor que mais parecia um chicote. Mas era muito mais que apenas aparência. Mulheres bonitas existiam aos montes em LA. Antes de Becca, eu namorei várias modelos e atrizes. Nenhuma tinha me feito sentir assim. A garota tinha um poder sobre mim que me assustava pra caralho. — Smith?

— Ah. Desculpa. — Balancei a cabeça, quebrando o transe. — Fui a muitos lugares, como Chicago, Denver, Seattle e San Francisco, onde conheci alguém que morava em Los Angeles e me disse para ir à cidade de visita.

— Uma mulher — ela brincou.

Lancei uma olhada para ela.

— O quê? Estou errada?

— Não. — Eu ri, peguei meu copo de água e bebi. — Foi ela quem me mostrou aquele lugar no Joshua Tree, que me levou ao local de arte. Mas aquela lá foi um erro.

— Por quê?

— Louca... mas sabe o que dizem? Os verdadeiramente desequilibrados tendem a ser magníficos na cama. — Eu cutuquei sua panturrilha e ergui uma sobrancelha.

— Ah, sério? — Ela se inclinou para frente, a boca se torceu com um sorriso brincalhão. — Desequilibrada, hein?

— Doida de pedra. — Tomei outro gole, olhando-a com atenção. — Mas, caramba, se eu não consigo parar de pensar em estar dentro dela de novo.

Ela sugou o ar bruscamente, as bochechas incendiaram com a minha insinuação.

— Tudo bem com vocês? — A garçonete escolheu aquele exato momento para trazer a nossa comida, me fazendo rir de Kinsley, que estava fingindo não estar vermelha que nem um pimentão por causa do que eu disse.

— Tudo. — Ela forçou um sorriso e pegou o café.

— Bem, aproveite. — A garçonete piscou para mim antes de sair.

Kinsley soltou um bufo irônico e balançou a cabeça.

— O quê?

— Pobre Smith… desejado por todas as mulheres que encontra. — Ela pegou um beignet. — Deve ser horrível.

— O quê? Eu estava só sentado aqui, todo inocente.

— Você não tem nada de inocente.

Caramba, pura verdade.

Kinsley mordeu, o açúcar de confeiteiro subiu da massa quente, um gemido profundo retumbou de sua garganta, indo direto para o meu pau. Ela revirou os olhos.

— Oh, meu Deus… Isso é tãããããooo bom — ela gemeu.

— Melhor parar com isso ou eu vou jogar você por cima do meu ombro de novo e te levar de volta para o hotel — murmurei. — Na verdade, vai ser no banheiro daqui.

— Tãããããooo bom. — Ela lambeu o açúcar, me provocando, fazendo eu me remexer na cadeira.

— Droga, mulher. — resmunguei, pegando um travesseirinho frito, e enfiei a massa leve e fofinha na boca. — Ah, Deus, eu tinha me esquecido de como isso é bom.

— Tá vendo? — exclamou. — Acho que nós devíamos fazer um pedido desses aqui para levar. — Ela deu outra mordida dissimulada, enchendo minha cabeça com ideias de açúcar de confeiteiro cobrindo seu corpo. Essa garota ia me matar.

Meu telefone vibrou no bolso, desviando minha atenção para longe dela. Fiz careta ao ver dez chamadas perdidas de Becca, duas de Kasey, uma de Kyle e, me irritando ainda mais, tinha uma da irmã do meu pai, minha tia Meg. Desde o funeral dele, aquele pelo qual ela alegou ter pagado, ela vinha me contatando, pedindo "ajuda". Os dois saíram do mesmo molde.

— Posso saber? — Sua voz estava cheia de incerteza, o flerte desaparecendo em um instante.

— A irmã do meu pai. — Passei a mão pelo cabelo com irritação. Eu nunca fui próximo dela. Sua aparição na minha vida agora foi proposital.

— O que ela quer?

— Dinheiro — respondi, mordaz.

— Ah. Você fala muito com ela?

— Não se eu puder evitar. — Olhei para a Jackson Square, o ressentimento queimando na minha garganta. Era impressionante a rapidez com a qual a família do meu pai conseguia mudar meu humor.

A morte do meu pai foi outro "vá se foder", a vida ferrando comigo ainda mais.

Crescer tinha sido um inferno, mas, ainda assim, eu carregava a culpa da morte dele como um peso. O que as pessoas viam do lado de fora era muito diferente do que acontecia nos bastidores. Depois que minha mãe morreu e nos mudamos para North Kingston, nós conseguimos uma casa pequena, mas decente. Meu pai era gerente de uma companhia elétrica, que foi onde eu aprendi a fazer fiação de prédios. Ele aparecia nos meus jogos de futebol americano, agia como um cara decente. Para seus amigos e colegas de trabalho, Dan Blackburn era o sal da terra, nunca faltava um dia de trabalho, nunca reclamava. Talvez ele gostasse de beber, mas, bem, quem não gostava, né?

Bem, o cara que bebia cerveja demais no bar chegava em casa e percebia que sua vida era uma merda, que sua esposa estava morta e que seu filho não seria nada. Então ele descarregava em mim a raiva reprimida, a autoaversão e sua infelicidade. Eu aceitei, como se merecesse, até que um dia revidei. Tinha chegado ao meu limite. A partir de então, passei a não existir para ele, a menos que fosse para me dizer a decepção que eu era.

Comecei a passar cada vez mais tempo na casa dos Maxwell, onde eles realmente gostavam e cuidavam um do outro. Não importava se eles enlouquecessem um ao outro no fim das contas. Eles tinham pais atenciosos, comida, um lar seguro e aconchegante, e amor. Tinham tanta coisa boa, e davam tudo por garantido. Eu me ressentia e precisava daquela família com a mesma intensidade. A única coisa que me fazia seguir em frente, além da casa dos Maxwell, era a noção de que eu iria embora no momento em que eu me formasse. Nunca olharia para trás.

Quatro anos depois que fui, meu pai se machucou e se aposentou por invalidez, mas os pagamentos não cobriam seu crescente problema com bebida, remédios e contas.

O velho ainda sabia como me atingir, era só usar a minha mãe. Todo mês eu mandava dinheiro para ele para pagar os remédios e as contas da casa, que ele provavelmente gastava com bebida. Mas quando minha vida foi pelos ares, o dinheiro parou de entrar. Endividado, ele escolheu o álcool em vez da medicação.

E morreu.

Eu provei que ele estava certo. Meu fracasso e a culpa que sentia pela morte dele cresceram em mim como musgo.

— Você vai visitar o túmulo dele quando voltar? — Kinsley puxou meu foco de volta. A simpatia estava gravada em seu rosto. Os Maxwell me viram o suficiente com olhos roxos e costelas quebradas, que eu creditava ao futebol americano, mas todos eles sabiam. Nada era dito, mas quando Kay Maxwell me dava bolo de carne e sobremesa extra, eu sabia que era sua maneira de me abraçar, de me dizer que eu podia contar com ela.

— Não. — Balancei a cabeça.

Ela assentiu.

— Se mudar de ideia, eu vou com você.

Um reflexo de raiva se desprendeu, franzi as sobrancelhas, minha voz saiu afiada e fria.

— Eu não quero nem preciso da sua ajuda nem da sua pena.

— Que bom. — Ela se manteve firme ao me fazer frente, sua voz me desafiando. — Eu não estava oferecendo nenhuma das duas.

Eu a encarei.

— Minha amizade vem sem piedade, embora o apoio e a compaixão estejam sempre em oferta.

Porra. Eu era mais do que um enorme idiota. Suspirando, bati o punho na cadeira de metal, e meus ombros relaxaram. Essa garota era incrível pra caramba. E, em um piscar de olhos, ela soube como chicotear minha bunda e me colocar no meu lugar.

— Obrigado — murmurei.

— De nada. — Ela voltou a comer seu terceiro beignet. — É possível viver disso? Se banhar neles?

Um sorriso torceu minha boca, Kinsley fazendo meu mau humor virar como um interruptor.

— Viver? Não. — Eu me sentei mais reto e peguei um da minha pilha. — Mas você nua em uma banheira com apenas isso ao seu redor? Claro que sim.

— Quantos será que a gente consegue levar? — Seus olhos se iluminaram com malícia.

— Porra, garota, gostei muito dessa linha de pensamento.

Passamos o resto da tarde explorando o Bairro Francês, brincando de turista, olhando as pequenas lojas de artigos vodu e de arte, comprando lembrancinhas bobas. Ela parou para assistir a todas as bandas tocando na Royal Street, dançou com crianças e idosos, atraindo mais pessoas e enfeitiçando todos ao redor. Eu acima de tudo. Ela estava despreocupada e relaxada, seu humor seco resplandecia ainda mais.

Tiramos fotos bobas, comemos, bebemos e aproveitamos a tarde, minhas mãos nunca ficavam longe de seu corpo por muito tempo. Eu nunca tinha rido tanto; minhas bochechas doíam. Era tão bom me deixar levar e esquecer o mundo ao redor. O dia com ela foi o melhor que já tive.

Mas eu deveria saber que coisas boas vinham com um preço.

Nós atravessamos a porta do hotel, a mão de Kinsley na minha, o sol se pondo no horizonte. Eu já estava mentalmente rasgando seu short minúsculo do corpo dela antes mesmo de chegarmos ao nosso quarto, precisando estar dentro dela tanto quanto eu precisava de ar.

— Porra, eu mal posso esperar para ter você na minha língua — murmurei em seu ouvido.

— Smith. — Uma pessoa se levantou de uma mesa no pátio. Gelo derramou em minhas veias, sua voz pareceu um tiro no meu peito. *Porra, não. Por favor. Não.*

Minha cabeça virou para a loira alta, meus olhos e minha cabeça quiseram rejeitar o que viam. *Isso não pode estar acontecendo.*

O cabelo dela estava mais comprido, e ela estava com ainda mais Botox, mas ainda era incrivelmente bonita. Fria. Distante. *Como eu não vi que não havia nenhum calor nela?*

Ela usava um tubinho azul e salto alto, o cabelo loiro liso e brilhante como neve pura. Seus pais eram da Bélgica, o que lhe dava um ar mais europeu: olhos azuis, lábios carnudos e maçãs do rosto salientes, o que uma vez me transformou em um pau mandado. O rosto e as unhas estavam pintados com perfeição, a bolsa de grife ao seu lado como um cachorrinho obediente.

— Becca? — Fiquei boquiaberto, minha cabeça balançando em negação.

— Oi, querido. — Ela deu um passo mais perto, sem prestar atenção em Kinsley.

Mas eu prestei. Sua mão escorregou da minha, a cabeça indo de mim para ela como se estivesse em uma partida de pingue-pongue.

— O-o que você está fazendo aqui?

— Eu disse que te encontraria. Você não me veria de outra forma.

— Como você me achou?

— Investigador particular. Rastreou nosso telefonema.

— Investigador particular? — Eu podia ouvir minha voz subir.

— Você está sendo teimoso, como só você pode ser. Eu precisei. Você não me deu escolha.

— Que tal não ter aparecido? — rosnei.

— Smith. — Ela inclinou a cabeça, em súplica. — Por favor. Nós temos muito para conversar. Sinto tanta saudade. Eu sei que podemos resolver tudo. Eu amo você.

Senti Kinsley se remexer ao meu lado, dando um passo para trás. Eu me virei para ela, e estendi a mão.

— Kins…

— Kinsley Maxwell, certo? — Becca me interrompeu, aproximando-se de Kinsley, estendendo a mão com as unhas bem-feitas.

— S-sim. — Confusa, Kins olhou para mim e de volta para ela, mas não apertou a mão de Becca. Eu conhecia Becca o suficiente para saber que seu investigador particular descobriu cada pequeno detalhe da minha viagem, incluindo com quem eu estava.

— Prazer em te conhecer. Eu sou Rebecca. — Um falso sorriso amigável curvou sua boca vermelha, me dizendo que meu mundo estava prestes a desmoronar.

Os segredos do meu passado finalmente me alcançaram.

— Eu sou Rebecca Blackburn. A esposa do Smith.

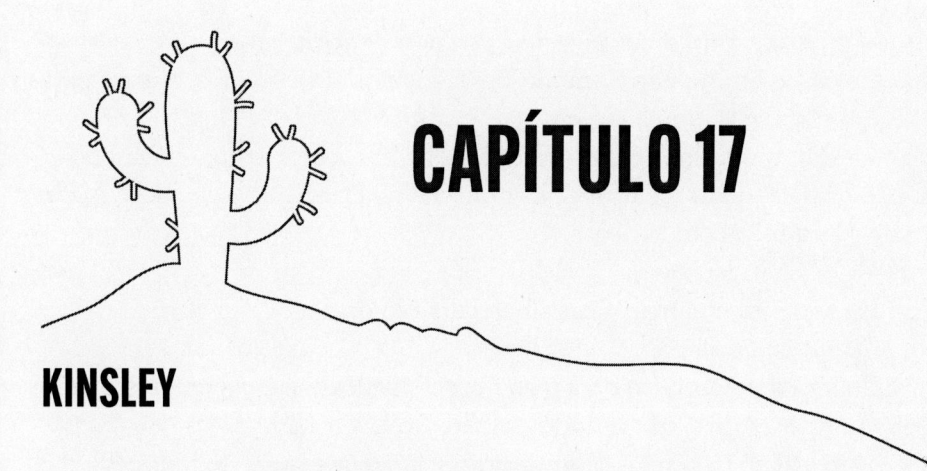

CAPÍTULO 17

KINSLEY

A esposa do Smith? A esposa do Smith!

A declaração soou na minha cabeça como um alarme estridente.

— O-o quê? — A sala girou ao meu redor quando me afastei dos dois, meu olhar pulando da mulher deslumbrante que parecia ter acabado de sair de uma passarela, para Smith; esperando que fosse uma pegadinha.

Seu rosto me disse que não era. Pânico, culpa, medo.

Meu estômago despencou. Senti o ensopado que nós havíamos compartilhado mais cedo subindo pela garganta, e meus pés se arrastaram para trás.

— Kinsley. Espera. Você não entende. — Seus olhos azuis me imploraram, sua mão se estendendo para mim.

— Você é casado com ela? — sussurrei com a voz rouca, me afastando dele. — Ela é sua esposa?

Becca apontou para um diamante enorme em seu dedo anelar.

— Há quatro anos e meio agora.

Meu olhar disparou para Smith, implorando pela possibilidade de que tudo aquilo fosse um engano.

— Smith?

— Sim, ela é, mas…

— Ah, Deus — disse baixinho, sentindo a bile encher o fundo da minha garganta, a dor cortando meu peito.

Rebecca *Blackburn*.

Não sua ex-namorada ou ex-mulher. Atual. Agora.

— Você não entende. — A agonia cortou o rosto dele, movendo-se na minha direção. — Por favor, me escuta.

— E isso é tudo o que eu estou pedindo de você, baby. — Becca agarrou a mão de Smith, entrelaçando os dedos nos seus. Ele a arrancou para longe, a fúria se acumulando em seus ombros.

— Não toque em mim. — Ele se inclinou em seu rosto, rosnando. — E não há nada que você possa dizer que vá me fazer mudar de ideia. *Nada.*

— Smith. Eu amo você.

— Vá se foder, Becca. Você não sabe o que é o amor.

Eu não aguentei mais ficar ali. Escutando os dois.

Marido e mulher.

Voltei a dar um passo para trás, a necessidade de sair correndo subindo pelas minhas pernas, me virando em direção às escadas.

— Kinsley! Espera! — Smith gritou, correndo atrás de mim. Ele me alcançou, e puxou meu braço para trás. — Me escuta.

— Solta! — gritei, puxando-o de volta.

— Kins…

— Como você pôde? — Meus pulmões lutavam para respirar, a dor apertava o meu peito. — Você transou comigo, e é casado, porra?

— Kins, você não…

— Não! — Afastei suas mãos. — Não há nada que você possa dizer para melhorar a situação. — Tentei impedir que uma lágrima escorresse pelo meu rosto. — Jesus, eu sabia que você era um cretino, mas isso é mais do que cruel.

— Kinsley, por favor.

— Fique longe de mim. — Voltei a me virar para as escadas, mas ele me segurou novamente.

— Porra. Me deixa falar. — Ele me virou para si, seus olhos estavam descontrolados. — Nós estamos em processo de divórcio. Ela só precisa assinar os papéis.

— O quê? — Procurei a verdade em seus olhos.

— Eu sinto muito. Eu não queria que você descobrisse desse jeito.

— Nem *nunca* — eu retruquei.

— Não. Eu ia te contar… é só… — Ele esfregou a cabeça. Smith parecia fazer isso quando estava irritado ou agitado. — Você e eu… não deveria ter acontecido. — Estremeci com suas palavras. — Não foi o que eu quis dizer. Você sabe que nós não planejamos nada disso. Eu tentei resistir. Mas só…

— Foi para me magoar? Ficar quite? — Becca veio atrás de nós, com lábios trêmulos e os olhos azul-claros lacrimejando.

— O que eu faço não tem nada a ver com você. Assine a porra dos papéis, Becca.

— Não! — Ela tentou se meter entre nós. — Você é meu marido, o que significou algo para você uma vez. Ainda significa *algo* para mim.

— Isso foi antes ou depois de você me trair? — A raiva fez o corpo dele tremer, fúria ardendo por baixo da pele como um monstro.

— Ele me enganou também. Eu não sabia que terminaria assim... — Um soluço subiu pela garganta dela, sua mão espalmando a garganta de cisne.

— Você ficou lá e o apoiou... me jogou debaixo do ônibus, renunciando a qualquer noção de amor que alegava ter por mim. Assine os papéis e me deixe seguir em frente com a minha vida.

Observando-os, mesmo brigando, eu podia ver a paixão, mesmo no ódio. A conexão entre eles atingiu o meu peito como um foguete, fazendo a tristeza e a dor explodirem através dos meus ossos.

Eu não podia mais ficar ali. Doía demais. O que quer que ele precisasse para se resolver com ela não tinha nada a ver comigo. Eu não fazia mais parte dessa equação distorcida. Tropeçando para trás, desviei para os primeiros degraus.

— Kinsley, espera... — Ele cambaleou para mim, suas mãos agarraram o corrimão. — Me escuta... por favor. — Seus olhos imploraram aos meus, cortando profundamente o meu coração, mas minha mente obedeceu, travada em seu rosto. Aquele que eu tracei esta manhã, os lábios que beijei, o corpo que provei e toquei. — Apenas me escuta.

— E isso foi tudo o que eu pedi a você — Becca sibilou, cheia de dor, e uma lágrima escorreu por seu rosto impecável.

— Isso é totalmente diferente.

— É mesmo? — ela gritou, agarrando o braço dele. — Smith... por favor... não desista de mim... de nós. Eu *amo* você. Quero ser sua esposa.

Foi um instante, um lampejo de dúvida, de agonia estremecendo suas feições; e eu soube. Como se estivesse caindo em um abismo, a sensação de que você sabia que estava afundando, mas não tinha nenhuma vontade de deter a queda. Minhas emoções foram aspiradas de volta, enfiando-se nas profundezas da minha alma, meus ombros rolando para trás.

Os olhos de Smith piscaram para mim, notando a mudança no meu comportamento.

— Kins?

— Adeus, Smith — eu disse, com toda a calma do mundo, minha atenção passando para Becca por um momento, então de volta para ele. — Espero que vocês dois possam resolver tudo. Vocês parecem *perfeitos* um para o outro.

Babacas mentirosos, traidores e coniventes. Rígida, virei as costas para eles e mantive a cabeça erguida.

— Kinsley! — Meu nome me seguiu, mas ele não veio atrás de mim novamente.

Sem olhar para trás, eu subi as escadas, entrei no meu quarto e fechei a porta com calma...

E desmoronei.

— Obrigada, mais uma vez. — Esfreguei as orelhas de Bode, afundando o rosto em seu pelo, precisando do conforto do meu carinha mais do que qualquer outra coisa.

— Imagina. — A voz de Angie me fez voltar a levantar enquanto ela dava um beijo na cabeça de Bode. — Sério, foi maravilhoso tomar conta dele. Eu o pegaria para mim... — Sua sobrancelha se ergueu. — Se eu não achasse que isso iria terminar de te empurrar para o precipício.

Meus olhos dispararam para o lado. Tentei disfarçar o inchaço neles, a falta de sono não ajudou, mas Angie parecia ver através das aparências.

— Você está bem? — Sua voz estava cheia de compreensão e compaixão.

— Sim. — Eu tentei sorrir.

— Não minta para mim, garota. Se alguém sabe como é ter o coração partido pelo Smith, esse alguém sou eu.

— Não é coração partido. — Eu rebati mais forte do que queria, me forçando a respirar fundo. — O coração não estava envolvido.

Angie soltou uma risada.

— Quem você pensa que está enganando com essa conversa fiada? — Ela dobrou o braço. — Eu vi vocês dois juntos... e meus sonhos nunca estão errados.

— O que você sonhou?

— Primeiro, me diga o que aconteceu. Eu preciso dar uns tapas nele para ele recuperar o juízo? O menino ergueu uma fortaleza, apavorado com a possibilidade de deixar qualquer coisa real entrar.

— Não era uma fortaleza... — Engoli em seco, tentando conter a emoção. — Era uma esposa.

Quando voltei para o hotel, chorei, bloqueei o número dele, arrumei minhas coisas, fiz o *check-out* e fiquei na van para não ter que ficar perto dele. A ideia de ele ligar, vir à minha porta, ou de esbarrar com ele e Becca...

De jeito nenhum.

No camping, conheci um sósia de Willie Nelson e fiquei chapada com o cachorro dele. Fumei com ele até desmaiar, o que não me permitiu pensar nem sentir. Ao acordar, fui direto pegar o Bode, querendo apenas estar em casa agora. Ficar bem longe de Smith.

Eu era a idiota de qualquer maneira. Eu sabia. O que eu esperava de um cara apelidado de Cretino Presunçoso? Pensei que comigo seria diferente?

Eu sabia que ele estava fora dos limites, e que terminaria mal, mas ainda assim pulei de cabeça. Então, sendo sincera, eu era a culpada. Apenas outro cara que fingiu se importar e depois estraçalhou o meu coração. Jason, Ethan, Smith. Eu era o denominador comum. A boba estúpida.

Agora eu lambia meus lábios e olhava para Angie.

— Becca.

A boca de Angie se abriu, e ela piscou.

— Esposa?

— Maravilhosa, alta, impecável. Vendo os dois juntos... eles faziam sentido.

— Não. — A cabeça de Angie balançou, a testa encrespou. — Não entendo. Eu não a vi.

— O que você quer dizer?

— No meu sonho, eu vi Smith cercado de escuridão e dor. Continuei chamando por ele, estendendo a mão para ele, pensando que ele precisava de mim, que estava voltando para mim. Ele sorriu, mas não se moveu, ficou olhando para trás. Enfim, eu vi alguém. Isso criou tanta felicidade nele, alegria e serenidade tão pura que quase doeu. Afastou toda a escuridão... Só quando te conheci pessoalmente, que senti suas auras juntas, que eu entendi.

— Entendeu o quê?

— Era você. — Seu peito vibrou como se doesse. — Na minha visão.

— Eu?

— Foi você quem o fez feliz. Mas eu também sabia que se ele ignorasse esse fato, que se ele se afastasse, a escuridão o esmagaria.

— Acho que desta vez o seu sonho estava errado.

— Eu nunca estou errada — ela bufou, jogando seu cabelo encaracolado para trás. — Mas essa outra mulher não estava na minha visão… a menos que ela fosse parte da escuridão dele.

— Acho que não. Ela parece amá-lo. — Eu não queria ouvir mais nada, meu cérebro lógico tentava recuperar a ordem. Vodu, fantasias, esperanças, magia, visões, espíritos; eu estava farta de tudo isso, pronta para voltar às coisas que faziam sentido.

— Uh-oh.

— O quê? — Peguei a bolsa de Bode, pronta para cair na estrada e sair da cidade.

— Sei que você está sofrendo. Acredite em mim, eu entendo. Era de se pensar que, depois de mais de oito anos, eu teria superado Smith, mas esse homem deixa uma marca.

Soltei um bufo mordaz, pensando nos arranhões ainda cobrindo minhas costas e nos hematomas por todo o meu corpo causados por sua boca e dedos. Eu exigi cada um desses apertos deliciosos e devolvi na mesma medida.

— Não rasteje de volta para sua caixa só porque está ferida. Se muito, use o acontecido contra ele. Eu posso ver. Você é poderosa, apaixonada e ousada. Como uma tempestade. Nunca peça desculpas por sua força, e não deixe que ele a atrapalhe. Você não está destinada a viver nas sombras.

Suas palavras fazem um suspiro entalar a minha garganta.

Ela me encara como se soubesse de tudo, como se pudesse ver dentro do meu coração e da minha cabeça, remexendo com meus medos e verdades.

— A história de vocês não acabou. Ele vai voltar, mas será você quem decidirá o final desta vez. — Sua boca se pressionou em um sorriso, antes de ela se inclinar para fazer carinho em Bode. — Vou sentir sua falta, menino. Não suma. — Bode lambeu sua mão.

Surpreendendo a mim mesma, eu me inclinei e abracei Angie.

— Obrigada, mais uma vez.

— Não suma você também. — Ela me abraçou de volta.

Assentindo, coloquei Bode no carro e fui para o lado do motorista, dando a ela um último aceno, sentindo uma tristeza que não esperava, como se estivesse me despedindo de um velho amigo. Se era a magia desta cidade ou um vínculo por causa de Smith, mas Angie parecia um fio permanente que de alguma forma se entrelaçava em minha vida.

Arrancando, olhei para Bode, que cheirou o assento e olhou ao redor como se estivesse procurando por Smith, sentindo a perda do homem que só fez parte da nossa jornada por pouco tempo. A ausência dele pesava no carro, deixando um vazio.

— Só você e eu, carinha. — Afaguei sua cabeça. Bode choramingou, colocou a cabeça na minha perna e me olhou com os olhos tristes. — É… — Suspirei. Eu também sentia.

O sol estava alto e brilhante no céu quando entrei na estrada em direção ao norte, mas parecia que uma nuvem de chuva pesada permeava a van.

Smith tinha deixado uma ferida, mas Angie estava certa, eu não podia me deixar voltar atrás.

Eu não faria isso.

A nuvem de chuva se tornaria uma tempestade estrondosa.

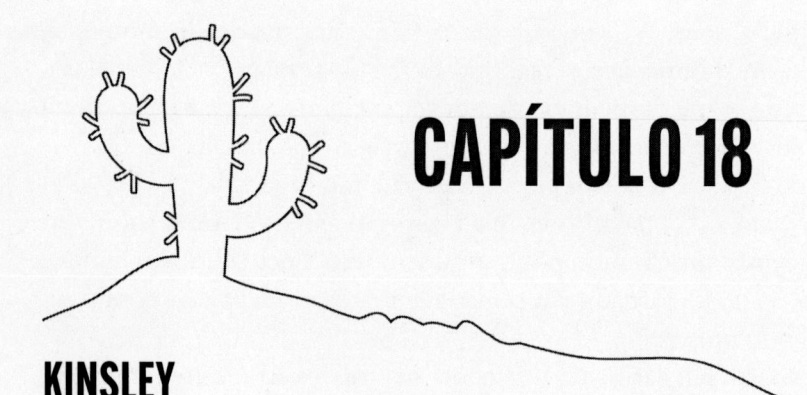

CAPÍTULO 18

KINSLEY

— Ai, meu Deus, você finalmente chegou. — Minha irmã saiu correndo de casa e me atacou no momento em que eu saí do carro. — Você chegou! Você chegou! — Ela me apertou com força, e eu a abracei de volta com a mesma intensidade. — Senti tanto a sua falta, Kins. Estou tão feliz que você está aqui.

— Também senti a sua falta. — Eu senti. Eu amava muito a minha irmã, não importa a capacidade que ela tinha de me enlouquecer. Ela era uma boa pessoa e me adorava.

Ela deu um passo para trás, e me percorreu com o olhar.

— Uau... você está linda. Alguma coisa está diferente em você. Eu juro, você mudou desde a última vez que te vi.

— Você me viu na minha formatura há um mês.

— Ainda assim... algo está diferente. — Sua atenção saltou de mim, como se ela percebesse algo, e seu foco foi para o banco do passageiro, onde Bode esperava pacientemente por mim. — Espera... Cadê o Smith?

Certo.

— Kinsley! — O grito da minha mãe tirou minha atenção da minha irmã, meus pais saíram correndo da casa em que cresci, de braços abertos.

Kay Maxwell era tão fofa quanto você poderia imaginar. Ainda jovem para seus cinquenta e cinco anos, ela era baixinha com um rosto em forma de coração, o mesmo cabelo cor de mel dos meus irmãos, embora o dela agora tivesse ajuda do salão. O corpo pequeno era cheio de curvas, mas ela fazia caminhadas com as amigas três dias por semana e estava sempre em movimento. Os gêmeos herdaram a energia infinita dela. Eu era muito mais parecida com meu pai. Liam Maxwell era alto, magro, cabelos escuros com fios grisalhos e na dele. Seus dias jogando basquete eram um passado distante, e ele gostava de pescar e assistir esportes agora.

— Mãe. — Eu a abracei enquanto meu pai esperava impacientemente pela sua vez. — Oi, pai.

— Querida, nós estamos tão felizes por você estar aqui e ter chegado em segurança. — Ele me apertou com força.

— Eu também.

— Ah, aí está meu netinho peludo favorito. — Mamãe correu para pegar Bode do banco da frente, a bundinha dele balançou ao vê-la. Ele amava minha mãe porque ela estava sempre lhe dando guloseimas, cozinhando frango ou hambúrguer extra para que ele pudesse comer alguns.

Meu pai e meu irmão ainda estavam na lista de incerteza de Bode.

Mas o merdinha amou Smith assim que o viu. Cachorro idiota.

Minhas unhas cortaram a palma da minha mão. Eu tinha prometido a mim mesma que não pensaria nele, embora ele tenha entrado na minha cabeça mais vezes do que eu poderia contar.

Ele estava lá quando dancei no bar em Atlanta, beijei um cara em DC, fui a um pub na Filadélfia e dei uns amassos no líder da turnê em um banheiro. Ele esteve especialmente presente quando fiz uma tatuagem no meu pulso em Nova York. Ele estava lá o tempo todo, sua voz subindo pelo meu pescoço, me empurrando para fazer alguma coisa, ou rosnando de fúria.

Cada cara que eu beijei era o meu "vai se foder" para ele, mas, na manhã seguinte, eu acordava sabendo que estava apenas machucando a mim mesma. Ele não sabia, e provavelmente não se importaria.

Bloqueei seu número e suas conta nas redes sociais, mas ainda esperava que, de alguma forma, ele entrasse em contato comigo.

Ele não entrou.

Eu segui em frente, tornando o resto da minha viagem tão aventureiro quanto a primeira parte. Eu odiava o fato de que, se ele não tivesse vindo, toda a minha jornada teria sido segura e sem intercorrências, seguindo um rumo certinho.

— Kinsley? — Kasey marchou até mim, com a cabeça inclinada. — Pensei que Smith estivesse com você?

Eu não tinha dito a ninguém da minha família que ele não era mais um passageiro na minha van, não querendo entrar nos porquês. Minha mãe e minha irmã eram como tubarões sentindo cheiro de sangue na água, e não cederiam até descobrirem a verdade.

— Ele não está. — Dei de ombros.

— O que aconteceu? — A preocupação enrugou a testa da minha mãe quando ela colocou Bode no chão, e ele correu para a casa branca de três andares, provavelmente indo para onde ele sabia que ela escondia as guloseimas. — Por que ele não está com você? Onde ele está?

— Hum. — Um tratamento de canal parecia algo muito melhor do que ter essa conversa. — Não sei. Nós nos separamos em Nova Orleans. — A fissura no meu peito que remendei com fita adesiva rachou; minha mão esfregou a dor lá sem nem notar.

— O quê? — minha irmã e minha mãe gritaram.

— Nova Orleans? — Kasey gaguejou. — Isso foi há quatro dias. Por que você não disse nada?

— Eu não sou a guardiã dele, Kasey — rebati, a irritação subindo pela minha espinha. — Ele é um homem adulto e pode fazer o que quiser.

— Sim, mas por quê? Ele deveria estar aqui. Ele *tem* que estar.

— Por quê? Porque você enfiou na cabeça que ele é *seu*? Ele não precisa estar em lugar nenhum. E, com certeza, não porque você quer que ele esteja.

Ela estreitou as pálpebras, a raiva piscou em seus olhos.

— Eu estava pensando no Kyle. Ele queria muito que o Smith estivesse presente.

Um bufo seco escapou dos meus lábios.

— Valeu.

— Ok, chega, vocês duas. — Minha mãe ergueu os braços. — Dois minutos e vocês já estão na garganta uma da outra. Esta semana é do irmão de vocês e da Amie. Este já é um momento estressante; não tornem tudo pior.

Abaixei a cabeça, minha mãe tinha o poder de me fazer sentir mal em um instante.

— Desculpa. — Cocei a cabeça. — Eu só estou cansada e preciso de um banho.

— Então vá tirar uma soneca e se refresque. Kyle e Amie chegarão em uma hora para o jantar. E nós precisamos começar a montar as cestas de presentes para os convidados de fora da cidade. Você tem uma prova de vestido logo cedo amanhã e vai ajudar a Kasey com o pedido de flores depois. A semana será agitada, e eu preciso de toda a ajuda possível. — Ela fez sinal para que eu entrasse.

— Vou pegar as suas coisas. — Papai apertou meu ombro, indo até a parte de trás do carro para pegar as minhas malas.

Kasey ainda me olhava, a mágoa a fez empinar ainda mais o nariz já empinado.

— Kasey… — Eu respirei fundo. A maior parte da minha raiva não era direcionada a ela. Era para ele e, acima de tudo, para mim. — Desculpa.

— Estou confusa. — Ela parecia mais desapontada. — Eu pensei que o objetivo de você buscá-lo era para que ele estivesse aqui para o casamento do Kyle. — Ela balançou a cabeça, confusa. — O que aconteceu?

— O passado dele aconteceu.

A semana foi exaustiva e infernal, me fazendo perceber que eu nunca quis ter um casamento grandioso. Minha irmã me colocou para trabalhar na floricultura ao mesmo tempo que eu cumpria todos os deveres de madrinha. Estar tão ocupada manteve minha mente, *em grande parte*, longe dele, embora o cretino ainda encontrasse uma maneira de escorregar muito mais do que eu queria, especialmente com seu nome sendo sempre mencionado. Ninguém percebeu que cada vez que ele atingia o ar, parecia que uma adaga se cravava no meu peito.

Kyle murmurou algo sobre falar com ele, mas, por mais que eu quisesse perguntar, me forcei a sair da sala, levando Bode para passear. Eu não poderia fazer isso comigo mesma. Tinha acabado. Nunca deveria ter começado.

Eu queria ficar em posição fetal e soluçar até que a dor no meu peito se dissipasse, mas não fiz isso. Era como se eu estivesse me punindo, como se eu merecesse sentir dor por causa dos meus erros.

Carma.

Sexta-feira, no jantar de ensaio, preguei um sorriso fingido no rosto e conversei com a família e com os amigos. Desempenhei o papel da irmã e madrinha ideal, certificando-me de que Amie e Kyle estivessem felizes, enchendo cada momento com atividade para manter meus olhos longe da porta da sala de banquetes do restaurante chique.

Uma parte de mim temia a ideia de ele entrar, mas uma parte maior ansiava por isso.

Tinha esperança.

Mas ele não apareceu.

Kasey estava convencida de que ele viria, e eu sabia que na cabeça dela rodava uma grande fantasia com ele entrando, os olhos deles se encontrando e *boom*: amor e felicidade. Era inútil tentar convencê-la de que ele não apareceria. Ela estava determinada a viver em seu mundo de faz de conta onde ela e Smith estavam destinados a ficar juntos.

Conhecendo Smith melhor agora, eu não tinha dúvidas de que eles *nunca* dariam certo. Minha irmã era do tipo que tinha um lugar para tudo na casa dela, fazia etiquetas para sapatos e comida, organizava suas coisas de escritório. A casa dela era impecável, digna de capa da revista. Ela queria um homem rico e bonito ao seu lado que não deixasse a boxer no chão e que a levasse para viajar nas férias, deixando nossa mãe cuidando de seus dois ou três filhos e um cachorro que não soltava pelo.

Nada de errado com isso... Simplesmente não era o Smith. Nem de perto.

Ele era rude, áspero, feroz e nada convencional. Ele era do tipo que deixa as botas enlameadas no chão, roupas sujas ao lado do cesto, mas que no momento em que atravessasse a porta, ele te comeria contra a parede até que você esquecesse que o mundo existe.

Um arrepio percorreu minha espinha, a imagem tão insuportavelmente real na minha cabeça que me fez vacilar.

— Você está bem? — Minha mãe veio por trás de mim, afagando minhas costas enquanto eu guardava as colagens de fotos de Amie e Kyle e coletava os arranjos de flores que Kasey queria reutilizar nas mesas externas amanhã.

— Tudo bem. — Coloquei as lindas flores em um recipiente. Kasey era uma florista incrível, cada arranjo tão bonito que quase parecia falso.

— Tem certeza disso? — Mamãe me entregou outro arranjo, sua voz estava cheia de preocupação.

— Sim, estou ótima.

— Você disse isso a semana toda, e eu ainda não acredito.

— O que você quer dizer?

— Kins, eu sou sua mãe, e por mais que você pense que não, eu vejo você. Sei quando está triste, irritada, feliz e quando está *fingindo*, como se tudo estivesse bem.

— Não estou fingindo. — Coloquei meu cabelo atrás da orelha, não me atrevendo a olhar para ela. — Estou bem.

— Também não acreditei agora. — Ela suspirou. — Eu posso ver nos seus olhos. Dor. — Minha cabeça virou para ela, meu coração batendo contra as minhas costelas. — Você esconde bem. A maioria não notaria, mas uma mãe sabe quando seu bebê está sofrendo.

Engoli em seco.

— Eu não vou te obrigar a me contar, embora tenha minhas suspeitas, mas saiba que eu percebo. — Ela tocou meu rosto. — Você sempre pensou que estava se escondendo nas sombras do seu irmão e da sua irmã, mas nunca se escondeu, Kinsley. Você estava se isolando. E se você simplesmente desse um passo para o lado, se você se deixasse ser você mesma, se parasse de se comparar com a Kasey e o Kyle, veria que estava sempre brilhando.

Minha garganta se fechou, minhas pálpebras piscaram rapidamente.

— Embora eu veja tristeza, também vejo um fogo em você que nunca vi antes. O que quer que aconteceu na sua *viagem*...? — Ela abaixou a voz, o tom ficou mais sugestivo. — Acho que foi a melhor coisa para você. Não deixe essa faísca se apagar, querida.

Eu balancei a cabeça, não confiando em mim para falar.

— E não deixe sua irmã ditar algo a que ela não tem direito de ditar. — Ela me lançou um sorriso tímido. — Nós duas sabemos que o Smith nunca foi nem nunca será da Kasey.

A perplexidade enrugou a minha testa.

— O que ela...

— Por favor. Eu não sou tão velha ou tão sem noção. — Ela acenou para alguém que passava. — Por uma vez, não deixe que ela fique com algo que você quer. Se é seu, lute por isso.

— Não é meu... eu não quero... — Minha mentira não saiu até o fim, ficou grudada na minha garganta.

— Você pode mentir para si mesma, mas não para a sua mãe. — Ela apertou a minha mão enquanto se afastava, indo em direção aos pais de Amie, deixando-me olhando para a mesa em perplexidade e vazio.

Ela estava certa; ele nunca seria da Kasey.

Mas ele nunca seria meu também.

Smith Blackburn já tinha dona.

— Um drinque personalizado, senhorita? — O barman sorriu para mim quando cheguei, meus pés doendo por causa dos saltos, o lindo vestido de madrinha Adrianna Papell cinza-claro fazia minha pele coçar como se eu estivesse com uma erupção cutânea. — Um mojito de rosas silvestres.

— De jeito nenhum. — Balancei a cabeça, dezenas de grampos seguravam a trança soltinha em volta do meu crânio, o resto do meu cabelo caía pelas minhas costas em ondas. — Me sirva um bourbon.

— Temos o mesmo gosto. — O barman deu uma piscadinha, e me serviu uma boa dose da bebida, as notas ricas de baunilha, carvalho e caramelo pareceram tão familiares que as lágrimas esfaquearam a parte de trás das minhas pálpebras. Eu nunca bebi bourbon... não antes *dele*, mas agora parecia tão confortável e familiar. O sabor suave me lembrou de Smith, especialmente na primeira noite quando ele arrancou os espinhos da minha bunda.

Jesus, Kins, você está sendo tão boba. Vocês passaram uma única noite juntos. Ok, uma noite inteira e uma manhã, e foi pra lá de alucinante, mas não era um relacionamento. Você o conhecia há pouco mais de uma semana.

O órgão no meu peito não parecia se importar, doía como se tivesse sido anos.

Felicidade e alegria inchavam o ar ao meu redor, deixando mais óbvio o vazio em meu coração. O dia foi organizado com perfeição. O sol brilhava, algumas nuvens fofas de algodão pontilhavam o céu, pássaros cantavam, a temperatura em torno dos vinte e poucos graus, umidade incomumente baixa para o final de junho.

Parecia que até a Mãe Natureza era fã do meu irmão, dando a ele e à nova Sra. Maxwell um dia impecável.

O enorme casamento ao ar livre na deslumbrante Glen Manor House foi cheio de risos, lágrimas de alegria e momentos doces. Eu estava tão feliz por eles. Eles mereciam toda a felicidade.

— Kinsley? — Uma voz masculina perfurou a minha espinha, zunindo no fundo da minha garganta, o gosto de bile cobriu a minha língua. — É você?

Controlando minhas feições, me virei para o intruso, olhando para o cara que me destruiu no ensino médio.

Jason Pennington.

Alguns quilos mais pesado e mais crescido, mas, no geral, o mesmo atleta de que eu me lembrava da escola. Só que agora eu não via nenhum apelo no cara que eu costumava achar tão fofo.

Ele ficou ali, cabelo loiro-escuro penteado para trás, cortado curto nas laterais, covinha no queixo, olhos castanhos, estatura mediana. Ele era bonito, mas de um jeito sem graça. Eu não podia acreditar que já pensei que esse cara valia o meu tempo.

— Jason. — Controlei a onda de desgosto inundando minhas veias. — O que você está fazendo aqui?

Praticamente toda a cidade estava aqui, mas meu irmão era cinco anos mais velho que Jason, e toda a cidade sabia que ele era um idiota. Ele nunca o teria convidado.

— Leigh. — Ele acenou para uma das madrinhas de Amie. — Estamos meio que ficando. — Mas seus olhos se moveram sobre mim com avidez. — É *muito* bom ver você. — Ele lambeu o lábio, seu olhar percorreu cada centímetro do meu corpo, fazendo minha pele arrepiar.

— Pena que não posso dizer o mesmo.

— Ah, qual é. — Ele tentou rir da situação, seu sorriso parecia bajulador. — Você não está com raiva de mim ainda, está?

— Será que ainda estou com raiva? — Inclinei a cabeça e o olhei, brava. — Deixe-me ver… Você me enganou para me apaixonar por você, tirou minha virgindade, e depois riu disso com toda a escola. O que você acha?

— Isso foi no ensino médio, Kins. Nós éramos crianças bobas. — Ele franziu a testa, como se eu estivesse exagerando. — Você não acha que é hora de deixar isso pra lá? — Ele se inclinou no bar, me olhando de cima a baixo novamente. — Está no passado. Que tal nos reencontrarmos no presente? Nos conhecermos de novo. — Ele não conseguia parar de cobiçar o meu corpo. — Droga, garota. Você está gostosa pra caralho agora. Se eu soubesse na época… — Ele balançou a cabeça e respirou fundo. — Com certeza eu gostaria de passar tempo com você novamente. Compensar pelo nosso *mal-entendido*.

— Mal-entendido? — Uma risada estrondosa explodiu de mim, o que o fez dar uma piscadela sedutora. — Ah, Jason, você não mudou nada.

O sorriso dele ficou mais largo, inflando-o com a confiança, pensando que seu charme estava funcionando em mim mais uma vez.

— Sabe, minha acompanhante não vai notar se nós desaparecermos por um momento.

— Se bem me lembro, você nem precisaria de muito tempo. — Eu coloquei meu copo sobre o balcão, minhas palavras infundidas com falsa doçura, o que o fez levar alguns segundos para entender o que eu queria dizer.

— Você ainda é o mesmo babaca lamentável, psicótico e inseguro que se coloca muito acima da realidade. Se considerássemos as suas habilidades na cama, deveria ter sido eu a dar risada. — Eu me inclinei, minha voz ficando baixa e provocante. — E eu não perderia um único momento do meu tempo com um homem que não tem ideia de como agradar uma mulher. Tchau, Jason. — Eu me virei para ir embora.

— Kinsley, espera… — Ele agarrou meu pulso.

Minha boca se abriu para protestar, mas, como se o mundo tivesse mudado a órbita, apagando tudo ao meu redor, minha pele arrepiou, minha cabeça estalou em direção à força palpável. Uma multidão de pessoas se movia perto da entrada da recepção, mas através dos corpos em movimento, os olhos os atravessavam, pousando nos meus.

Tudo parou, meu estômago embrulhou quando o azul penetrante cortou a minha alma. Inalei bruscamente e meu coração martelou em meus ouvidos.

Ele estava aqui.

Vestindo um terno. Um que caía em seu corpo como uma luva.

Puta merda.

Meu corpo reagiu no mesmo instante, como se mil fios nos ligassem, me puxando para ele. Desejando, precisando, querendo.

O olhar de Smith deslizou de mim para a pessoa ao meu lado, a mão no meu braço. Foi sutil, mas eu vi seus ombros se inclinando para trás, a mandíbula apertada, a ira queimando em seu olhar.

Então o enxame de pessoas falando e o cumprimentando se moveu, mudando meu ponto de vista.

Pop. A esperança brotando no meu peito explodiu, os pedaços se espalharam molhados no pátio.

Becca.

Ela estava de tirar o fôlego, usando um vestido lavanda que se ajustava a cada curva e tinha uma fenda alta em sua perna longa e tonificada. O cabelo loiro estava penteado para trás em um coque baixo, o que apenas destacava suas feições deslumbrantes.

Jesus, eles eram lindos juntos. Uma perfeição digna da TV e das revistas.

"Eu não quero perfeição. Eu quero verdade. Poder. Algo genuíno. A perfeição destrói, mata o que é selvagem, puro e bonito."

Mais mentiras. Não havia dúvida de que ele queria resolver as coisas com ela.

A dor que eu tinha ignorado durante toda a semana bateu em mim como um trem de carga, partindo meu coração. Ele caiu no chão, se debatendo e ofegando como um peixe morrendo.

— Kinsley? — A voz de Jason me puxou de volta para ele. Eu pisquei como se tivesse acabado de acordar de um longo cochilo, confusa e inquieta.

Tirando meu braço de seu aperto, eu me virei, engoli o rubor da emoção e me movi com determinação. Eu não poderia estar aqui agora. Eu não era forte o suficiente para esconder a minha dor. Precisando de um momento para me recompor, corri para uma porta, quando uma mão me agarrou.

— Ah, meu Deus — minha irmã sussurrou com voz rouca, suas unhas feitas cravando a minha pele. — Ele está aqui! O Smith está aqui. Jesus, aquele homem é mais lindo do que eu me lembro. Mas quem é aquela lá? — ela sussurrou no meu ouvido, olhando para Becca. — Você sabe quem é ela? Por que ele traria alguém? Ela é uma amiga? Ele disse se estava saindo com alguém?

— Kasey. — Suas perguntas lamuriosas bicaram minha nuca. Eu estava cansada de sua obstinação egoísta, que era uma qualidade que geralmente lhe garantia o que ela queria.

Não dessa vez.

— Sério, Kins. — Ela puxou meus braços, me colocando totalmente de frente para ela. — Por que ele trouxe uma acompanhante? A gente teve algo. Ele deveria estar aqui comigo. — Sua voz ainda era baixa, mas se elevou com um desespero estridente.

— Kasey. — A irritação mordiscou meu último nervo com a necessidade de fugir. Mesmo do lado de fora, eu não conseguia respirar, o vestido envolvia as minhas costelas como arame farpado.

— Bem, eu não me importo com quem ela é. Ele é meu. Nós temos um passado. Uma conexão.

A ansiedade perfurou a parte de trás das minhas pernas, coçando-as para se mover. *Escapar. Correr.*

— Kasey! — A raiva borbulhou. — Para.

— Ela nem é *tão* bonita assim, né? Tipo, ela é, mas parece tão arrogante. O Smith precisa de alguém com mais personalidade.

Eu quase quis rir da minha irmã, pensando ser aquela garota para ele.

— Não posso acreditar que ele fez isso comigo.

— Com você? — Minha voz subiu, a fúria queimando qualquer compaixão que eu tinha.

— É. — Ela assentiu. — Você acha que ele fez isso para me deixar com ciúmes? Para me fazer perceber o que eu estava perdendo?

— Kasey, cala a porra da boca! Não tem nada a ver com você. — Minha paciência acabou. — Aquela mulher... — Fiz um gesto para trás de mim. — É a *esposa* dele.

Kasey congelou e inspirou bruscamente.

— O quê?

— Becca. A esposa dele.

— Não. — Ela balançou a cabeça com veemência. — Não, você deve ter ouvido errado. Smith não pode ter uma esposa. Ele teria me contado. Nós saberíamos... Não, isso *não* é possível.

— Por quê? Só porque você acha que sim? — sibilei, meu temperamento explodindo como fogos de artifício. — Escute a si mesma. Ele não é seu. Ele nunca foi nem nunca será. Pare de agir como se tivesse uma conexão profunda com ele. Você parece a porra de uma psicopata.

Ela respirou fundo, seus lábios se abrindo para falar, mas nada saiu, seus olhos se arregalaram.

— Ei, Urtiga. — A voz profunda se enterrou nas minhas vértebras como se fossem flechas, lançando uma onda de calor e adrenalina por mim. Eu não conseguia me mover nem respirar por causa da sensação dele se esgueirando ao meu redor como um fantasma, lambendo a minha pele.

Eu não podia me virar, minha fachada mal estava resistindo, estava apodrecendo e se desintegrando a cada batida do meu coração.

— Eu liguei para você uma centena de vezes. Te procurei...

Eu inspirei, a fúria se avolumando em meu peito como uma fogueira, cada palavra que ele falava era mais um pedaço de escombros na pira. Como ele tinha coragem?

— *Kinsley*... olhe para mim. — Sua voz continha camadas de significado, uma intimidade que ele não tinha o direito de ter.

Seus dedos envolveram meu pulso, virando-me para encará-lo. *Cacete.* Eu nunca vi um homem ficar tão bem assim em um terno, o que fez os meus pulmões e coração se torcerem em um único nó. A aparência dele me irritou mais.

Ele respirou, abaixou a cabeça, o polegar deslizou sobre a tinta significativa no meu pulso, observando o desenho, sua percepção travou na tatuagem de cacto. Um lembrete de que eu era forte, feroz, ousada e que suportaria o que estivesse guardado para mim.

STACEY MARIE BROWN

— Kins...

— Não. — Eu arranquei meu braço. — Não se atreva, porra.

— Kinsley...

— Não! — Tentei manter a voz baixa, mas ela vibrou com raiva e mágoa. Eu podia ver minha irmã pelo canto do meu olho, dando um passo para trás, choque e alarme fazendo seu olhar se lançar entre nós.

Eu não me importava mais.

— Não diga meu nome, não ligue para mim, não me procure. Volte para a sua esposa, Smith. Me deixe em paz.

— Você não entend...

— Cala a boca. — Eu me aproximei dele, meu queixo erguido, meu temperamento quase perdendo o controle. — Eu não quero ouvir nada do que você tem a dizer. Você é um idiota mentiroso e infiel. Algo que meu eu mais jovem já sabia. Deveria ter dado ouvidos àquela menina.

— Você vai me ouvir? — Ele rosnou.

— Não! — Balancei a cabeça. — Porque não significará nada. No fim das contas, você ainda é um homem casado que me comeu em um beco.

— O quêêêê? — Kasey exclamou, sua expressão ficou devastada, mas Smith e eu não tiramos os olhos um do outro.

O nariz dele se alargou com veemência, sua mandíbula rangeu.

— Você disse que queria que eu te odiasse. — Dei um passo para trás. *Escapar. Correr.* — Seu desejo foi realizado.

— Kinsley, é *verdade*? — A dor de Kasey se transformou em pura ira, sua expressão se transformou em um rosnado.

— Ah, certo, eu deveria deixar vocês dois se reencontrarem, reacender o profundo amor que vocês viveram no ensino médio. — Minha língua atacou como um chicote, todo o meu ressentimento reprimido fluiu. — Quem sou eu para atrapalhar o amor verdadeiro?

Eu me virei, e disparei, sem pensar para onde estava indo.

— Kinsley — ele gritou às minhas costas. Eu me movi mais rápido, deslizando pela multidão de pessoas, correndo para a mansão, serpenteando entre os funcionários com bandejas de comida e champanhe, até que tropecei para dentro do banheiro.

Eu me inclinei na pia, lutando para respirar, meus pulmões não enchendo o suficiente para parar a tontura na minha cabeça.

A raiva fundiu meus ossos, mas a dor rasgou minhas entranhas. E foi tudo culpa minha. Eu odiava ter deixado isso acontecer, ter me permitido perder completamente a cabeça e me apaixonar por esse cara. Senti vergonha da minha própria estupidez, e culpa por magoar a minha irmã.

Ela estava equivocada, mas o que eu tinha feito foi cruel. Eu a traí. Ela provavelmente nunca me perdoaria.

Espalmei o balcão, tentando me recuperar, sabendo que este era o dia do meu irmão e da minha nova irmã, não era meu. Eu ainda tinha que fazer um brinde mais tarde, sorrir e agir como se amor e compromisso fossem coisas bonitas, que minha alma não estava sendo esmagada.

— Recomponha-se — repreendi o meu reflexo. — Passe por esta noite. É a felicidade do Kyle.

Odeie Smith se precisar. Use isso.

Mas por mais que eu quisesse, eu não conseguia odiá-lo, não de verdade. Nem me arrependi do que vivi com ele. Eu sentia falta dele, ansiava por ele e sonhava com ele, o que aumentava a dor já esculpida no meu peito.

E se você o ouvisse? E se ele tivesse uma explicação?

A porta rangeu ao se abrir, me fazendo enxugar o rosto, colocar uma máscara; pelo espelho, meus olhos viram a mulher entrar.

Pooooorra.

Meus músculos se apertaram formando um armadura, me protegendo como se fossem espinhos.

— Kinsley. — A voz suave de Becca ecoou no banheiro vazio, suas pálpebras se estreitaram em mim. — Eu estava com esperança de te encontrar. — Ela caminhou até o espelho, abriu a bolsa e reaplicou o batom. — Conversar só nós duas, papo de mulher.

— Só nós duas? E eu aqui pensando que você veio me convidar para um trio.

Ela se engasgou, seu rosto empalideceu por um momento, mas logo recuperou a compostura.

— Encantadora.

— Nunca fui acusada disso.

Suas pálpebras tremeram, as sobrancelhas franziram por um instante, como se ela não tivesse ideia de como me encarar.

— O que você quer, Becca? — Eu me virei para ela. — Sei que você não está aqui para trançar meu cabelo ou fofocar sobre garotos. — Eu trançaria o cabelo dela em um laço de forca.

Ela colocou o batom de volta na bolsa, e se virou para mim.

— Eu vim aqui para te dar um aviso.

STACEY MARIE BROWN

— Para ficar longe do seu marido. — Eu terminei por ela. — Entendi. Feito. Eu não sabia e, assim que soube, fui embora. Ele veio atrás de mim. Então é com ele que você precisa conversar.

Seu olhar altivo saltou sobre mim como se eu fosse um moleque de rua.

— Eu não entendo — disse ela, sem vergonha nenhuma. — O que ele vê em você?

Tentei esconder o lampejo de insegurança, a vozinha na minha cabeça me fazendo a mesma pergunta.

— Você sabe que eu não sou a vilã nessa história. O que quer que ele tenha te dito era mentira — ela disse.

— Na verdade, ele não disse quase nada sobre você. — Era para ser um ataque a ela, mas tudo o que fez foi deixar claro que ele praticamente não me deixou me aproximar.

Sua bochecha contraiu, mas ela comandou sua expressão.

— Há tanta coisa que você não sabe sobre o Smith. Sobre o passado dele. O que ele fez. Ele não é o cara legal aqui. — Ela inclinou a cabeça. — E você parece do tipo que quer um cara legal.

— Você não sabe nada sobre mim.

— Eu sei mais do que você pensa.

— Isso está começando a parecer um filme estereotipado de Hollywood. — Cruzei os braços. — Vá direto ao ponto.

— Smith contou a você sobre sua empresa de construção? Da qual ele era coproprietário? Da qual eu também fui sócia?

— Sim. Ele disse que não trabalhava mais lá.

— Ele te disse a razão? — Sua sobrancelha bem-feita se curvou. Um sorriso altivo curvou sua boca quando fiquei em silêncio. — Não? — Presunçoso e zombeteiro. Ela estava adorando a situação. Colocando-me no meu lugar. — Smith nunca estava satisfeito, sempre queria mais, e quando as contas do pai dele começaram a se acumular...

— O pai dele? — A pergunta saiu da minha língua sem pensar, apenas ampliando seu sorriso presunçoso, voltando a chamar a atenção para o quão pouco eu sabia. — O pai dele está morto.

O pouco que eu conhecia dele.

— Sim, *por causa* do Smith. O pai dele estava com deficiência, não podia pagar pelos remédios. Smith não o ajudou... deixou o pai morrer. Ela inclinou a cabeça. — Você deve saber o quanto Smith o odiava. O que o Dan fez.

Eu sabia. Mas Smith deixaria o pai morrer?

— Em vez disso, Smith estava construindo uma casa para nós. Queríamos formar logo uma família. Mas o negócio não estava indo tão bem quanto ele esperava. Ele pensou que poderia ter que vender a propriedade.

Tentei não reagir, pensando nele sendo pai... tendo um bebê com ela.

— Acho que você conhece Smith o suficiente para perceber que ele fará qualquer coisa por aqueles que ele ama. — Ela deixou claro que ela era essa pessoa. — Ele queria me dar o melhor, a casa dos nossos sonhos. Então... começou a trabalhar com investidores obscuros, alterando os livros... — Ela apertou os lábios, como se guardasse um segredo suculento. — Ele roubou de Bryan. Destruiu a empresa e a amizade.

— O quê? — O choque socou meu peito, me empurrando para trás.

— Fiquei arrasada quando descobri a verdade... mas eu tinha certeza de que nós conseguiríamos superar a situação. Que o meu amor voltaria a colocar o Smith no rumo certo. — Ela fungou, a emoção inundou seus olhos. — Esperei três anos por ele.

— Três anos?

— Sim, meu marido... — Ela fez uma pausa. — Acabou de sair da prisão por desviar e lavar dinheiro do seu ex-melhor amigo.

— O quê? — resmunguei, meu cérebro não queria aceitar aquela declaração. — Não. Eu não acredito em você. — Ele sempre fez parecer que foi ela era quem o traiu, que ela era a desonesta.

— Achei que você diria isso. — Ela abriu a bolsa, tirou de lá o que parecia ser recortes de jornal dobrados e o que parecia ser uma imagem, entregando-os a mim. — E tem mais...

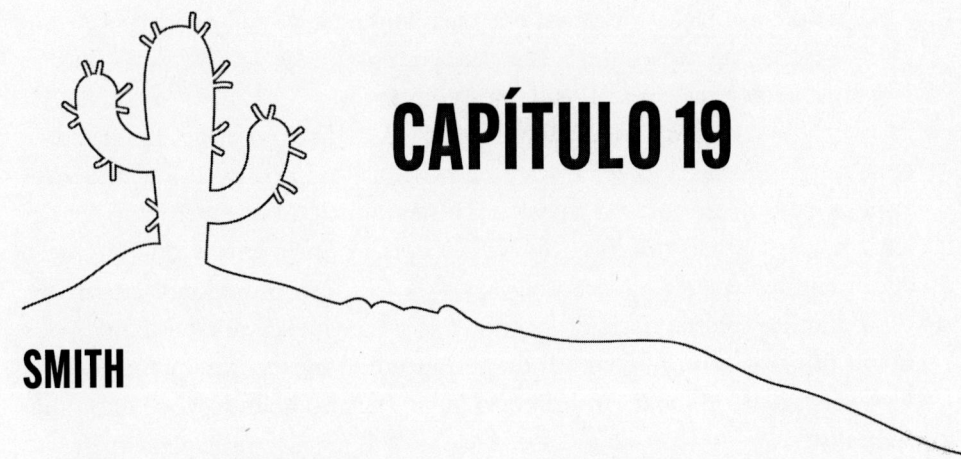

CAPÍTULO 19

SMITH

Que. Vida. De. Merda.

Meu olhar vasculhou o terreno procurando pela única garota de que eu precisava e que não queria nada comigo.

— É verdade? — Kasey beliscou meus calcanhares como um cachorrinho latindo. — Você é casado? — Onde a Kinsley se enfiou, porra? A garota desapareceu como névoa. — Smith! — Kasey agarrou meu braço, me parando.

— O quê? — Eu me virei para ela, fazendo-a recuar assustada, minha raiva era palpável. Não que eu fosse tocar um fio de cabelo em sua cabeça. Homens que batiam eram fracos e patéticos. Eu sabia em primeira mão. Não hesitaria em destruir qualquer homem que abusasse de uma mulher ou criança para se sentir maior ou melhor.

Mas foi nesse instante que a diferença entre Kasey e Kinsley brilhou como a noite e o dia. Eu sabia que Kins se manteria firme, levantaria a sobrancelha e faria cara de quem poderia me derrubar como se eu fosse uma mosca. E ela derrubaria.

Kasey só ladrava, não dava nenhuma mordida. E eu gostava de mulheres que cravavam os dentes na minha pele, que me acompanhavam a cada passo. Que me desafiavam.

— Você é casado? — A dor sacudiu os cílios de Kasey. — E... e você transou com a minha irmã mais nova? — Ela cerrou as mãos em punhos.

— Sim e sim.

Aversão e raiva queimaram em seu rosto.

— Eu não posso acreditar em você. Você é nojento!

— Mesmo? — Eu me aproximei dela, observando a rapidez com que sua falsa indignação se transformou.

Medo e excitação vibraram em seus pulmões.

— Achei que nós tínhamos alguma coisa.

Eu me inclinei e cerrei os dentes com força

— Nós nunca tivemos nada, Kasey. Eu te disse na época, e eu tentei, com muita gentileza, dizer a você de novo, já que nós costumávamos ser amigos e eu me importo demais com a sua família. Mas eu não vou ser tão legal agora. Eu não quero você. Nunca quis. A única garota que eu quero agora não vai querer nada comigo porque eu destruí qualquer chance de estar com ela e estraguei tudo porque não consegui ser sincero. Então, por favor, por uma única vez, pare de pensar em si mesma. Sua irmã não faz nada além de te colocar em primeiro lugar, mesmo quando você não tinha o direito.

— Ela sabia que eu queria você — ela cuspiu de volta. — Mas ela transou com você de qualquer maneira. Ela me traiu.

— Traiu você? — Eu bufei, cheio de ironia. — Você é tão egoísta assim? — Balancei a cabeça. — Não havia nada para trair você. Não tenho certeza de onde você tirou essa ideia, mas é só isso… uma ideia na sua cabeça. Você não me vê há nove anos. Nós nem nos conhecemos mais, se é que alguma vez nos conhecemos. Mas, mesmo naquela época, eu sabia que nunca daríamos certo.

— Você nunca deu uma chance — ela sussurrou.

— Kasey. Pare. Desculpe se em algum momento eu te dei a impressão errada. Mas não há nada entre nós. E agora estou apenas tentando sair da bagunça que eu causei, tentando lidar com uma futura ex-mulher e a mulher que eu am… — Minha frase morreu, o terror cortando minha voz como um microfone.

Um tsunami de pânico e compreensão me atingiu. Ah, puta merda.

— O quê? — Seu queixo caiu de surpresa, entendendo a palavra que eu estava prestes a declarar.

— Nada — eu resmunguei, dei meia-volta e avancei uns poucos passos antes de parar.

Kinsley saiu para o pátio, nossos olhos travaram um no outro.

Foi a primeira vez na minha vida que o olhar de uma mulher me fez querer me encolher. Não era ódio nem raiva… Estava vazio de qualquer coisa. A calma da aceitação. Qualquer chance que eu pudesse ter se foi.

— Kinsley? — Pânico que eu nunca tinha ouvido antes soou na minha voz, e eu passei três anos da minha vida lutando pela sobrevivência, contra gangues de homens que queriam me fazer de brinquedo.

Minha atenção foi para a pessoa que veio atrás dela, um sorriso malicioso insinuando em seu rosto.

Merda. Becca. Sem dúvida, ela contou a Kinsley sobre meu passado.

— Kins...

Seu olhar mudou, como se eu não estivesse mais lá. Ela virou na direção oposta, com os ombros projetados para trás.

O instinto fez meus pés se moverem para ela, desesperado para que ela entendesse.

— Kinsley, me escute. — Eu mergulhei para pegar o seu braço.

Ela se virou, a raiva tão violenta e firme que eu pude senti-la bater em mim como uma força.

— Eu acho que é hora de você ir embora — ela afirmou, sem entonação.

— O quê? — Olhei ao redor, vendo Kay, a mulher que eu quase considerava minha outra mãe, nos observando. — O que a Becca disse para você?

— O que *você* deveria ter contado. — Ela levantou a cabeça para mim, parecendo uma rainha feroz. No momento em que entrei, eu a senti, puxando minha atenção para ela como uma sereia. Sua beleza quase me derrubou, até que eu vi um cara tocando ela, e eu quis nocautear *o babaca*. — Saia daqui, Smith. É o dia do Kyle e da Amie, uma ocasião para se estar cercado por amigos e familiares. Você não é isso.

— Eu faço parte da sua família desde que tinha dezesseis anos — esbravejei, chegando mais perto dela. Ela não se mexeu, a cabeça inclinada para trás. — Tudo o que ela disse a você, deixe-me explicar.

— Você está muito atrasado para isso. — Sua palma empurrou o meu peito. — Agora saia daqui antes que eu chame a segurança.

— Segurança? Que diabos, Kinsley? Sou eu. O cara com quem você passou mais de uma semana. Que arrancou espinhos da sua bunda e segurou seu cabelo para trás quando você vomitou. — Eu podia ouvir minha voz subindo. — Me dê cinco minutos. É tudo que eu peço. Por favor.

Seus cílios bateram, ela virou a cabeça para o lado, a agonia engolfou a sua expressão, quebrando sua barreira.

— Por favor — eu disse, apenas para ela.

Ela engoliu em seco, as lágrimas umedeciam o canto de seus olhos.

Toquei seu braço, sacudindo seu corpo, virando sua cabeça para mim.

— Adeus, Smith — ela disse, fria. — Volte para sua esposa, termine de construir a casa dos sonhos para a sua família. — Ela se virou, indo na direção dos pais, me deixando boquiaberto atrás dela, sentindo que ela tinha estripado meu peito como se eu fosse um peixe, minhas entranhas seguindo uma trilha atrás dela.

Kay pegou a mão da filha, seu olhar se virou para mim, gritando com acusação e decepção, me cortando nos joelhos.

— Smith? — A voz de Becca arranhou meus ouvidos como pregos. — Querido?

Eu me virei, passei por ela e fiz o que deveria ter feito desde o começo. Eu me afastei de Kinsley Maxwell.

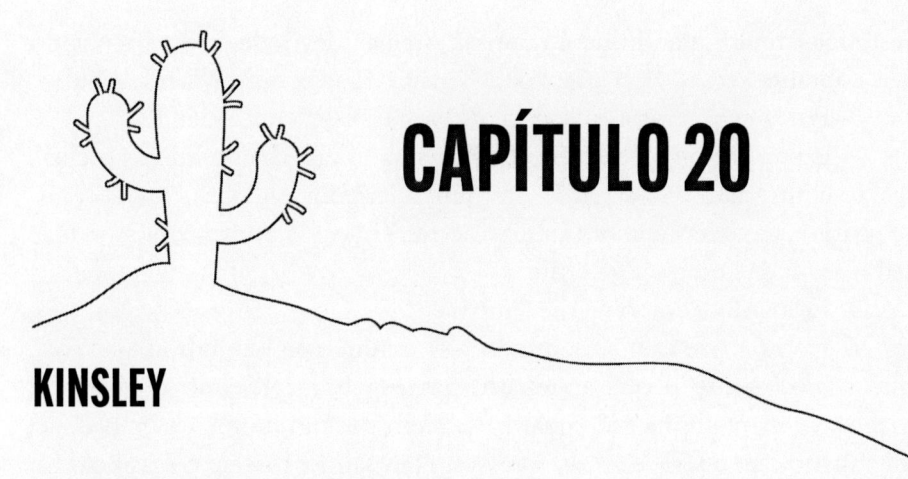

CAPÍTULO 20

KINSLEY

2 semanas depois.

— Quando você vai embora? — Mamãe entrou no meu antigo quarto e colocou uma pilha de roupas limpas na minha cama.

— Amanhã cedo. — Eu peguei os itens, enfiei na bolsa e caminhei até a cômoda para pegar mais coisas.

Em vez de sair, minha mãe se jogou no colchão, acariciando a bola de pelo branca enrolada lá. Continuei a me mover, mas podia sentir seu discurso chegando, o ar abarrotado de conselhos maternais não solicitados.

— Diga logo. — Eu suspirei, colocando minhas meias e roupa íntima na mochila.

— Dizer o quê? — Ela continuou a acariciar Bode.

— Seja qual for a sabedoria materna que você está morrendo de vontade de compartilhar. — Acenei para ela. — Eu te conheço, mãe. Todos os olhares e suspiros que vem se acumulando desde o casamento. Desembucha.

— Eu não tenho ideia do que você está falando.

Bufei.

— Eu ia apenas mencionar que a Kasey vai passar aqui.

Eu sorri debochada, minha cabeça balançando com aborrecimento.

— Vocês duas não se falam desde o casamento.

— O que ela me disse naquela noite foi o suficiente. — Depois que eu expulsei Smith e nós não tínhamos mais que interpretar o papel de madrinhas perfeitas, Kasey e eu tivemos uma briga feia.

Em suma: eu era uma cadela traiçoeira, que sempre sentiu inveja do que ela tinha, então fui atrás do Smith para machucá-la.

— Você sabe que a Kasey não quis dizer tudo aquilo pra valer. —

Distraída, minha mãe brincou com as orelhas de Bode, a dor franzindo suas sobrancelhas. — Ela ama você, Kinsley. Estava magoada e atacou.

— Por que não estou surpresa que você a esteja defendendo?

— Eu não estou — ela alegou, ao levantar a cabeça de Bode; as orelhas dele se contraíram. — Acredite em mim, falei poucas e boas para ela também. Ela não tinha nenhum direito de reivindicar o Smith para si... mas isso não muda como ela se sente.

— E quanto a como eu me sinto?

— Como você está se sentindo? — minha mãe perguntou. — Você nunca falou sobre o que aconteceu naquela noite. Mesmo quando era criança, você mantinha tudo guardado. Nem por um momento eu precisei adivinhar o que o Kyle e a Kasey estavam pensando, fossem coisas boas ou ruins. Mas com você? Era como arrombar um cofre e, ainda assim, você deixava muito pouco sair. Sempre senti que você me mantinha à distância.

— Mãe. — Meus ombros caíram, a culpa induzida por ela fazendo meu coração martelar.

— Sei que você é diferente deles. Não quero que seja igual, mas às vezes não há problema em deixar as pessoas entrarem. E em vez de se preocupar tanto com os sentimentos de sua irmã, seja sincera. Enfrente-a. Seus sentimentos são tão importantes quanto os dela. E se você o ama, não deixe que ela nem *ninguém* fique no caminho.

— Eu não sei do que você está falando. — Engoli a mentira, empurrando mais itens na minha bolsa.

— Kinsley... — Ela suspirou. — Primeiro, não minta para sua mãe, e segundo, posso ser velha, mas tenho olhos. Caramba, até o seu pai percebeu.

— O quê?

— Querida, a química entre você e Smith era palpável. E, pelo que vi, ele sente o mesmo por você.

— Não. — Balancei a cabeça. — Você está errada. E, de qualquer forma, ele está com outra.

— Sim, a Kasey disse algo sobre a outra mulher ser esposa dele. — Ela estalou a língua. — Eu nunca, nem em um milhão de anos, desejaria que você fosse atrás de um homem casado, mas não vi nada entre eles exceto ressentimento e tensão. Ele nem uma vez olhou, tocou ou sorriu para a mulher igual fez quando estava perto de você.

— Mãe. — Havia mais que ela não sabia.

— Estou só dizendo. — Ela ergueu as mãos. — Talvez você devesse ouvir o rapaz. Deixe-o explicar. Mais uma vez, eu não sei a história completa, nem o que está acontecendo entre ele e aquela mulher. Eu sei o que vi. — Ela coçou a cabeça de Bode antes de se levantar da cama. — E o que vi foi um homem apaixonado, e não pela mulher que estava com ele.

A emoção queimou meu esôfago; a dor que tentei manter encaixotada se abriu, meus dentes rangeram. Não importava mais.

— Por favor, fale com sua irmã antes de ir embora. No fim das contas, vocês se amam. Não deixe o relacionamento de vocês ser arruinado por um cara. — Ela beijou minha têmpora, murmurando baixinho: — Era de se pensar que eu teria terminado com essas conversas no ensino médio.

Mães tinham talento para te rasgar e culpar ao mesmo tempo.

— Mãe? — Ela parou na porta e olhou para mim. — Obrigada.

Ela abriu um sorriso caloroso.

— Eu te amo, Kinsley. E se eu não te disse recentemente, estou orgulhosa de você. O que quer que você queira fazer ou ser, tanto seu pai quanto eu, nós te apoiamos.

Nas últimas duas semanas que passei com minha família, fiz um monte de autoanálise. Smith estava certo sobre uma coisa: a vida não tinha caminhos claros nem algum momento mágico que lhe desse as respostas. Tudo o que eu sabia era que não queria trabalhar em finanças. Isso mataria a minha alma.

Eu andava rabiscando muito mais, logotipos divertidos e *slogans* para a loja da minha irmã. Mas os que estavam queimando na parte de trás do meu cérebro tinham aberto um buraco no meu coração. Foram feitos para ele.

Não, Kinsley. Ele é um mentiroso e um condenado da justiça.

Meu cérebro ainda não conseguia entender o que Becca compartilhou comigo; os pedaços partidos do meu coração e da minha confiança pareciam cacos de vidro no meu peito.

— Mãe? — A evidência arrasadora do que Becca confessou para mim naquele dia ficou na minha língua, as revelações batiam dolorosamente atrás das minhas costelas, precisando sair.

Ela voltou para a porta, olhando para mim com amor e ingenuidade.

— Nada. — Balancei a cabeça, forçando um sorriso no rosto. — Deixa pra lá. — Eu não podia fazer isso; eu simplesmente não podia.

Ela me soprou um beijo antes de sair do quarto.

Eu estava farta de homens mentirosos. E ia seguir em frente.

— Só você e eu, carinha. — Estendi a mão e esfreguei a cabeça de Bode. Amanhã nós estaríamos de volta à estrada, indo para San Francisco. Eu tinha contado tudo a Sadie, e ela me implorou para ir até lá. Estava apaixonada pela cidade e pensou que seria um ótimo lugar para eu começar de novo.

— *Você tem que vir. A cidade é incrível. E cheia de gatinhos.*

— *Tenho certeza de que Nathan adora isso.*

— *Estou em um relacionamento, não morta.* — *Ela riu.* — *Venha, Kins. Você pode ficar no nosso sofá por alguns dias. Sim, eu consegui encaixar um sofá aqui. Veja se você gosta. E tem uma tonelada de oportunidades em* marketing — *ela provocou.*

— *Sim, ok.* — *Balancei a cabeça.* — *Mas nada de sexo enquanto eu estiver aí. Já te ouvi o suficiente através da parede do nosso apartamento.*

— *Ei, Nathan sempre achou que você era* fofa. — *Ela tentou usar sua voz sexy.*

— *Para.* — *Eu ri, e me encolhi um pouco com o pensamento.* — *Nathan é como um irmão para mim.*

— *Sério, como você está?*

Minhas emoções voltaram como um tapa, e me afundaram na cama.

— *Ruim assim?*

Lágrimas queimaram meus olhos enquanto eu olhava para o teto.

— *Você contou para a sua mãe ou para a Kasey?*

— *Dizer à minha mãe que o cara que ela vê como um filho não apenas transou com a filha mais nova dela ainda sendo casado, mas que acabou de sair da prisão por desviar dinheiro do melhor amigo, e deu as costas para o pai, que agora está morto? Ele é um mentiroso e um vigarista.* — *Minha garganta se fechou; meu peito doeu.*

— *E a outra parte?* — *ela perguntou, baixinho.*

— *Você quer dizer o fato de que ele vai ser pai?* — *resmunguei, pois dizer em voz alta era o equivalente a eu ter levado uma serra elétrica para a minha alma. Uma lágrima escorreu pelo meu rosto, lembrando o ultrassom que Becca me mostrou. Cerca de seis a oito semanas.*

Foi por isso que ela o rastreou, para que pudesse dizer a ele que seria pai. Eles formariam uma família.

Se os recortes de jornal não eram suficientes para me dissuadir, Becca grávida do filho dele era.

— Não quero mais falar dele. O cara está com a Becca agora. Vai ter um bebê. Ele está no passado. Foi um erro.

— Ok, ok — Sadie respondeu, mudando o assunto e a atmosfera como um interruptor. — Vejo você em alguns dias, então?

— Sim, vou dirigir praticamente direto desta vez.

— Oba. Estou tão animada. Estou com tanta saudade de você. E daquele vira-lata. Porcaria, eu senti saudade dele também.

— Eu senti saudade de você também. E o Bode ficará muito feliz por estar com sua outra mamãe outra vez.

— Você não tem noção do quanto a nossa família combina com San Francisco. — Ela bufou.

O som de uma porta de carro batendo me arrancou dos meus pensamentos de volta para o presente. Fui até a janela e vi a Kasey sair de seu SUV. Minha mãe estava certa, eu precisava conversar com ela antes de ir embora. Eu odiava que estivéssemos brigando por algo que nenhuma de nós tinha.

— Coloque no seu antigo quarto. — Ouvi a voz da minha mãe no andar de baixo, e logo som de passos subindo os degraus de madeira e descendo o corredor.

A cabeça de Kasey virou quando ela passou pela minha porta, seus lábios se apertaram, e ela entrou no quarto ao lado.

— Kasey? — Eu a segui. O quarto dela ainda é um tributo à Kasey adolescente que adorava roxo, como se mamãe esperasse que todos nós voltássemos magicamente no tempo. Cheio de faixas e pompons de líderes de torcida, troféus e fitas de todos os esportes ou clubes dos quais ela fazia parte, e fotos dela e dos amigos cobriam todas as superfícies.

Ela largou a caixa cheia de coisas que a minha mãe pediu para ela levar lá para cima. Os quartos eram os mesmos, mas todos os nossos armários estavam agora abarrotados com a porcaria da mamãe.

— Ei. — Eu me arrastei toda desajeitada através da porta.

Ela continuou mexendo com a caixa como se eu não estivesse lá.

— Kasey, vamos lá. Pelo menos olhe para mim.

Ela inflou o nariz e sua cabeça estalou sobre o ombro.

— Prefiro não olhar para a pessoa que me apunhalou pelas costas, obrigada.

— Ah, puta que pariu, Kasey. — Pisei no quarto dela, brava. — Sinto muito por não ter sido sincera com você desde o momento em que as coisas mudaram entre mim e Smith, mas você não facilitou as coisas.

— E que tal: "Ei, Kasey, estou transando com o cara de quem você gosta?" — Ela se virou, a raiva açoitando seu tom. — Foi mal.

— Não jogue a culpa disso para mim. Eu assumo total responsabilidade por não te enfrentar e dizer imediatamente, mas ele não era seu. Você nem o conhecia… e, acredite em mim, eu também não. — Prossegui contando tudo a ela, e mantive o que Becca me disse para mim mesma. — Não é justo ficar tão brava comigo por causa disso. Me desculpe por ter te magoado. Mas você não pode me odiar, Kasey. Você e o Smith não estavam juntos. Nem remotamente.

Seus cílios bateram nas maçãs do rosto, os braços cruzaram.

— Não vou perder minha irmã por causa disso — eu disse baixinho.

— Dói.

— Eu sei. — Porra, eu sabia mesmo.

— Você me magoou, Kins. Você é minha irmã. A pessoa que deveria me proteger.

— E você a mim — rebati. — Não apenas quando funciona a seu favor.

Ela franziu a testa, mas não disse nada.

— Eu sempre tive esse estranho senso de dever, a necessidade de te fazer feliz. De te proteger.

— Você é a *minha* irmã mais nova.

Eu era, mas eu parecia ser a única que sempre cuidava dela.

Havia algumas verdades que nem eu podia dizer em voz alta. Kasey era mimada e paparicada demais para ver a dureza do mundo. Mesmo quando criança, eu me sentia mais velha que ela. Mantinha a bola dela intacta. Ela estava acostumada a conseguir o que queria, e com Smith foi a primeira vez que sua determinação falhou. Não conseguiu o que enfiou na cabeça, e ela não sabia como lidar com isso.

— Kas, você não o conhecia. Não mais. Acredite em mim, o cara que você imaginou era uma ilusão.

A dor voltou a atingir suas feições.

— Eu sei.

— Posso perguntar por quê? O que fez você se prender a ele depois de tanto tempo?

Com um suspiro alto, ela se sentou na cama, sem olhar para mim. Eu me aproximei, meus braços bateram nos dela. Levei um momento para perceber que minha irmã estava chorando. Ela logo limpou a evidência.

— Eu já deveria ter tomado um rumo. Tenho uma casa linda, uma carreira maravilhosa, amigos…

— Sim? Tudo parece ótimo.

— Mas sinto que estou vivendo uma mentira. Por fora, minha vida parece perfeita. Mas não há nada dentro. Ninguém esperando por mim. — Ela enxugou as bochechas novamente. — A maioria das minhas amigas é casada, tem filhos, ou *pelo menos* tem um namorado sério… e aqui estou eu, a rainha do baile, completa e totalmente sozinha.

— E o Peter?

— Eu menti. — Ela fungou e respondeu bem baixinho. — Ele terminou comigo para ficar com aquela mulher. Eu estava morta de vergonha, então disse a todos que fui eu quem o largou. Eu me sinto idiota, mas estava com medo de ficar sozinha.

— Kasey, está tudo bem ficar sozinha. A única pessoa te julgando é você.

— Por favor. — Ela revirou os olhos. — Todo mundo aqui está me julgando. Ouço comentários o tempo todo: "Por que você ainda está solteira, Kasey? Não acredito que ainda não conheceu ninguém. Você era tão popular, tantos garotos te amavam na escola, eu não consigo acreditar que você ainda está solteira." — Sua voz zombou dos comentários das pessoas. — E no casamento de Kyle, vendo ele e Amie tão felizes o tempo todo… eu me senti tão sozinha.

— Você não está.

Seus ombros encolheram.

— Eu não sou como você, Kins. Você é boa em ficar sozinha. Você gosta. Assim, eu nunca teria viajado pelo país sozinha. Nunca.

— Mas eu acabei não viajando.

— Mas ia, e você vai voltar sozinha. Não está nem temerosa. Você sempre foi assim. Tão forte e independente.

Mas eu ainda mantenho tudo guardado. Em uma caixa. Smith me empurrou, e não havia como negar que ele havia me mudado.

— O Smith era essa fantasia na minha cabeça que construí ao longo dos anos. O fato de eu nunca ter tido o cara me fez querê-lo mais... e quando o Kyle mencionou que ele viria ao casamento... eu só...

— Deu rédeas soltas à sua fantasia.

— Cara nenhum nunca me recusou. — Ela engoliu em seco. — Mesmo quando nós transamos no carro dele, eu sabia que no fundo ele não sentia nada por mim. Ele tentou me impedir, mas eu estava determinada, acreditando que poderia fazê-lo mudar de ideia. — Ela se curvou para frente e enxugou os olhos. — E acho que pensei a mesma coisa agora.

— Kasey, você é um partido e tanto. É linda, inteligente e a pessoa mais determinada que eu já conheci. Você vai conhecer o cara certo. Apenas respire, aproveite a vida agora e pare de se importar com o que as pessoas pensam ou dizem. Preocupe-se com o que você pensa. E você não precisa de um homem para te completar. É perfeita do jeito que é. E quando conhecer esse cara incrível, rico e bonito que te adora além da razão, vai amá-lo tanto quanto ele te ama.

— Ele pode ter um iate também?

— Ah. Claro.

— E uma casa na Costa Amalfitana? — ela jogou.

— Ok, isso é específico, mas com certeza. O ponto é que ele vai se adicionar a você, *não* te completar.

Ela soltou um suspiro, e sua cabeça caiu no meu ombro.

— Obrigada, Kins.

— Eu te amo, Kas. E sinto muito.

— Sinto muito também. — Ela olhou para mim. — Você nunca me contou o que aconteceu entre vocês dois.

— Está no passado. Estou focando o meu futuro.

Ela levantou a cabeça, assentindo.

Nós ficamos em silêncio por um momento, meus olhos percorreram o quarto dela, pousando em suas fotos do ensino médio, e a imagem dela e Smith no baile esfaqueou o meu coração.

— É estranho termos dormido com o mesmo homem? — Kasey olhou para a mesma foto.

Soltei um longo suspiro.

— Nós não dormimos.

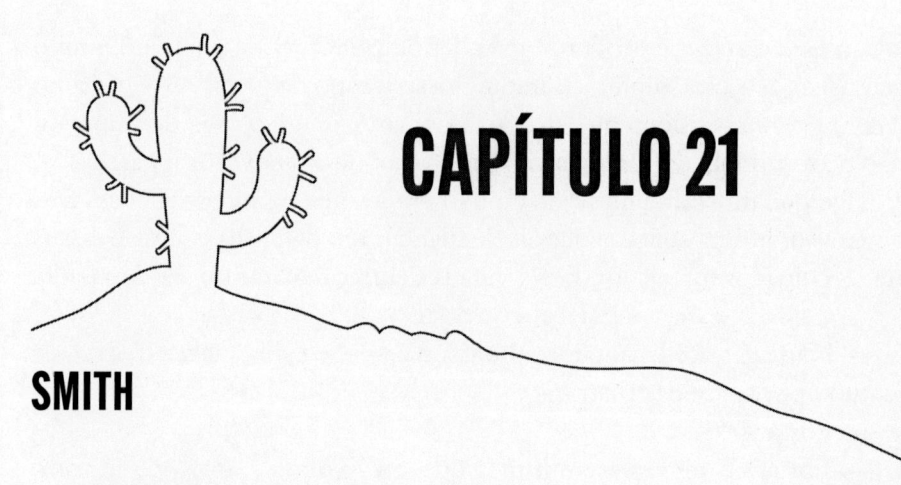

CAPÍTULO 21

SMITH

1 mês depois.

— Levanta. — As persianas do meu quarto foram abertas, fazendo a luz estilhaçar nos meus olhos. Gemendo, rolei para o lado e me aconcheguei ainda mais em meus travesseiros. — Sério, cara. Levanta, toma um banho… Você vai me ajudar com o quintal.

— Vai se ferrar — rosnei em meu travesseiro. — Como você entrou aqui? — Estreitei os olhos para meu vizinho, amigo e antigo companheiro de prisão, Chance Bateman. Ele ficava algumas celas abaixo da minha, mas acabamos nos tornando amigos, dando cobertura um ao outro lá. A pena dele foi mais curta. Eu tive que passar mais um ano naquele inferno antes de o meu advogado me tirar de lá.

— Vamos. — Ele bufou e me lançou uma olhada. — Você sabe que malhar e descascar batatas não eram as únicas coisas em que ficamos bons lá.

Verdade. Você pode adquirir muitas habilidades na cadeia, como abrir fechaduras, pequenos arrombamentos, jogos de azar e desvio de dinheiro. Apesar de que, de acordo com a minha ficha criminal, eu não precisava de ajuda no último.

— Vai embora. — Caí de cabeça no travesseiro e a cobri com o edredom, o ar-condicionado mantinha o quarto frio.

— Não. Você já passou tempo suficiente sendo eremita. Hora de levantar essa bunda. — Ele chutou minha cama. — Você tem sorte que sou eu. A Aubrey votou para enviarmos o Pixie.

Virei de costas e olhei para ele, o que o fez sorrir.

Eu era seguro o suficiente para reconhecer que Chance era um cara bonito. Quer dizer, o cara mal tinha uma carreira no futebol, mas ainda o usavam para cartazes e produtos anos depois por causa de seu rosto bonito e seu físico. Nós nos unimos durante nosso tempo na prisão. Assim como foi comigo, muitos homens e grupos queriam reivindicar seu domínio sobre o novo brinquedo. Colocar os "garotos bonitos" em seus lugares.

Tive que mostrar a eles que eu não era a vadia de ninguém. Passei as primeiras noites na solitária depois de mandar um daqueles líderes babacas para os cuidados intensivos. Era a vida lá dentro: devorar ou ser devorado.

— Cai fora, cara. — Esfreguei o rosto.

— Não até você levantar sua bunda daí. — Seu sotaque australiano se acentuou por causa da frustração.

— Por quê?

— Porque já tem quase um mês que você voltou e, ou você se comportou como um maldito cretino, ou como um recluso. — Ele bateu na minha perna. — Levante-se e venha para fora. Aquela pestinha mastigou a cerca de novo.

Um gemido e uma risada subiram pela minha garganta. Chance e Aubrey não tinham um animal de estimação normal tipo um cachorro, um gato ou um pássaro... Não, eles tinham um bode. Um que desmaiava.

Bode.

Uma dor aguda sacudiu meu peito. Engraçado, Chance tinha um bode de verdade, e eu não queria nada além de ver um cachorro chamado Bode. Orelhas caídas, pelagem branca e macia, olhos castanhos doces. Cacete, eu sentia falta da bola fofa.

— Uma cerveja te espera lá fora — ele gritou ao sair.

— Meio cedo, não é? — Não que isso fosse me impedir.

— São duas da tarde, idiota. — A porta do andar de baixo bateu.

Suspirando, olhei para meu telefone na mesa de cabeceira; 14:12 brilhou para mim. Sentando-me, eu o peguei e vi uma dúzia de chamadas perdidas do meu advogado, mas foram as últimas que fizeram meu sangue gelar.

— Porra — eu gemi, e passei os dedos pela cabeça.

Becca.

Ela ainda estava mandando mensagens e me ligando, se esquivando dos advogados.

A partir do momento que ela apareceu em Nova Orleans, ela mais uma vez virou minha vida de cabeça para baixo, arrancando de mim tudo de bom que eu tinha. Ela me prometeu que, se eu lhe desse uma semana para ver se ainda havia alguma coisa entre nós, ela assinaria os papéis.

Concordei, relutante.

Eu não poderia dizer que toda a semana até o casamento foi horrível, embora tenha sido na maior parte do tempo. Houve momentos fugazes em que me lembrei de por que me apaixonei por ela, mas depois me lembrei de que tudo tinha sido mentira. Sua traição estava além de qualquer coisa que pudéssemos consertar. Ela tentou tanto me fazer ir para a cama com ela, provavelmente pensando que isso reacenderia meus sentimentos, mas não importa o quanto ela tentasse me seduzir, me embebedar, o pensamento de estar com ela novamente me dava náuseas.

Meu pau parecia desejar apenas uma mulher. Uma que eu não conseguia tirar da cabeça. Kinsley era tudo em que eu pensava. Em Nova Orleans, eu liguei para ela sem parar, vasculhei a cidade quando a senhora do hotel me disse que ela fez o *check-out*, até corri para a casa da Angie.

Quando cheguei, Angie estava na varanda, de braços cruzados, a cabeça inclinada em atitude.

— *Você está muito atrasado.*

— *Quando ela esteve aqui?* — *Eu sabia que ela tinha que pegar Bode, e eu esperava chegar lá antes dela.*

— *De manhã.* — *O aborrecimento inundando o tom de Angie.*

— *Você sabe para onde ela foi?* — *Eu podia ouvir o desespero na minha voz.*

— *Não importa. Ela foi embora... porque você é um idiota.*

Minhas mãos foram para meus quadris, e eu abaixei a cabeça, como um cachorro malcriado.

— *Eu sei.*

— *Meu lindo menino, eu te avisei.* — *Angie balançou a cabeça e desceu os degraus.* — *Não é algo que eu normalmente diria sobre uma mulher quando se trata de você, mas aquela lá era especial. Você fodeu tudo.*

Eu exalei, minha cabeça balançou para cima e para baixo. E eu não sabia?

— *Ela me disse que você tem uma esposa.*

Eu suspirei com força, me sentindo exausto. Eu não tinha dormido nada, minhas emoções esticadas como um violino desafinado.

— Eu posso ver claramente agora; ela só vai te trazer mais miséria. Tome cuidado. Ela é sua fraqueza.

— Você poderia dizer isso sobre a Kinsley — murmurei.

— Não, essa garota é sua força; você precisa mudar sua visão do que são fraqueza e força.

Argh. Droga, Angie.

— Você sabe que eu odeio quando você está certa. — Passei a mão pelo cabelo, o calor do dia fazendo suar a minha testa.

Ela riu e deixou a irritação de lado.

— Amor, eu estou sempre certa.

Bufei, e me inclinei para um abraço.

— Obrigado, Angie. Foi bom de verdade ver você de novo.

— Vê se não some. — Ela afagou as minhas costas, me beijando levemente antes de dar um passo para trás.

— Eu não vou.

— Agora pare de desperdiçar seu tempo na minha porta e vá atrás dela. Conserte isso. — Ela me dispensou e voltou para sua casa cheia de cachorros, amor e calor.

A única maneira que eu sabia como consertar essa bagunça era me divorciando de Becca, mas ela estava fixada em eu dar uma chance para nós dois primeiro, exigindo que a levasse ao casamento também, para me fazer lembrar o que costumávamos ter.

Fez o contrário.

Eu fiquei longe do jantar de ensaio e do casamento em si, aparecendo na recepção com Becca para pelo menos estar lá pelo meu velho amigo. Becca se agarrou ao meu braço, brincando o tempo todo com o anel de diamante que ainda usava como uma bandeira vermelha para qualquer mulher que se aproximasse.

Mas tudo o que eu enxergava era a Kinsley.

Vê-la foi como ser atingido por um raio e um caminhão ao mesmo tempo. Se eu pensei que poderia me sentir diferente quando a visse, eu estava errado.

Eu queria tomá-la. Reivindicá-la contra a parede de novo. Mostrar ao idiota tocando nela que ela era minha. Mas tudo foi para o espaço. Ela não queria nada comigo, praticamente me expulsou do casamento, da família Maxwell e de sua vida.

Becca achou que isso deixaria o caminho livre para nós, mas quando a coloquei em um avião, dizendo que, se não assinasse os papéis, eu entraria em contato com meu advogado, ela surtou.

Com meu passado e ela me empurrando a cada passo, nossos advogados estavam tendo dificuldade em negociar. Eu não me importava se ela queria cada centavo meu. Eu só queria me livrar de tudo aquilo.

— Ei? Você vai vir? — Chance gritou pela minha casa.

— Sim, sim, sossega o facho — eu gritei lá para baixo, me levantei da cama e me arrastei para o chuveiro.

Uma vez lá fora, no calor quente do sul da Califórnia, com uma cerveja em uma das mãos e um martelo na outra, meu torso sem camisa sugando os raios de sol, me senti melhor.

— Então? — Chance arrancou a tira de madeira meio comida da base.

O bode — com tantos nomes, eu escolhi aquele de que me lembraria melhor —, o cabrito saltitava ao nosso redor, querendo ver o que estávamos fazendo.

— Você vai me contar?

— Contar o quê? — Puxei uma haste da cerca, o suor escorria pelas minhas costas. Droga, isso era bom. Estar aqui fora, construindo novamente.

— Companheiro, eu sei como é quando uma garota fica sob sua pele. Quando ela acaba com você. — Suas últimas palavras congelaram meu sangue no calor do verão. Ele saiu da minha frente enquanto eu posicionava a tábua da cerca no lugar. — Aubrey não queria nada comigo também quando eu voltei.

— Você desapareceu da vida dela por dois anos. — Chance achou que era melhor ir embora sem contar que ia para a prisão, achando que era melhor abrir mão dela. O tiro saiu totalmente pela culatra. Ele não conseguia esquecê-la, mas ela havia seguido em frente com outra pessoa. No final, deu tudo certo.

— Sim, mas eu não desisti. — Chance pegou sua cerveja de volta e tomou um gole. — Demorei muito para recuperar a confiança dela, mas eu consegui, e agora tenho a mulher dos meus sonhos.

— E um bode. — Eu sorri, debochado, afagando a cabeça do cabrito enquanto ele tentava comer o rótulo da minha cerveja.

— Você disse que o cachorro dela se chamava Bode, certo?

Tomei um gole e balancei a cabeça.

— Quais são as chances, camarada? — Ele deu de ombros. — Estou só dizendo que não acho que você deva desistir.

— Eu nem sei onde ela está. Ela bloqueou meu número e minhas redes sociais.

— Você conhece a família dela, certo?

— Sim, acredite em mim, a irmã dela também não quer me ver nem pintado de ouro. — Eu terminei minha cerveja. Eu não queria incomodar o Kyle agora, mas a Kay poderia falar comigo. Ela era minha única chance.

— Se já acabamos de trançar o cabelo um do outro, vamos terminar a cerca para que o cabrito aqui tenha madeira fresca para mordiscar — resmunguei.

Chance riu, sabendo que em breve nós provavelmente estaríamos consertando alguma outra coisa que o animal comeu.

Meu olhar vagou ao redor de seu quintal enquanto trabalhávamos, apreciando o que ele tinha feito.

— Já pensou em fazer paisagismo? — Eu bati um prego, o seguinte estava preso entre meus lábios.

— Como um trabalho?

Dei de ombros.

— Eu estive pensando em abrir minha própria empresa de construção. — O logotipo que Kinsley criou não saía da minha mente. Parecia que era para ser meu. Minha empresa. — Seria bom ter alguém em quem confio para chamar para fazer o paisagismo. Você faz um trabalho decente.

Chance olhou ao redor do seu quintal.

— Eu não sei. Nunca pensei nisso.

— Bem, apenas uma ideia para ter na cabeça, se você decidir que quer.

Ele assentiu e voltou ao projeto, trabalhando em silêncio por alguns momentos.

— Smith? — A voz de uma mulher veio por trás de mim, me prendendo.

Porra. Não. Curvando-me, meu olhar pousou na última pessoa que eu queria ver novamente.

Becca estava na entrada do quintal de Chance, muito provavelmente veio seguindo a minha voz. Usando um vestido caro e salto alto, ela parecia pálida e ansiosa.

— Que porra você está fazendo aqui? — cuspi, um rosnado saindo da minha boca.

— Eu preciso falar com você. Você não atendeu a nenhuma das minhas ligações e não respondeu as mensagens. — A ansiedade ressoou na voz dela. Havia uma selvageria em seus olhos enquanto ela cambaleava pelo cascalho e terra prendendo os seus saltos.

— Por uma razão — eu respondi, com a voz fria. — Fale com meu advogado, Becca. Não quero nada com você.

— Smith, por favor. — Desespero e medo enrolaram suas palavras. Becca nunca foi nada disso.

Dei uma olhada para Chance; ele abaixou a cabeça em compreensão. Joguei minhas ferramentas no chão, fui até Becca, peguei-a pelo braço e marchei para a frente da calçada.

— Fala — eu exigi.

— Eu não sou um cachorro — ela cuspiu de volta, mas lágrimas encheram seus olhos.

Não ia funcionar desta vez.

— Desembucha logo. Esta é a última vez que eu vou te ouvir. Estou de saco cheio da sua merda.

— Eu vim para conversar, para implorar a você, para lembrar que uma vez você me amou. Nós ainda poderíamos ter um futuro. Uma família unida.

— Do que diabos você está falando?

— Você não falou com seu advogado?

— Hoje não. Por quê?

Seus lábios vermelhos se apertaram.

— Me fala — eu rosnei, fazendo-a pular para trás. — Agora!

— Bryan... — ela sussurrou.

Pisquei, não esperando que o nome dele surgisse.

— O que tem o Bryan? — O nome dele despertou puro ódio pela pessoa que eu costumava pensar não apenas como um parceiro de negócios, mas como um irmão. Aquele que enganou e roubou minha vida enquanto escapava impune.

— Ele foi preso. — Ela engoliu em seco, o pânico encheu os seus olhos.

Eu zombei, um sorriso apareceu no meu rosto.

— Que bom.

— Não. — A mão dela tremeu em sua garganta. — Ele e eu... — Ela engoliu em seco.

Becca era uma atriz excepcional; ela tinha me enganado por anos, mas dessa vez parecia diferente.

— O quê?

Uma lágrima escorreu pelo seu rosto.

— Ele me coagiu a fazer aquilo de novo... Ele me enganou e me chantageou para fazer isso. Eu juro. Nós meio que nos tornamos parceiros...

Dei um passo para trás, meu peito subiu e senti o chão escorregar sob meus pés novamente.

— O que você quer dizer com *parceiros*?

— Nos negócios...

— E na cama? — Eu já sabia a resposta. Suspeitava naquela época, meu instinto me dizendo a verdade, enquanto meu coração tentava encontrar razões pelas quais eles estavam tanto juntos. Como quando entrei no escritório e Becca alegou que estava lá esperando por mim.

Eu fui tão idiota. Eles estavam fodendo um com o outro ao mesmo tempo em que fodiam com a minha vida, tirando tudo de mim.

— Às vezes, mas eu nunca o amei, não como amei você. — Ela tentou me tocar, mas eu me impulsionei para trás, minha mandíbula rangia em fúria. — Smith, por favor, você pode dizer que ele está mentindo, que eu não sabia de nada.

— Por que eu faria isso?

— Porque no fundo eu sei que você ainda me ama. Você ainda se importa. Não posso ir para a cadeia. Eu vou fazer qualquer coisa. Por favor, você é um bom homem. Alguém com quem quero passar a vida. Ter uma família. Nós podemos ter isso, você e eu.

— Você nunca quis ter filhos antes. — Algo lá no fundo coagulou no meu estômago. — Eu queria construir uma casa para nós e formar uma família lá dentro... e você disse que não. Você não queria filhos; disse que o trabalho era seu foco. Que adorava viver bem no meio da cena social.

— Eu quero isso com você agora. Por favor, me ajude. Nós podemos ter essa casa, uma família.

Meus dentes cerraram, minha intuição gritando em alarme. Ela tinha sido totalmente contra filhos ou até mesmo ter um animal de estimação. Ela gostava de coisas limpas e caras e de ser proeminente em seu círculo social de Hollywood, sem responsabilidades fora do trabalho, a próxima designer de interiores do momento. Isso não mudaria da noite para o dia.

Por alguma razão, meu olhar percorreu o corpo magro e ossudo. Becca dava duro para ser magra como uma modelo, mas hoje percebi que ela estava um pouco mais inchada.

— Eu não posso ir para a cadeia, Smith. — Ela rastreou meus olhos, a mão foi para a barriga, segurando-a com ternura.

Puta. Merda.

— Você está grávida. — A acusação disparou como uma bala. A

revelação me atingiu com tanta força que me fez tropeçar para trás. — É do Bryan, não é?

— Smith! Por favor! — Ela me agarrou, o desespero gritando em suas cordas vocais. — Eu quero que esse bebê seja nosso. Para formar uma família na casa que você construiu, e viver a vida que sei que nós dois queremos e merecemos.

Tirei a mão dela de cima de mim e um bufo rasgou do meu nariz, a raiva empilhou minhas costelas como blocos de construção.

— Deixe-me ver se eu entendi. Você, eu e Bryan abrimos um negócio e vocês dois fodem um com o outro pelas minhas costas enquanto estamos casados. Vocês planejam desviar e lavar dinheiro, alterando a contabilidade para que todas as evidências apontem para mim. Eu vou para a cadeia, só sendo solto por causa do meu advogado. Vocês dois começam a enganar o próximo otário, mas ah, não, ele não era tão crédulo quanto eu e pega o Bryan… e deixe-me adivinhar, o Bryan aponta seu nome como sendo cúmplice dele. Ao mesmo tempo, você destrói a minha vida novamente, arruinando a única coisa boa que já aconteceu na porra da minha vida. — Entrei em seu espaço, vibrando de raiva. — E além disso tudo, você engravida do cara que eu considerava meu melhor amigo, o mesmo cara que você ajudou a roubar dinheiro de mim? E agora você vem correndo para mim para te proteger? Fingindo que me ama, que foi tudo um erro e que podemos criar o bebê *dele* como nosso… vivendo felizes para sempre? Eu entendi tudo?

— Smith…

— Você é inacreditável PRA CARALHO! — rugi, meus braços se agitando no ar.

— Smith, por favor. Eu faço qualquer coisa.

— Você sabia que isso ia acontecer, não é? Sabia que o Bryan tinha sido pego, e é por isso que estava tão decidida a me reconquistar. Você queria me sugar de volta para que eu te salvasse. Protegesse você de suas próprias decisões e erros. Bem, você colhe o que planta, Becca. — Minha ira ardeu por dentro, me fazendo me mover em passos bruscos.

— POR FAVOR! — Os joelhos dela fraquejaram; suas súplicas eram tão frenéticas que a enrolaram. — Vou dizer a Kinsley que tudo o que eu disse a ela no banheiro não era verdade, mas…

— O que você quer dizer com *tudo o que você disse a ela no banheiro?* — Meu peito arfava com uma raiva estrondosa, um fio fino de sanidade me impedia de destruir o mundo todo. Precisaria de muito pouco para me levar além do limite.

— Eu-eu... — Lágrimas escorriam pelo seu rosto.

— O. Que. Você. Disse. Para. Ela? — Meu tom era baixo e aterrorizante, e ela se afastou aos tropeços, recuando com medo. — Becca... — Seu nome saiu como um aviso.

— Eu disse a ela que foi você quem desviou dinheiro da empresa, que você parou de mandar dinheiro para o seu pai, e que foi por isso que ele morreu e... e... — Ela soluçou. Eu pairava sobre ela, meu corpo pulsava com ira e violência. — Que... que o bebê era seu.

Como se um punho tivesse socado meu estômago, eu cambaleei para trás, a descrença me dominou, meu cérebro tentava entender o que ela tinha acabado de dizer.

— Como isso é possível? Eu não tinha te visto desde logo depois que eu saí, e foi com os nossos advogados...

— Eu posso ter sugerido que nós nos encontramos para uma bebida, que a nossa conexão ainda era intensa demais para lutar contra a atração.

Eu a tinha visto por dez minutos antes de sair e não voltei a vê-la desde a noite em que ela apareceu em Nova Orleans. Balancei a cabeça em total descrença. Kinsley acreditaria nela com tanta facilidade? Sem sequer perguntar se era verdade?

— Como Kinsley pôde acreditar nisso?

— Eu mostrei a ela artigos de jornal de quando você foi preso e depois sentenciado. E a ultrassonografia do bebê.

Meu olhar voltou para Becca. A raiva borbulhou das profundezas da minha alma, lembrando coisas que Kinsley tinha dito depois que voltou com Becca, quando disse para eu cuidar da minha família. Perdi a mulher que eu amava por causa das manipulações da minha ex.

— Você, sua vadia mentirosa e enganadora — eu fumegava, andando para ela, cada osso e músculo tremendo de raiva.

— Eu fiz isso porque te amo. Eu vi como você olhava para ela... Eu queria que ela fosse embora. Que não houvesse nada entre nós.

— É por isso que você tentou dormir comigo em todas as oportunidades que teve? Para dizer que o bebê era meu. Me prender na culpa e na obrigação de ficar com você? Mentir por você? Você pensou que o tolo crédulo que se apaixonou por você uma vez te protegeria de novo?

— Eu amo você de verdade, Smith. Isso nunca foi uma mentira.

Por favor. — Ela soluçou, seu corpo se curvou em angústia. — Eu quero que este bebê seja seu.

Eu a odiava pra caralho. Queria que ela se fodesse, mas não seria eu quem a entregaria.

— Você está por conta própria, Becca. Dê o fora da porra da minha vista e nunca, e eu quero dizer, *nunca*, entre em contato comigo novamente.

— Smith. — Ela se agarrou a mim, e eu a empurrei para longe. — Não faça isso.

— Você tem a porra da audácia? — Eu fervia, minha raiva se acumulava em mim como tijolos. Estava prestes a explodir.

— E-eu te amo — ela choramingou.

Bem nesse momento, um barulho alto perfurou o ar, sirenes soando a apenas alguns quarteirões de distância.

— Ah, olhe só; eles realmente vêm mais rápido quando se é um ex-presidiário. — A voz de Chance me fez me virar. Ele se inclinou na cerca, um sorriso malicioso no rosto enquanto girava seu celular na palma da mão.

Pisquei para meu amigo, seu olhar encontrou o meu. *Eu te dou cobertura, camarada. Sempre.*

Ele sabia que eu nunca ligaria, então ligou. O amigo mais verdadeiro que eu já tive foi o que conheci na prisão.

— O quê? — Becca gritou, sua cabeça virou rápido, e depois de volta para mim, seus olhos cheios de dor e terror. — Você não fez isso!

— Eu não sou o mentiroso, querida — Chance respondeu, arrogante e cheio do encanto que só ele tinha. — É você.

— Não! — O pânico a fez girar como se ela fosse correr, mas em saltos de quinze centímetros, um vestido curto e justo, e sem nenhum lugar para ir, ela gaguejou ao redor, pranteando como uma alma penada.

Luzes e sirenes viraram a esquina, parando bruscamente, encurralando o carro dela.

— Um aviso. — Chance se moveu, ficando ao meu lado, sua atenção em Becca. — A coceira que você sente quando tenta dormir *são* percevejos e ácaros. Encontre a garota maior e mais forte para ser a cadela dela. Não coma a torta de cogumelos, te dá uma diarreia de uma semana e nunca pegue o sabonete se ele cair.

— Rebecca Blackburn. Você está presa. — Quatro policiais saíram de seus carros, cercando a mulher que soluçava, tratando-a com muito mais gentileza do que quando foi comigo. Quando eu fui preso, meu rosto foi jogado no chão enquanto meu amigo apontava o dedo para mim, parecendo presunçoso quando eles me colocaram na parte de trás e me levaram para a cadeia. Todos os dois interpretaram as vítimas no tribunal, mostrando que era eu quem manipulava a contabilidade, não eles.

Eles provavelmente ainda estariam me enganando se Bryan não tivesse ficado tão ganancioso. Certa noite, ao ir para a minha caminhonete depois de trabalhar na obra o dia todo, fui atacado por uma gangue, os caras cuspiam que eu devia dinheiro a eles e que da próxima vez eu seria morto. Em vez de ir ao hospital, fui ao escritório e descobri que minhas contas e livros contábeis haviam sido adulterados. Eles mostravam reuniões que nossa empresa nunca teve, negócios com os quais nós nunca interagimos, contas que eu não conhecia e dinheiro embaralhado que eu não sabia da existência. Liguei para Bryan para ele me encontrar no escritório. Eu estava planejando confrontá-lo. Mas ele deve ter sabido que o esquema tinha acabado e chamou a polícia logo antes de chegar ao escritório.

— Smith. — Ela soltou meu nome em um apelo gutural enquanto eles liam seus direitos, levando-a para a parte de trás do carro. — Não faça isso — gritou, e eles a algemaram, seus olhos pretos com rímel.

Por mais que ela tivesse feito tudo aquilo comigo, eu podia sentir minhas cordas ainda sendo puxadas.

— Não. — Chance balançou a cabeça. — Agora é com ela. Você não chamou a polícia; eu chamei. Não há necessidade de sentir qualquer culpa.

Olhei para ele.

— Eu ouvi a coisa toda. — Ele virou o celular novamente. — E posso ter gravado também.

— Porra, cara. — Eu senti uma mistura enorme de emoções e contradições. Mas a única coisa que eu sabia era: Chance era alguém em quem eu confiava minha vida. Meu irmão. E no meu mundo, isso era tudo. — Obrigado.

— Sempre, companheiro. Sei que você teria feito o mesmo por mim. Os vínculos que você cria lá são para a vida toda.

Balancei a cabeça em concordância, observando o carro da polícia se afastando, levando minha esposa para a cadeia.

As horas de ser questionado e o interrogatório na delegacia ainda estavam à minha frente, datas de julgamento e acusação, mas um estranho alívio relaxou meus ombros, minhas entranhas sentindo que a escuridão estava deixando minha vida aos poucos, finalmente.

Que havia esperança e luz no fim do túnel.

E essa luz era Kinsley Maxwell.

CAPÍTULO 22

KINSLEY

5 meses depois.

— Acho que está na hora de ir. — Eu me recostei na cadeira do café, olhando para a manhã fresca de fim de outono que deixava a cidade pitoresca enevoada com os últimos resquícios de laranja, amarelo e vermelho, o chão coberto com a morte das cores. Dezembro chegou com tudo. As pessoas se agitavam perto da janela, correndo para pegar o ônibus ou tentando obter sua dose de cafeína antes do trabalho. O charmoso café ficava logo abaixo do loft de Sadie e Nathan em um bairro bonitinho na divisa de Mission e Castro.

Eu passava tanto tempo nesse café que algumas pessoas pensavam que eu trabalhava aqui.

— O quê? — Sadie balbuciou, tendo café em seus lábios, com os olhos arregalados. — Não.

— Sade. — Eu inclinei a cabeça. — Eu já abusei demais da sua hospitalidade. Seu apartamento todo poderia caber na sala de estar que nós tínhamos em San Diego. Por mais que o Nathan tenha sido fofo quanto a mim e Bode ficarmos no seu sofá por tanto tempo, acho que ele gostaria muito de recuperar o móvel. Ter tempo com sua namorada. Sozinhos.

Durante os últimos cinco meses, eu me apaixonei por San Francisco, embora as pessoas fossem aficionadas por tecnologia e poucas fossem acolhedoras, na minha opinião, mas eu adorava a cidade em si. Era difícil não gostar, mas eu não podia me dar ao luxo de ficar. Aceitei empregos temporários para ajudar a pagar minha parte na casa de Sadie e a comida do Bode, enquanto fazia algumas aulas on-line de marketing na faculdade, mas nesta cidade, eu estava abaixo do nível da pobreza.

— Quem se importa? Eu quero você aqui.

Soltei uma risada.

— Esse é o problema; acho que ele está começando a se sentir a vela do trio.

— Você mal fica lá. Some todo fim de semana para que Nathan e eu possamos passar muito tempo juntos. — Sadie balançou a mão.

Para diminuir os efeitos de ficar tempo demais, Bode e eu saíamos na van todos os fins de semana, indo visitar lugares como Monterey, Mendocino e Big Sur.

— Está na hora de eu dar um jeito na vida e de sair de baixo da sua asa. — Em outras palavras, meu período de depressão chegou ao fim, estava na hora de agir como adulta e começar a encontrar meu caminho. Eu disse aos meus pais que não queria trabalhar com finanças e que estava adorando as aulas on-line de Marketing e Relações Públicas. Para o meu último projeto, fiz um plano completo de marketing para uma construtora "imaginária". Eu tirei nota máxima, meu instrutor delirou com o trabalho que fiz.

— Para onde você vai? Pensei que você adorasse a cidade. — Ela colocou a xícara na mesa.

— Eu estava pensando em Seattle. Tenho uma entrevista marcada por telefone com uma empresa de lá. Começa depois do ano-novo. — Dei de ombros. Eu também fiz uma em Los Angeles, mas de jeito nenhum eu iria para lá.

— Encontre um lugar por aqui. Talvez Oakland? — ela disse. — Você não pode ir embora. Aquele cara, Ben, no meu trabalho quer que eu arme um encontro para vocês dois.

Aff.

— Não. — Minha reação foi instantânea.

— Por que não? Ele é bonitinho, fofo e adora todas as coisas nerds de que você gosta.

Soltei um suspiro e olhei pela janela. Esse era o problema. Ele era fofo e legal… e não me atraía em nada.

Droga, Smith. Ele me arruinou, me mostrou as estrelas e depois arrancou tudo, me deixando vazia e flutuando em algum buraco negro.

Saí com dois caras de um aplicativo de namoro. Com o primeiro, fiquei tão entediada que quis chorar; com o segundo, eu me senti tão desanimada com o comportamento dele que fiquei animada quando ele se levantou e saiu no meio do encontro depois que eu disse que não faria sexo com ele.

Bode era de longe um companheiro melhor.

— Kins. — O tom de Sadie estava cheio de simpatia e um pouco de irritação. — Você não pode comparar todos os caras com ele. Não é justo. Já faz o quê? Seis meses desde que o viu? Está na hora...

Eu sabia. Mas simplesmente não parecia mudar como me sentia.

— Não importa o quanto o sexo foi bom, ele é um criminoso e um vigarista. E pai.

Eu me encolhi, a descrição não se encaixava no homem na minha cabeça, o garoto que conheci anos atrás. Essa história toda me passava uma ideia errada, especialmente o último ponto. Não que eu não pudesse ver Smith como pai... só não com Becca.

— Eu nunca o confrontei. Quero dizer, eu apenas acreditei no que a Becca disse... e ela diria qualquer coisa para me tirar de cena.

— Ela te mostrou a prova. Não faça isso consigo mesma. — Sadie olhou para o relógio. — Ah, merda, eu tenho que ir. — Ela juntou as coisas e se levantou. — Você ainda vai estar aqui hoje à noite, pelo menos, certo?

— Vou. — Balancei a cabeça.

— Nós vamos sair para beber. Eu sou uma boa parceira para te arrumar encontros. Talvez encontre um gatinho para ficar por cima de você e que pelo menos enfraqueça as lembranças dele um pouquinho.

Suspirei, a ideia pareceu tão agradável como me deitar em pregos, mas assenti.

— Tudo bem.

— Ok. Vejo você mais tarde. — Ela acenou, saiu do café e correu pela rua até o ponto de ônibus.

Levei alguns minutos para me levantar, estava com pouca energia hoje. Eu me sentia feliz, exceto por esse sentimento constante de ansiedade e agitação. Sentia uma necessidade de me mexer ou fazer alguma coisa, mas não conseguia descobrir o quê. Parecia um incômodo, o que me fazia sentir como se eu não estivesse em casa. Por mais que eu adorasse esse lugar, não era meu local de pouso... se é que eu tinha um. Viver a vida de van me transformou meio que em uma nômade.

Voltando para o apartamento, levei Bode para dar uma caminhada. Ele ficou ansioso e agitado para sair pela porta. Normalmente ele ficava animado para o passeio, mas dessa vez foi diferente.

— O que foi, carinha? — Eu o examinei enquanto íamos lá para fora e ele puxou a coleira, soltando um gemido estranho. Ele era tão tranquilo, então quando ficava esquisito ou agitado, algo se contorcia no meu peito, preocupada que ele não estivesse feliz e saudável.

Ele finalmente sossegou um pouco perto do Nathan, já que estávamos tão próximos, mas ainda tendia a se encolher quando ele tentava acariciá-lo.

— Baby... — Estendi a mão para acariciá-lo, mas sua atenção estava travada mais à frente. Ele soltou um longo gemido, se arrancando do meu alcance, os pés lutando para se afastarem de mim. Ele nunca fugiu de mim. Nunca. Ele nunca gostou de sair do meu lado.

— Bode! — gritei, e corri atrás dele antes de parar bruscamente. — Puta merda. — As palavras escaparam da minha boca quando um tsunami me atingiu, roubando todo o ar dos meus pulmões. Meus músculos se retesaram quando o impacto me atingiu.

Bode soltou um ganido alto e feliz e pulou no homem que estava parado a um metro de mim, inclusive balançando o rabinho.

Isso não podia estar acontecendo. Ele não estava lá.

Eu pisquei de novo, mas Smith Blackburn ainda consumia a calçada com sua gostosura.

— Ei, bola de pelo. — Ele se abaixou e pegou Bode no colo. O cãozinho ganiu de alegria, lambeu o rosto de Smith, contorcendo-se em seu aperto, tentando se aproximar mais dele. — Eu senti sua falta também. Mais do que você imagina. — O sorriso de Smith estava enorme quando Bode o lambeu e o acariciou. Seus olhos azuis elétricos encontraram os meus.

Eu não conseguia me mover nem respirar, meu cérebro não conseguia digerir que o homem que tinha sido um elemento constante na minha mente e nos meus sonhos estava parado na minha frente. Aqui. Agora. Em San Francisco.

— Ei. — Ele beijou a cabeça de Bode e o colocou no chão, seu olhar não deixou o meu. — É bom te ver. Você está surpr...

— O que você está fazendo aqui? — Minha voz estava baixa; meus pulmões bombeavam, tentando se encher de oxigênio.

— Vim para ver você — ele retumbou.

Olhei para ele.

— Sua mãe. Ela me disse onde te encontrar.

Traidora.

Smith deu alguns passos mais perto, sua proximidade me forçou a respirar fundo, meus ombros subiram. O sorriso sumiu de seu rosto, seus olhos procuraram os meus.

— Como você está?

Três palavras, e parecia que ele puxou o pino de uma granada.

Boom.

— Como eu estou? — Eu respirei pelo nariz. — Como. Eu. Estou? — A fúria detonou e me jogou para frente, minhas palmas bateram em seu peito. — Vai se foder. Você não tem o direito de me perguntar isso. — Eu o empurrei novamente, as paredes que eu tinha construído ao redor do meu coração partido se dobrando como cartas, queimando um anel de raiva ao redor dele.

— Kins. — Sua voz profunda varreu minha carne sensível, fazendo um gritinho escapar dos meus lábios.

— Não. — Balancei a cabeça. — Sinto muito que você tenha perdido seu tempo vindo aqui. Volte para a sua família. Me deixe em paz. — Eu me virei, batendo na minha perna para Bode me seguir de volta para casa, mas ele não saiu do lado de Smith. — Bode! Venha!

— Kinsley, me escuta. — Ele agarrou meu braço. — Por favor.

— Não! — gritei, me sacudindo para ficar livre. — Por que você não me deixa em paz? Eu estava superando você, seguindo em frente. — *Mentira.* — O que você quer de mim? Você gosta disso? De me torcer toda por dentro?

— Eu gostei de te torcer toda pelo lado de fora.

Meus dentes rangeram.

— Sim, muito cedo. — Ele passou a mão pelo cabelo. Droga, ele estava uma delícia. Minha fantasia não lhe fazia justiça. Parecia ainda mais musculoso sob suas roupas agora. Robusto e sexy, com suas botas de trabalho gastas, camiseta e camisa de flanela por baixo da jaqueta verde estilo militar. O cabelo estava um pouco mais comprido, a barba por fazer quase cheia.

Mordi o lábio, minhas pálpebras reprimiram a emoção.

— Adeus, Smith. — Eu me dirigi para a porta.

— Para! — gritou, meus dedos tateavam para encontrar as chaves que abririam a portaria do prédio. — Kinsley. — Ele agarrou meu cotovelo, me virando.

— Me solta. — Eu rosnei, me desvencilhando de seu aperto. — Você aparece do nada depois de quase seis meses? Vai se foder, Smith!

— Cinco minutos — ele implorou.

— Não. — Eu peguei a chave. — Bode, vamos.

— Droga. — Ele agarrou meus ombros e me virou. Minha coluna bateu na parede, minha respiração engatou. Meu corpo traidor reagiu à sensação dele no mesmo instante, ao calor, às suas coxas pressionando as minhas. — A Becca está na cadeia.

— O quê?

— Eu precisava limpar um monte de merda antes de vir atrás de você — ele rosnou, pressionando com mais firmeza, os meses de ser privada dele fizeram meu corpo reagir sem que eu nem percebesse, meus mamilos endurecerem ao roçarem seu peito. — Estou pedindo a porra de cinco minutos. — Seus olhos arderam nos meus. — Me dê isso, e então eu me afasto de você para sempre.

Uma pontada de terror beliscou minhas costelas, uma resposta de pânico pela possibilidade de nunca mais vê-lo.

— Eu sei que não devo merecer um segundo do seu tempo, mas estou te pedindo para ouvir. — Sua declaração foi bastante agradável, mas seu corpo e tom estavam duros. Exigentes. Disparando desejo através dos meus nervos.

— Quando você já pediu antes? — Minha voz saiu rouca.

— Esta pode ser a primeira vez. — Um sorriso debochado e sexy iluminou seu rosto, derretendo minhas entranhas.

Levei alguns momentos, um debate se passando em minha cabeça, que, ávida, absorvia a sensação de seu peso, seu corpo tocando o meu novamente. Ele era como um vício que eu tentava largar, mas a tentação de prová-lo de novo me atraía de volta e era forte demais para resistir.

— Você tem até chegarmos ao parque — eu disse, inexpressiva, nossas bocas a apenas alguns centímetros de distância.

Outra pausa e ele deu um passo para trás, o ar frio atacou os lugares vazios que ele esteve, me fazendo estremecer.

Ele pegou a coleira de Bode com um aceno de cabeça, deixando-me mostrar o caminho. Nós caminhamos em silêncio até que ele começou a falar.

— Você não facilitou para que eu te encontrasse.

— Eu não queria que você me encontrasse, mas parece que você tem um aliado na minha família.

— Precisei ser mais convincente do que você imagina. Acho que a prisão foi menos assustadora do que as ameaças da sua mãe.

Eu me encolhi, colocando o cabelo atrás da orelha.

— Você disse que a Becca está na cadeia? — Olhei para ele.

— Ela foi condenada algumas semanas atrás. Sentença muito mínima. Estou pensando que foi por causa do bebê. — A lâmina torceu no meu peito e olhei para longe. — Ela deve será libertada bem antes do que deveria. O Bryan recebeu muito mais tempo.

Fiquei em silêncio, encarando a calçada.

— Merda, por onde eu começo? — ele murmurou, parando para deixar Bode cheirar um arbusto e fazer xixi, o olhar de Smith se moveu sobre mim. — Eu sei o que a Becca te disse no casamento... a única parte verdadeira foi, sim, eu fui preso, mas foi armado para mim. Mal sabia eu que meu velho amigo Bryan era um vigarista. Ele desviou dinheiro de outras empresas antes, mas era pouco, não o suficiente para ser pego. Quando abrimos a nossa e ele e Becca começaram um caso, os dois bolaram um plano para usar o negócio como fachada para lavar dinheiro. Claro, ele não planejava ser pego, mas a ganância começou a dominá-lo. Ele era inteligente, porém, e se certificou de que todas as evidências apontassem para mim. Os dois testemunharam contra mim no tribunal, agindo como se eu os tivesse traído.

— O quê? — eu soltei. — Ela acusou você, e você ainda a deixou voltar para a sua vida? — Dormiu com ela? Engravidou a mulher?

— Ela desempenhou bem o seu papel. Interpretou a esposa inconsciente e transtornada que ficou chocada e triste por seu marido cometer um crime desses. Mas eu ainda não confiava nela e me sentia traído por ela ter se voltado contra mim com tanta facilidade, mas, naquela época, não tinha certeza do papel dela nessa história toda. — Ele lambeu os lábios. Nós caminhamos pela rua, o cheira-cheira de Bode nos mantendo em um ritmo lento. — Foi só quando Becca veio correndo para mim, que tudo foi revelado. Bryan tinha sido preso, pego tentando roubar dinheiro de outro cara. Foi quando eu descobri que eles eram parceiros na cama e fora dela. Ele disse à polícia que ela era sua cúmplice.

Meu queixo caiu, minha mão cobriu a boca.

— Uau.

— Eles tinham uma relação deturpada. Ainda não tenho certeza de quem está dizendo a verdade. Segundo ele, era ela quem liderava os golpes. De acordo com ela, ela foi chantageada e manipulada por ele.

— No que você acredita?

— Em nenhum deles. Em ambos. — Deu de ombros. — Não importa mais para mim. Eles foram pegos, e eu finalmente posso seguir em frente.

Balancei a cabeça, incapaz de computar por completo aquela história trágica. Seu melhor amigo e a esposa que ele amava mais do que tudo o traindo dessa forma.

— Por que você não me contou?

— Não é algo que eu queria que alguém soubesse. Passei três anos na cadeia para aceitar essa história toda. Eu só queria seguir em frente.

— Eu sei, mas eu ainda... — O que eu sentia? Que ele era obrigado a me contar? Que eu era diferente e ele deveria ter confessado o segredo?

— Eu não sou o tipo de cara que compartilha as coisas, só desabafo com poucas pessoas. — Ele sempre foi assim, mesmo quando adolescente. Aceitava as agressões do pai em silêncio, agindo como se estivesse bem. — E você e eu? Bem, eu não queria mesmo que você soubesse, nem antes, que eu estive preso.

— Por quê?

— No começo porque você era a irmã mais nova de Kyle, e pensei que depois da viagem eu nunca mais te veria. Você era apenas uma garota que me irritava quando éramos mais novos. Mas quando eu te vi e começamos a passar tempo juntos, era mais porque você já tinha uma opinião tão ruim a meu respeito. Me odiava, se bem me lembro. — Ele olhou para mim. — Acho que senti que isso só confirmaria o que você já pensava de mim. Não que eu possa ficar muito pior agora.

— Você está certo; não pode. — Deixei um sorriso curvar minha boca, nossos olhos se prenderam.

Ele sorriu e abaixou a cabeça. Atravessamos a rua até o parque, assistindo Bode correr por aí.

— Eu pensei em você o tempo todo — ele disse, com a voz rouca, observando Bode perseguir um esquilo. — Um amigo meu estava prestes a me trazer aqui ele mesmo para que eu parasse de ser um cretino.

Meu peito se encheu de emoção, fui incapaz de responder.

— Kinsley. — Ele me tocou.

— Não. — Minha garganta e meus olhos ardiam. — Eu não posso fazer isso. — Recuei. — Eu não posso fazer isso com você... nada mudou.

— O quê? Por quê?

— Porque sim. — Eu mordisquei o lábio. — Você ainda vai ter um bebê com ela.

— Kins...

— Eu pensei que poderia lidar com isso...

— Kins...

— O bebê deve ser a sua prioridade.

— Kinsley! — Ele tapou a minha boca, com um sorriso desnorteado em seu rosto. — Porra. Só me deixe falar, ok? — Ele esperou até que eu assenti com a cabeça, em seguida, deixou cair a mão. — Eu pensei que você tivesse entendido... Acho que não deixei claro. Eu não sou o pai... O *Bryan* é.

— Mas...

— Ela só queria que você pensasse que era eu. Nós não nos envolvemos há mais de três anos.

— Ela disse...

— E você acreditou — ele respondeu.

Eu acreditei. Pegando o pedacinho que ela me mostrou, preenchi o resto. Estava tão acostumada a ser magoada, que aceitei o pior no mesmo instante, transformei Smith em outro babaca, quando não deveria ter considerado a declaração de Becca como sendo toda a verdade.

— Eu não quero pensar, nem falar de arrependimentos, nem do passado. Não foi por isso que eu vim aqui. — Ele engoliu em seco e olhou para as botas. — Eu vim aqui porque quando meu advogado me ligou ontem tarde da noite com algumas notícias, eu me encontrei no carro vindo em sua direção, esperando que não fosse tarde demais.

Minhas pálpebras tremeram, minha cabeça virou para o lado.

— Kinsley?

— Qual foi a notícia? — Eu ainda não conseguia olhar para ele, tentando manter minha voz firme. Olhei para as famosas *Painted Ladies*, a fileira de casas que sempre apareciam na TV e no cinema.

— Meu divórcio é oficial. — Ele clareou a garganta. — Ele correu mais rápido do que o normal por ela ter sido sentenciada.

Minhas pálpebras se fecharam com força, meu coração palpitou e doeu ao mesmo tempo.

— Kins... — Ele se virou para mim. — Você foi a última coisa que eu pensei que aconteceria ou que eu ia querer naquele momento. Além da minha vida ser uma bagunça do cacete, e não estar querendo me relacionar com ninguém depois do que a Becca me fez passar, você era a Baby K... a irmã do Kyle — ele resmungou baixinho. — Mas, porra, desde o momento em que te vi, eu soube que estava em apuros. Tudo em você mexeu comigo e me consumiu. Me deixou maluco pra caralho. Eu passei tantas noites nesses últimos meses pensando em você ou imaginando se minha moto não tivesse quebrado ou se eu não tivesse concordado com a ideia boba de Kyle de atravessar o país com você. O pensamento de que eu nunca teria te conhecido, seu sorriso, sua risada... o seu gosto, o jeito que você grita meu nome ou a sensação de quando estou dentro de você. — Seus dedos agarraram meus quadris, me girando para ele.

Inalei bruscamente pelo nariz, o calor queimando pelo meu torso até o meu sexo.

— Eu fiquei louco. — Seu aperto se intensificou. — Aquela viagem foi o melhor momento que já vivi. Eu tinha acabado de sair do pior e mais sombrio lugar em que já estive, estava amargo, com raiva. Mas estar com você fez tudo desaparecer. Eu ri e sorri, não estava mais com ódio, e sim com esperança...

— Você acabou de se divorciar, mal superou a Becca.

— Você não entende. A Becca nunca chegou perto de me fazer sentir o que você faz. De uma forma estranha, sinto que toda essa merda estava me levando até você. Merecendo ou não, eu não me importo. Quero você, Kinsley. O pensamento de te perder me fez perceber uma coisa.

— O quê?

Seus olhos ardiam de fome quando ele me empurrou para a árvore, prendendo-me lá com o corpo; a sensação de sua ereção cutucando a minha perna me fez suspirar.

— Não foi apenas a ideia de querer estar dentro de você de novo. — Ele respirou em meu ouvido, descendo pelo meu pescoço até meus seios, inundando meu sistema com desejo e necessidade. — Foi saber que eu nunca quis ir embora. — Sua boca roçou meu pescoço. — Eu sempre quero estar dentro de você... ao seu redor. Perto de você.

Ele inclinou a cabeça para trás.

— Onde quer que você esteja, eu quero estar.

— Shhh.

Ele piscou para mim e franziu a testa.

Um sorriso perverso curvou minha boca.

— Conversa demais.

Uma vibração veio de seu peito quando sua boca caiu sobre a minha, reivindicando e exigindo.

Eu não tinha ideia de para onde a vida nos levaria nem do que havia pela frente. Tudo o que eu sabia era que queria estar com esse Cretino Presunçoso.

E um cachorro chamado Bode.

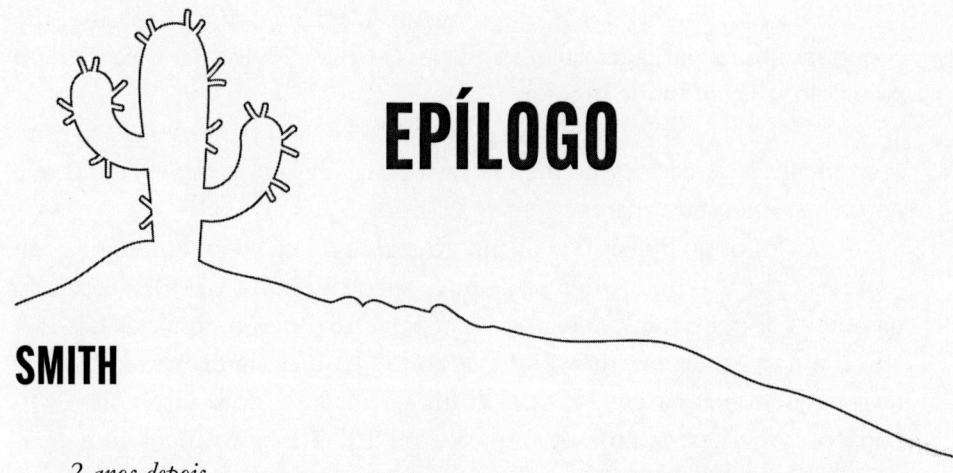

EPÍLOGO

SMITH

2 anos depois.

— Ei. — Sua voz flutuou pelo ar, me fazendo olhar para cima, para a mulher na porta, que tinha um sorriso no rosto e um olhar que geralmente me levava a limpar minha mesa com seu corpo enquanto eu o deitava nu sobre ela.

— Ei. — Um sorriso com que eu nunca conseguia lutar quando ela estava perto curvou minha boca.

— O que você está fazendo? — Ela se inclinou no batente da porta do meu escritório em casa. Na maioria dos dias, meu escritório era em um canteiro de obras.

— Só repassando esses contratos antes de irmos embora. — Eu me endireitei na cadeira e estiquei as costas. Ficar sentado atrás de uma mesa era a parte menos favorita do meu trabalho, mas quando você era dono da própria empresa, era simplesmente parte do negócio.

Com apenas um ano e meio, minha construtora tinha decolado. Estava crescendo tão rápido que eu sabia que teria que contratar mais funcionários e possivelmente um administrador. Eu gostava de estar do lado de fora e construir mais do que de estar atrás da mesa, mas meu passado me deixou muito hesitante em deixar qualquer outra pessoa se envolver nessas coisas.

— Sabe, eu ainda não recebi o pagamento este mês pelos meus serviços de *freelancer*. — Ela entrou na sala, com um sorriso doce como mel no rosto. — O plano de negócios, o serviço de relações públicas, o logotipo. — Ela arqueou uma sobrancelha, rondando minha mesa usando um short minúsculo e uma regata.

Porra, essa mulher poderia me desfazer em segundos. Um zumbido ecoou na minha garganta quando a agarrei pelos quadris e a puxei para o meu colo, a fazendo me montar.

— Você acha que merece receber por isso? — Meu polegar esfregou sua tatuagem de cacto, que me excitava toda vez que a via, sabendo que nossa história estava marcada em seu corpo.

— O logotipo por si só te dá mais trabalho do que você consegue lidar. — Kinsley se inclinou para mim, a boca roçou a minha, sua mão puxando os botões do meu jeans, deixando meu pau duro em um piscar de olhos.

Ela não estava errada sobre o logotipo. A ideia improvisada que ela teve naquela manhã em Nova Orleans há mais de dois anos estava em outdoors, revistas, pontos de ônibus e na TV. Todos os meus funcionários usavam camisetas com o logotipo, o que nos trouxe mais contratos. Kinsley propôs a ideia de contratar homens "gostosões", palavras dela, não minhas, como minha equipe de construção. Claro, primeiro verifiquei a experiência da pessoa, mas, em Los Angeles, havia mais caras bonitos com currículos excelentes do que eu pensava. Contratei mulheres também. Eu não era sexista nem discriminatório, mas não tinha dúvidas de que as esposas típicas de Hollywood gostavam de um bando de gostosões construindo seu luxuoso cantinho de mulher.

Meu negócio estava florescendo tão rápido que eu mal conseguia acompanhar.

Quando disse a Kinsley que estava falando sério sobre abrir minha própria empresa, ela, cheia de hesitação, me mostrou um plano de negócios que havia elaborado em uma de suas aulas de marketing. Ela estava com vergonha porque foi feito para mim, mas o criou quando não estávamos juntos. Claro, isso me fez querê-la mais por causa do plano de negócios, amando a ideia de que ela estava pensando em mim mesmo quando pensava o pior de mim e achava que nunca mais me veria.

Dois anos juntos e ainda não enjoamos um do outro, fazendo sexo a cada oportunidade que tínhamos, às vezes tão alto que Chance jogava uma bola de futebol em nossa janela. Embora eles fossem tão ruins quanto nós, senti pena de nossos outros vizinhos. É bem provável que eles desejassem ter universitários detestáveis que, em vez disso, davam festas barulhentas.

Depois de San Francisco, deixei Kinsley decidir para onde ela queria. Eu faria funcionar o que fosse ou onde quer que ficássemos. Passamos um mês em Seattle, mas ela acabou não gostando muito da chuva. Viajamos um pouco e acabamos voltando para Hermosa Beach. No momento em que ela entrou na minha casa, Bode pulou no sofá como se ele tivesse feito isso toda a sua vida, ela sorriu para mim. *Estamos em casa.*

Conhecer Chance, Aubrey, o bebê deles e o cabrito solidificou tudo para ela. Aubrey e Kinsley logo viraram amigas e, por incrível que pareça, os dois "caprinos" adoravam brincar juntos, mesmo que um deles não seja.

Kinsley acabou conseguindo um emprego em uma empresa recém-inaugurada de Relações Públicas muito elegante em Santa Monica. Era pequena, mas tinha uma boa lista de clientes, agora incluindo a SB Construções. Ela adorava, o que era tudo o que me importava.

Nós estávamos trabalhando tanto que planejamos tirar duas semanas de férias, levando Bode e o *motorhome* a um *tour* de reencontro, visitando alguns dos lugares a que fomos da primeira vez e descobrindo novos. Nosso destino era Nova Orleans, ficaríamos lá alguns dias antes de voltar. Kay estava brava que nós não a visitaríamos, mas eu queria que esta viagem fosse apenas para Kinsley e eu.

Kay e Liam ficaram superfelizes por nós. Levou apenas um momento para Kyle aceitar que o amigo dele estava com sua irmã mais nova, mas Kasey ainda não era minha maior fã. Ela estava melhorando, pelo menos fingindo que estava feliz por Kins e eu estarmos juntos.

Depois dessa viagem, ela não teria escolha a não ser me aceitar, já que eu esperava me tornar oficialmente parte da família.

O anel estava guardado na minha bolsa. Não planejei nada específico, embora gostasse da ideia de propor casamento em Nova Orleans, onde nós ficamos juntos, mas quem sabe? Talvez entre pular de um avião no Colorado ou nadar nu em algum lugar do Rio Grande.

Era o que eu amava na gente: aceitávamos as coisas como elas vinham, dávamos força e desafiávamos um ao outro, nunca ficando na linha.

— Você me deve. — A voz de Kinsley me trouxe de volta ao presente, suas mãos deslizaram para dentro da minha boxer, o polegar fez movimentos circulares sobre a minha ponta, forçando um grunhido da minha garganta. Enredei as mãos pelo seu cabelo, puxei os fios e trouxe sua boca para a minha.

— Perdi meu talão de cheques. — Belisquei seu lábio, meus dedos trabalhando em seu short. — Pode sugerir outra forma de pagamento? — Meus dedos deslizaram por suas dobras e nós dois assobiamos. — Merda, Urtiga… já está molhada pra cacete.

— Smith. Agoooraaa. — Ela se agarrou no meu jeans quando eu a joguei na mesa, arranquei suas roupas e abri bem as suas pernas. Nós nunca parecíamos ter o suficiente, sempre desesperados um pelo outro; precisaríamos de duas ou três vezes seguidas para nos acalmarmos. Foram inúmeras as ocasiões que mal atravessamos a porta. Na verdade, várias vezes nem isso: era no gramado, contra o galpão no meio do dia. Teve um dia que bolas de futebol foram lançadas em nós por cima da cerca.

Kinsley e eu éramos a história que nunca deveria ter acontecido, uma sequência de eventos que não deveriam ter se passado, chances que poderiam ter tomado um caminho diferente com uma simples escolha.

Mas quando afundei em seu corpo, com a sensação dela ao meu redor e minha necessidade de estar profundamente dentro de seu corpo, vi que nossos caminhos estavam destinados a se cruzar.

A garotinha nerd que podia ver além do Cretino Presunçoso.

E que era dona da alma dele.

SOBRE A AUTORA

Stacey Marie Brown ama *bad boys* fictícios e heroínas sarcásticas que fazem o que bem entendem. Ela também gosta de livros, viagens, programas de TV, caminhadas, escrita, *design* e tiro com arco. Stacey jura que é meio cigana, tendo a sorte de viver e viajar por todo o mundo.

Ela cresceu no norte da Califórnia, onde corria pela fazenda de sua família, criando animais, montando cavalos, brincando de pega-pega com lanterna e transformando fardos de feno em fortes muito legais.

Quando ela não está escrevendo, está fazendo caminhadas, passando tempo com amigos e viajando. Ela também é voluntária ajudando animais e é amiga da natureza. Acredita que todos os animais, pessoas e o meio ambiente devem ser tratados com gentileza.

Para saber mais sobre Stacey ou sobre os livros dela, visite-a em:
Site da autora e newsletter: www.staceymariebrown.com
Página da autora no Facebook: www.facebook.com/SMBauthorpage
Pinterest: www.pinterest.com/s.mariebrown
Twitter: @S_MarieBrown
Instagram: www.instagram.com/staceymariebrown/

AGRADECIMENTOS

Um enorme obrigada para:

Penelope Ward e Vi Keeland, por me permitirem fazer parte do Cocky World!

Mo e Hollie, por sempre tornarem meu trabalho legível!

Steamy Designs, por fazerem uma capa linda!

Todos os leitores que me apoiaram através dos romances sobrenaturais e contemporâneos: sou grata por tudo o que vocês fazem e pelo quanto vocês ajudam os autores independentes com seu puro amor pela leitura.

Todos os autores independentes/híbridos que me inspiram, desafiam, apoiam e me impulsionam a ser melhor: eu amo vocês!

E qualquer um que pegou um livro de autor independente e deu uma chance a um autor desconhecido: OBRIGADA!

STACEY MARIE BROWN

OUTROS LIVROS DA STACEY

A The Gift Box é uma editora brasileira, com publicações de autores nacionais e estrangeiros, que surgiu no mercado em janeiro de 2018. Nossos livros estão sempre entre os mais vendidos da Amazon e já receberam diversos destaques em blogs literários e na própria Amazon.

Somos uma empresa jovem, cheia de energia e paixão pela literatura de romance e queremos incentivar cada vez mais a leitura e o crescimento de nossos autores e parceiros.

Acompanhe a The Gift Box nas redes sociais para ficar por dentro de todas as novidades.

 www.thegiftboxbr.com

 /thegiftboxbr.com

@thegiftboxbr

 @GiftBoxEditora

Impressão e acabamento

psi7
psi7.com.br

book7
book7.com.br